민족문학의 공간

金永琪 평론집

지문사

金永琪 평론집
민족문학의 공간

지 은 이 | 김 영 기
펴 낸 곳 | 지 문 사
펴 낸 이 | 오 응 근
초판인쇄 | 2005년 6월 10일
초판발행 | 2005년 6월 15일
등록번호 | 제2-201호(1980. 1. 9)
주   소 | 121-856 서울특별시 마포구 신수동 448-6
전   화 | 02-715-8304 · 2305
팩   스 | 718-9387

값 20,000원
ISBN 89-7211-376-X

민족문학의 공간

● 책머리에

　문단생활 40년째를 맞는다. 1965년 문학평론 「님과의 대화 - 만해 한용운론」이 조연현 선생님의 초회 추천을 받아 《현대문학》지에 발표되었고, 1966년 「한국고대소설의 두 방향」이 천료되어 등단했었다. 나의 생애에서는 40년이 긴 세월이지만 우주의 시간에서는 찰나에 불과하다. 지금은 그 시간이 화살처럼 날아갔다는 느낌이다.

　지난 40년의 시간 속에서 나는 네 번의 문학적 변동을 겪었다. 첫째는 1973년, 첫 평론집 『한국문학과 전통』이 발간되고 1974년, 제19회 〈현대문학상〉을 수상한 때였다. 한국문학은 무엇인가, 한국문학의 전통은 무엇이며 어떻게 확산되어 왔는가, 한국문학은 어떤 방향을 지향해야 할 것인가가 중요한 관심사였다.

　평론집 『한국문학의 원류』가 발간된 때는 1988년이었다. 첫 번째의 문학적 관심사를 심화, 확대한 것이었다. 그해 제7회 〈한국문학평론가협회상〉을 받았다. 게으른 작업에 채찍이 되었다.

　1992년, 오랫동안 자료 정리와 집필 과정을 거쳤던 『김유정 그 문학과 생애』가 발간되었다. 1968년, 『김유정전집』 편찬에 이은 것이어서 김유정 연구의 마무리를 한 셈이었다.

　같은 해 제9회 〈동포문학상〉 본상을 수상했으며, 당시 문화부 추천도서로 선정되기도 했다.

　세 번째 변동은 나의 관심사가 한 작가에 머물러 있지 않고 다양한 세계로 전개된다는 것을 스스로 깨닫게 된 것이었다.

　네 번째 변동은 2000년, 『백두산 문학의 영토』를 발간한 이후에 왔다. 같은 해 제19회 〈조연현문학상〉을 수상했다. 조연현 선생님의 추천을 받아 문단에 등단하고 조연현 선생님의 문학정신을 선양하는 데 조그만 역할을 했다는 안도감을 가졌다.

『백두산 문학의 영토』는 단군문학사상, 백두산 문학의 전개, 한국문학의 정체성을 다양하게 살펴본 내용을 담았다.

민족문학의 뿌리 찾기, 민족문학의 원류에서 통일문학의 방향 모색 등, 지난 40년간의 문학적 관심사를 천착하는 글쓰기가 2000년 이후에도 조용히 그리고 느리게 진행되었다. 『민족문학의 공간』은 그렇게 쓰여진 글들을 모은 것이다. 네 번째 변동을 겪으면서 쓰여진 작품들을 모은 것이므로, 지금까지 논의되었던 문제의 미진한 여분을 보완한 셈이다. 다섯 번째 변동을 모색할 수 있게 되기를 스스로 기원한다.

1969년 3월부터 2005년 2월까지 36년 동안 언론인 직업에 전념했다. 《강원일보》의 기자, 논설위원, 논설주간으로 일하면서 언론인과 문학인을 겸했다. 이제 언론인 직업에서 완전히 은퇴했으므로 홀가분하게 문학인 직업(?)에 전념할 수 있게 되었다. 『민족문학의 공간』의 출판은 모든 직업적인 것에서 해방되어 자연인으로서 유유자적하게, 삶을 영위하고자 하는 소망을 담은 것이라 할 수 있다.

『김유정 그 문학과 생애』와 『백두산 문학의 영토』는 지문사의 배려로 출판되었다. 이번에 『민족문학의 공간』도 역시 오응근 사장님의 호의로 발간된다. 나의 문학적 변동의 고비마다 아끼지 않은 지원에 고마운 마음뿐이다.

『민족문학의 공간』의 해설을 써주신 평론가 윤병로 선생님께 깊은 감사를 드린다. 나의 문단생활을 지금까지 지켜봐주셨고 또 정성으로 진단해 주셨다. 그래서 더욱 고맙게 생각한다.

20세기에 나의 생애 대부분을 살았다. 20세기적인 성을 쌓고 그 안에서 담론을 일삼았다. 이 책에서 20세기의 문학적 모습을 독자들이 찾는다면 더없이 기쁘겠다.

2005. 5.

김 영 기

제1부 / 역사와 문학

제2부 / 저항의 문학

제3부 / 국토와 문학

제4부 / 문학과 충격

제Ⅰ부
역사와 문학

통일 역사와 문학 체험

1. 분단의 다섯 가지 역사 모습

역사는 인간의 역사이다. 한국의 역사는 한민족의 역사이다. 한국의 역사는 한민족 그 자체라 할 수 있다.

한반도와 만주에 살던 한민족이 어떻게 나라를 세우고 통합을 이룩했느냐 하는 역사의식을 바로 세우는 것이 우리의 궁극적인 목표이다. 민족통합, 통일 역사를 이룩하는 데 걸림돌이 되는 시대가 존재한다. 그 시대를 분단시대라 말할 수 있고, 분리주의가 큰 흐름을 이루었던 시대로 볼 수 있다. 통일역사를 말하기 전에 분단역사를 먼저 말하는 것은 지금이 바로 분단시대이고, 분단시대를 반드시 종식시키고 통일시대를 열어야 하는 소명을 안고 있기 때문이다.

한국의 역사, 한민족의 역사에서 다섯 가지 분단의 모습을 상정할 수 있다. 첫째는 고조선(단군조선)의 뒤를 이어 한반도와 지금의 중국 요하(遼河) 동쪽 만주에 한민족의 여러 나라가 존재했던 열국시대(列國時代)이다. 둘째는 신라·고구려·백제·가야의 사국시대(四國時代)를 거쳐 삼국시대(三國時代)가 전개되는 연대이다. 셋째는 통일신라와 발해가 남북으로 대치하던 남북조시대이다. 넷째는 고려 [泰封]·후백제·신라가 겨루던 후삼국시대이다. 다섯째는 지금의 남북한이 분단된 남북분단의 시대이다.

첫 번째의 열국시대는 한국 역사의 시대 구분에서 지금까지 정설의 합의를 보지 못하고 있다. 일연의 『삼국유사』와 함께 고조선의 역사를 명료하게 기술하고 있는 이승휴(李承休)의 『제왕운기(帝王韻紀)』에서 분류한 「열국기(列國紀)」를 원용하고자 한다.

"각자가 칭국(稱國)하고 침략하니 70여 개 국의 이름 어찌 다 밝히랴. 그 중에서 대국(大國) 부여(扶餘)와 비류국(沸流國) 신라와 고구려, 남북의 옥저(沃沮)와 예맥(濊貊), 이들 임금님의 조상은 모두 단군의 한 핏줄"이라고 한 것이 그것이다. 열국시대는 고조선이 분열되어 『제왕운기』에서 말하는 것처럼 여러 나라가 세력을 다투고 있던 시대이다.

두 번째의 삼국시대는 신라(BC 7년), 고구려(BC 37년), 백제(BC 18년), 가야(BC 42년)가 일어나서 투쟁하던 시대이다. 신라, 고구려, 백제 등 3국 이외에 가야가 합세했으므로 사국시대(四國時代)라고 일컫고, 가야의 멸망(532년)으로 삼국시대가 된다.

백제(660년)와 고구려(668년)의 멸망으로 삼국시대가 끝나고 통일신라시대가 시작된다. 사국시대, 삼국시대는 우리나라 역사상 가장 격렬했던 분단의 시대라 할 수 있다.

세 번째의 남북조시대는 열국시대와 마찬가지로 시대 구분의 완전한 합의를 보지 못하고 있다. 신라가 삼국을 통일했다고 하지만 고구려의 영토 태반을 상실했다. 고구려의 옛 땅에 발해(699년)가 건국한다. 발해가 신라와 국경을 접하게 됨으로써 남북조(南北朝)시대가 열린다. 남북조시대의 상황에 대한 조명은 더 많은 연구 실적이 이루어져야 그 실상이 밝혀질 것이다.

네 번째의 후삼국시대는 태봉(泰封)·신라·후백제가 멸망하고 고려(高麗)로 통일되면서 막을 내린다. 얼마 전에 방영되었던 TV

드라마 「왕건(王建)」은 후삼국시대의 전개과정을 영상으로 보여주고 있다. 후삼국시대의 분단 모습은 분단의 다섯 가지 역사 모습 중 두 번째로 현대와 가깝다는 점에서 관심이 솟는다. 또한 발해의 유민들이 고려로 이주했던 사례도 발견되므로 통일 역사의 모델을 만들어 낸 시대로서 조명된다.

다섯 번째가 지금의 남북분단시대이다. 20세기 일본제국의 국권침탈로 식민지시대가 계속된다. 일본의 멸망으로 해방이 되었으며, 미·소군의 진주로 38선을 경계로 남북이 갈라졌다. 그리고 6.25 전쟁과 휴전협정은 휴전선(DMZ)을 경계로 남북분단시대의 반세기를 넘어서게 되었다. 남북분단시대를 객관화할 수는 있지만 지금 우리가 살고 있는 시대라는 점에서 현실적인 의미를 갖는다.

분단의 다섯 가지 역사 모습에서 발견할 수 있는 것은 통일지향의 투쟁이다. 분단지향이 아니라 통일지향이다. 통일지향의 흐름을 향해 분단지향의 흐름이 격류를 이루는 것이다.

2. 통일지향 역사의 전개

1세기 중반에 시작된 사국시대는 6세기 중반에 끝난다. 신라·고구려·백제·가야의 사국시대의 종말을 『삼국사기』 신라본기 법흥왕조에는 짤막한 기사로 표현하고 있다.

"법흥왕 19년(532년)에 금관국(金官國)의 임금 김구해(金九亥)가 왕비와 세 아들인 맏아들 노종(奴宗), 둘째 아들 무덕(武德), 막내 아들 무력(武力)과 함께 국고의 보물을 가지고 와서 항복하므로, 왕이 예로써 그들을 대우하고 상등(上等)의 직위를 주었으며, 그 본국으로 식읍(食邑)을 삼게 하였다. 아들 무력은 벼슬하여 각간(角干)에 이르렀다." 그 후손인 김유신(金庾信)은 삼국통일의 중심

인물로 활약하게 된다. 가야국은 10대 491년의 역사로 종결된다.

삼국시대, 삼국 중에서 먼저 멸망한 나라는 백제이다. 백제의 멸망에 대해 『삼국사시』 신라본기와 백제본기가 그 실상을 전한다. 신라본기 태종 무열왕 7년(660년)조에 백제의 종말을 다음과 같이 기록했다.

"7월 12일에 당나라 군사와 신라 군사가 의자왕의 서울을 에워싸려고 하여 소부리벌로 나아갔다. (중략) 7월 13일에 의자왕은 측근의 신하들을 거느리고 밤에 도망쳐 달아나서 웅진성을 지켰으며, 아들 융(隆)과 대좌평 천복(千福) 등은 나와서 항복했다. (중략) 18일에 의자왕은 태자와 웅진 방면의 군사들을 거느리고 웅진성에서부터 와서 항복했다. (중략) 왕과 소정방 및 여러 장수들은 마루 위에 앉고, 의자왕과 아들 융을 마루 밑에 앉혀 때로는 의자왕에게 술을 치게 하니 백제의 좌평 등 여러 신하들이 목이 메도록 울어 눈물을 흘리지 않는 이가 없었다."

백제본기 의장왕 20년(660년)조에도 백제 멸망을 구체적으로 기록했다.

"당나라 군사는 조수를 이용하여 많은 배들이 서로 잇따라 나아가며 북을 치고 고함을 지르는데, 소정방은 보병과 기병을 거느리고 바로 도성으로 쳐들어가서 30리쯤 되는 곳에 머물렀다. 우리 군사는 있는 군사 다 내어 막았으나 또 패전하여 죽은 사람이 1만여 명이나 되었다. 당나라 군사가 이긴 기세를 타서 성에 들이닥치니 왕은 죽음을 면치 못할 줄 알고 탄식하여 말했다. '성충의 말을 시행하지 않다가 이 지경에 이른 것을 뉘우친다.' 드디어 태자 효(孝)와 함께 북쪽 변읍으로 달아나니 소정방은 도성을 포위했다. (중략) 이에 왕과 태자 효와 여러 성이 모두 항복했다. 소정방은 왕과 태자 효, 왕자 융, 왕자 연과 대신 장병 88명과 백성 1만 2천

807명을 당나라 서울로 데리고 갔다."

백제는 31대 678년 만에 멸망한다.

백제가 멸망한 때로부터 8년 후에 고구려가 멸망함으로써 삼국시대가 끝나고 통일신라시대가 개막된다. 『삼국사기』 「신라본기」와 「고구려본기」에 고구려 멸망 상황이 구체적으로 기술되어 있다. 「신라본기」 문무왕 8년(668년)조에 다음과 같이 기록되어 있다.

"7월 16일 왕(문무왕)은 한성주에 이르러 여러 총관에게 가서 당나라 군사를 만나도록 분부했다. 문영 등은 고구려 군사를 사천(蛇川)벌에서 만나 맞싸워 그들을 크게 부수었다. 9월 21일, 당나라 군사와 연합하여 평양을 포위하니 고구려왕은 먼저 천남산(泉男産) 등을 보내어 영공에게 와서 항복을 청했다. 이에 영공은 보장왕과 왕자 복남(福男), 덕남(德男) 및 대신 등 20여만 명을 이끌고 당나라로 돌아갔다."

「고구려 본기」 보장왕 27년(668년)조에는 다음과 같이 고구려의 종말을 기술해 놓았다.

"평양을 포위한 지 한 달이 넘었다. 고구려왕 장(臧)이 천남산을 보내어 수령 98명을 거느리고 흰 기를 가지고서 이적(李勣)에게 항복해 오니, 이적은 예절을 갖추어 이들을 대접했다. 천남건(泉男建)은 오히려 성문을 굳게 닫고 지키면서, 자주 군사를 보내어 나와 싸웠으나 모두 패전했다. 남건이 군사일 중 신성(信誠)에게 맡기니, 신성이 소장 오사(烏沙), 요묘(饒苗) 등과 더불어 비밀히 사람을 보내어 이적에게 나아가 내응이 되기를 청했다. 그 후 닷새 만에 신성이 성문을 열므로 이적이 군사를 놓아 성에 올라 고함을 치면서 성을 불사르니 남건은 제 목을 잘랐으나 죽지 않았다. 왕과 남건을 잡아 겨울 10월에 이적이 돌아가니…"

고구려는 28대 705년 만에 멸망한다. 앞에서 장황하게 삼국 멸망 당시의 상황을 인용한 것은 역사의 평가에 앞서 기록된 그대로를 보자는 데 있다.

경주를 중심으로 일어났던 신라가 삼국을 통일한다. 하남 위례성에서 일어나 웅진과 부여에서 세력을 떨쳤던 백제는 신라에 멸망하게 된다.

고구려는 졸본천에서 일어나 집안과 평양에서 세력을 떨쳤으나 역시 신라에 멸망하게 된다. 삼국은 1세기 초부터 7세기 후반까지 먹고 먹히는 격전을 벌였다.

앞에서 인용한 백제와 고구려의 멸망 직전의 상황에서 보듯이 신라와 중국의 당(唐)나라의 협공을 받아 백제와 고구려는 멸망한다. 신라·고구려·백제는 통일지향의 혈전을 700여 년 간 벌였고, 신라의 통일로 귀결된다. 삼국통일의 역사는 통일지향의 역사 모델로 한국인의 마음 속에 깊이 새겨져 있다. 삼국을 통일한 통일신라의 천하는 태평성대가 100여 년간 계속되었다. 그 다음 100여 년 간은 왕위 쟁탈로 신라 사회가 곪을 대로 곪게 되었다. 천하 대란의 시대는 막이 올랐다.

신라 진성여왕 3년(889년), 신라 전역에서 군웅(群雄)이 봉기한 때로부터 고려 태조 19년(936년), 후삼국이 통일될 때까지 47년간의 통일전쟁을 치르게 된다. 궁예(弓裔)의 태봉국(泰封國)을 차지한 왕건(王建)의 고려(高麗)는 신라와 견훤(甄萱)이 세운 후백제를 차례로 흡수하고 패망시켜 후삼국을 통일하게 된다.

신라가 패망하는 과정은 전쟁으로 피 흘리지 않고 고려에 항복하는 평화통일의 양상을 띤다. 그러나 후백제와 고려는 최후의 결전을 벌여, 후백제의 패망으로 고려가 마지막 통일의 길을 연다. 신라 경순왕 9년(935년), 신라가 고려에 항복하는 상황의 기록은 평화적인 흡수 통일의 모델이 되고 있다.

> 왕(경순왕)은 사방의 토지가 모두 다른 나라의 소유가 되어 국력
> 은 약해지고 형세가 위태로워 스스로 편안할 수가 없게 되었으므로
> 이에 여러 신하들과 함께 국토를 들어 고려 태조에게 항복할 것을
> 의논했는데 여러 신하들의 의논은 혹은 옳다 하고 혹은 옳지 않다
> 말했다. (중략) "나라가 위태롭고 위태함이 이와 같으니 형세는 보
> 전할 수 없다. 이왕 강해질 수 없고 또한 약해질 수도 없으니, 죄
> 없는 백성들은 참혹하게 죽임은 나로서는 차마 못할 일이다." (중
> 략) 왕은 여러 신하들을 거느리고 서울(경주)을 떠나 태조에게 귀순
> 했다. 꽃다운 수레와 훌륭한 말이 30여 리에 뻗쳐 길은 사람으로 메
> 워졌으며, 구경꾼들이 쭉 둘러서 있었다. 태조는 교외로 나가서 영
> 접해 위로하고 대궐 동쪽에 가장 좋은 집 한 구(區)를 주고, 맏딸
> 낙랑공주를 그에게 아내로 주었다.

신라의 멸망을 눈앞에 두고 마의태자의 항변이 없었던 것은 아
니다. "나라가 보존되고 멸망됨은 반드시 천명이 있는 것입니다.
오직 충신과 의사들로 더불어 민심을 수습해서 스스로 굳게 지키
다가 힘을 다해 본 후에 그만두어야지 어찌 1천 년이나 전해 내려
온 나라를 하루아침에 쉽사리 남에게 내어줄 수 있겠습니까?"라는
비장의 말을 남기고 개골산(금강산)으로 들어갔다.

『삼국사기』 열전 견훤 조에는 후백제의 흥기와 멸망의 상황
이 잘 묘사되어 있다. 후백제의 비극적인 멸망은 반대로 고려의
후삼국 통일로 결말을 보게 된다.

> 태조는 3군을 거느리고 천안에 이르러, 군사를 합하여 일선군(선
> 산)으로 진군하니 신검(神劍)이 군사를 거느리고 와서 막았다. 갑오
> 일에 일이천을 사이에 두고 서로 대치하여 진을 쳤는데, (중략) 이

에 북을 치고 나가니 후백제의 효봉·덕술·명길 등은 고려 군병들의 기세가 굉장하고 진용이 정연한 것을 바라보고, 그만 갑옷을 버리고 진 앞에 와서 항복했다. (중략) 신검은 두 아우(양검·용검)와 장군 부달·소달·능환 등 40여 명과 함께 항복했다. 태조는 그들의 항복을 받고 능환을 제외하고는 나머지 사람은 모두 위로하였으며 처자와 함께 서울(개경)로 올라가도록 했다.

고려 태조 왕건은 후백제에 쿠데타가 일어나 고려로 항복해 온 견훤을 상부(尙父)로 모시고 양주를 식읍으로 주었다. 신라의 경순왕이 나라를 바치며 항복해 오자 정승공(政丞公)에 봉하여 그 위계를 태자 위에 두었다. 후백제가 패전한 후 견훤을 쫓아냈던 양검(良劍)과 용검(龍劍)을 정주로 귀양 보냈다가 처형했지만 장남 신검은 복록을 받고 살게 했다. 견훤의 사위 박영규(朴英規)를 형님으로, 그의 처를 누님으로 모시는 파격적인 대우를 했다. 항복하는 자는 죽이지 않고 받아들여 다시 높게 썼다. 지방 호족들은 벼슬을 주었다. 분리주의를 버리고 통합주의를 내세웠다. 포용 정치가 태조 왕건 리더십의 본바탕이었다.

3. 민족통일문학 체험의 실제

삼국을 통일한 통일신라의 역사와 후삼국을 통일한 고려의 역사는 『삼국사기』·『삼국유사』·『제왕운기』 등에 기술되어 있다. 이러한 통일 역사는 통일문학의 원천이다. 통일문학의 모티브가 된다. 통일지향의 역사가 전개되면서 일어났던 수많은 사건과 인물들이 통일문학의 모티브가 된다. 통일지향의 역사가 전개되면서 일어났던 수많은 사건과 인물들이 통일문학의 대상이 되고 테마가 된다.

『삼국사기』에는 문학적 상상력으로 새롭게 표현할 수 있는 사건과 인물들로 가득 차 있다. 특히 통일지향 역사의 주체가 되었던 인물들에 대한 표현은 문학적 향기가 샘솟는다. 그러나 열전(列傳)으로 분류되어 있는 인물 이야기는 문학 그 자체가 아니다. 현대적 문학 형식과 같지 않지만 문학적 상상력의 체험을 풍부하게 내재하고 있다. 이를테면 김유신(金庾信)·김인문(金仁問)·사다함(斯多含)·흑치상지(黑齒常之)·온달(溫達)·관창(官昌)·계백(階伯)·연개소문(淵蓋蘇文) 등에서 그 실제를 확인할 수 있다.

『삼국유사』에도 문학적 상상력으로 재생할 수 있는 사건과 인물들로 가득 차 있다. 『삼국유사』 제1권 「제2기이편(紀異篇)」 상 중의 '김유신'에서 그 사례를 엿볼 수 있다.

나이 열여덟 살 되던 임신년에 검술을 닦아 국선(國仙)이 되었다. 이때 백석(白石)이란 자가 있었는데, 어디서 왔는지 알 수 없었으나 몇 해 동안 화랑의 무리 속에 있었다. 낭이 고구려·백제를 치려고 밤낮으로 깊이 모의하니, 백석은 그 계획을 알고 낭에게 아뢰었다. "제가 공과 함께 은밀히 적국(敵國)을 먼저 정탐한 후에 도모하는 것이 어떻겠습니까?" 낭은 기뻐하여 친히 백석을 데리고 밤에 떠났다. 고개 위에서 막 쉬고 있는데, 두 여자가 나타나 낭을 따라왔다. 골화천(骨火川)에 이르러 유숙하니 또 한 여자가 문득 왔다. 공은 세 낭자와 즐거이 이야기할 때, 낭자들은 그에게 맛있는 과실을 주었다. 낭이 이를 받아먹고 마음으로 서로 허락하여 이에 그 실정을 말하니 낭자들은 말했다. "공의 말씀하는 바는 이미 들었습니다. 원컨대 공이 백석과 작별하고 우리와 함께 숲속에 들어가면 다시 실정을 말하겠습니다." 이에 함께 숲 속으로 들어갔다. 낭자들은 문득 신(神)의 형상으로 변하여 말했다. "우리들은 내림(奈林), 혈례(穴禮), 골화(骨火) 등, 세 곳의 호국신입니다. 지금 적국의 사람이 낭을 유인하는데도, 낭은 그것을 알지 못하고 따라가므로 우리는 낭을 말리려고 온 것입니다." 말을 마치자 낭자들은 자취를 감추었다. 공은 이 말을 듣고 놀라 쓰러졌다가 두 번 절하고 숲 속에서 나왔다. 골화관에 유숙할 때 백석에게 말했다. "지금 다른 나라에 가면서 요긴한 문서를 잊고 왔다. 나와 함께 집에 돌아가서 가지고 오자." 마침내 집에 돌아와서 백석을 결박, 고문하여 그 실정을 물으니 백석이 말했다. "나는 본래 고구려 사람이오."

고구려 보장왕 때 점쟁이 추남(楸南)이 있었는데 왕이 점치게 했다. 추남은 대왕의 부인이 음양(陰陽)의 도를 역행한다고 말하자, '함 속에 든 쥐'를 시험해 보았다. 억울하게 죽은 추남이 신라의 김유신으로 태어났다고 고구려에서는 믿었다.

백석을 보내 김유신을 죽이려 했고, 백석을 죽이고 김유신은 삼신(三神)에 제사를 올리니 신이 나타나서 제물을 음향했다.

삼국시대의 정보 전략과 간자를 침투시켜 적의 정세를 탐색하던 사례를 엿볼 수 있다.

역사 서사시(敍事詩)로 평가받고 있는 이승휴의 『제왕운기』 하권의 「신라기(新羅紀)」·「고구려기(高句麗紀)」·「백제기(百濟紀)」·「후고구려기(後高句麗紀)」·「후백제기(後百濟紀)」·「본조군왕세계연대(本朝君王世系年代)」 중의 「역대기(歷代紀)」에서 문학적 체험을 만날 수 있다.

후백제라 이름한지 45년 되올 적에/자식이 불량하기 이 일을 어이 하리./그 이름 신검인데 아비를 감금하니/금산사 불전문을 어느 누가 열어 줄까./넓고 좋은 천지만에/촌보도 못하다니,/청태 3년 병신문에/푸른 강 몰래 건너 우리 태조 품에 들다./왕예로 대접하여 조정에서 위로하고/모질고도 나쁜 자식 군사 풀어 죽였도다./황천

길 앞에 두고 피 토한들 어찌하리./갸륵했다. 신라왕 지난날 그 거취는.

- (「후백제기」 일부)

후고구려 이름하고 왕기(王旗)를 세웠도다/처음에 금성을 근거하여 땅 넓히고/굴러굴러 철원 땅에 서울을 열었었다./양나라 정명 4년 무인년에 이르러서/등극한 지 28년 세월 되니,/포악이 심해지고 못할 일 없었다가/우리 태조님께 만백성이 돌아왔다.

- (「후고구려기」 일부)

태조님 원수(元帥)되어/싸움 없이 다 누르니,/공업(功業)은 불꽃 일듯,/궁예는 포악터니/민심은 물이 끓듯,/이때 4공신(功臣)은/도탄 민생 탄식하고/거란 해로 신책 3년, 주량의 정병 4년/무인년 유월 보름,/단연히 거사하여 태조 거소 나아가서/대위(大位)에 추대하다./기약없이 모인 수가 3천의 보병 기병/가물음에 망운(望雲)하듯/온 세상 기쁨이라,/동정서벌(東征西伐) 18년에/삼한(三韓)은 한 나라.

- (「역대기」 일부)

통일 역사지향의 문학적 체험을 『삼국사기』·『삼국유사』·『제왕운기』 등에서 그 사례를 제한적으로 점검해 보았다. 이 같은 통일역사와 그 문학 체험이 오늘의 분단시대를 통일시대로 열어가는 데 있어서 교훈적인 전범(典範)이 될 수 있겠다.

1980년대 초, 《동아일보》에 3년간 연재되고, 단행본으로 출판된 김성한의 『소설 고려 태조 왕건』 (5권)과 1999년 10월 30일 해냄출판사에서 3권으로 발행한 신봉승(辛奉承)의 대하역사소설 『왕건』 (3권)은 역사를 문학으로 재생하고 있다. 그리고 2000년

4월 1일부터 방영되기 시작한 KBS TV 드라마 「왕건」은 후삼국의 통일역사를 영상으로 재생한다.

김성한은 『소설 고려 태조 왕건』의 작가의 말에서 "궁예, 왕건, 견훤 -- 세 사람 다 같이 전장에서 보낸 난세의 영웅이었다. 그러나 같은 무장이면서도 타고난 자질은 달랐다. 궁예는 천재적인 전략가, 견훤은 비길 데 없는 용장, 왕건은 적도 안심하고 자신의 운명을 내맡길 수 있는 덕이 있는 인물이었다.… 이들이 엮어낸 후삼국시대의 확 트인 풍경은 어느 다른 세계의 일같이 속 시원한 느낌을 준다. 우리 역사에도 이런 인물, 이런 시대가 있었다. 천 년 전, 당당하게 살고 당당하게 대결하여 역사를 창조하던 이들 거인의 생동하는 모습과 그 무대를 재구성하려고 시도한 것이 이 작품이었다."고 말한다.

민족통일문학 체험의 실제가 제시된 작품들이었다.

한국 민족문학의 원초성을 찾아서

- 이승휴론

1. 민족문학의 시간과 공간

민족문학은 민족의 시간과 공간 속에서 직조된다. 민족의 시간 속에서 씨줄의 질료를 찾았다면 그 공간 속에서는 날줄의 질료를 찾게 된다. 그와 반대로 민족의 공간 속에서 씨줄의 질료를 찾게 되면 시간 속에서 날줄의 질료를 찾게 된다. 또는 씨줄과 날줄이 시간과 공간 속에서 복합적으로 직조될 수도 있다. 그 어느 편이든 간에 민족문학에 있어서 시간과 공간은 그 바탕이 된다. 그 원초성이 된다.

민족문학은 민족의 시간과 공간이 손상을 입거나 수탈당하거나 그런 위협에 직면할 때 필사적으로, 필연적으로 그것을 수호하려는 문학운동으로 전개되게 마련이다. 그리하여 민족문학에의 시간과 공간은 그 원형을 회복하거나 새로운 모습으로 형상화된다. 시간은 역사의식의 문제로, 공간은 영토의식의 문제로 제시된다.

우리는 한국문학사에서 세 가지 그 원형, 즉 원초성의 모델을 만나게 된다. 그것은 주로 외부세력의 침략에 대해서 응전하는 방식으로 이루어지는 것이지만, 응전을 표방한 문학작품은 초극적 의지의 표상으로 인식된다.

그 첫째 원형은, 몽고족의 침략으로부터 생존을 위해 몸부림치던 항몽투쟁에서 찾아볼 수 있다. 이우성(李佑成) 씨에 의해서 영웅 서사시, 역사 서사시로 분류된 바 있는 「동명왕편(東明王篇)」과 이승휴(李承休)의 「제왕운기(帝王韻紀)」가 그것이다.

둘째는, 임진왜란과 병자호란을 겪으면서 치열했던 조선인의 항일투쟁, 항청투쟁에서 찾아볼 수 있다. 허균의 「홍길동전」, 김만중(金萬重)의 「구운몽」 등의 작품이 그 변형 범주에 든다.

셋째는, 근세 일본의 침략에 항전하던 시기에 씌어진 항일문학에서 찾아볼 수 있다. 김동인(金東仁)의 「붉은 산」, 안수길(安壽吉)의 「북간도(北間島)」 등이 그 범주에 든다. 물론 항일문학 범주에 드는 작품은 무수히 많다.

「동명왕편」이나 「제왕운기」(하권)에서 우리는 중국 역사와 동등한 유구한 역사의 시간, 한민족의 시간과 생존의 터전으로서 넓은 민족의 무대인 중국 대륙과 만주 대륙의 공간을 만나게 된다. 길고 긴 역사의 시간과 넓고 넓은 민족 공간의 무대가 형성됨으로써 고려인의 시간과 공간의식을 회복하게 된다.

또한 우리는 「홍길동전」이나 「구운몽」에서 일방적으로 침략당하고 있던 한국인의 삶의 나약함과 한반도로 국한된 삶의 터전의 왜소함을 초극하려는 의식의 표출을 보게 된다. 「홍길동전」에서 홍길동이 해외에 건설했던 율도국은 침략에 대응하는 정복으로 환치되고 있다. 현실적인 침략에 대응한 상상에서의 정복을 표현함으로써 공간을 회복하는 초극의지를 나타낸다.

「구운몽」에서 양소유가 중국대륙을 주름잡는 중국인으로 설정되어 있는 것은 당시 국내의 정치적인 배려로 인식되어 왔으나, 상상력 속에서 한국인이 중국 대륙을 지배하는 공간 회복의 새로운 모습이기도 하지만 시간의 확대를 동반하기도 한다.

현대의 「붉은 산」이나 「북간도」 등에서도 우리는 민족문학의 바탕인 시간과 공간을 잃어버렸으면서도, 그 잃어버린 현장에서 삶을 영위함으로써 시간과 공간의 회복을 시도하는 시간과 공간의식을 찾아볼 수 있게 된다.

민족문학의 바탕인 시간과 공간을 회복함으로써 민족문학의 시간과 공간을 확대한 이승휴의 역사 서사시 「제왕운기」를 통해서 우리는 민족문학에서의 시간과 공간의식의 전형을 발견하게 된다.

2. 고려인의 도전과 응전

고려인들의 이상은 높고 행동은 활기찼다. 후삼국의 새 시대를 맞이했으며, 동북아시아에 도전하던 고구려의 대륙 영토 회복에의 꿈을 키워나갔다. 고려 사회는 고구려의 이름을 계승함으로써 대의명분을 찾았고, 신라와 후백제를 수용하는 데서 그 성장이 무르익기 시작했다. 그리하여 고려인들의 생활과 상상력은 고구려의 명분과 신라·후백제의 실제라는 이중구조를 취하면서 한민족주의의 새로운 장을 펼쳤다.

이러한 고려인의 이상과 현실을 박해하려는 모든 외부세력에 대해 고려인들이 저항한 데서 당대의 역사적 삶의 의미와 상상적 삶의 의미가 구축되었다. 고려인들의 삶의 진실은 여기에서 샘솟았다.

고려인들의 이상과 현실은 그러나 북방세력인 글안·여진·몽고의 침략을 당하면서부터 눈보라로 변했다. 결국 고려 건국 초기의 진취적인 기상은 글안·여진 양 민족에 의해서 억제당해 버렸고, 몽고침략에 대해서는 30여 년간의 장기 항전으로 견디어 왔으나 끝내는 패배의 비운을 맞을 수밖에 없었다.

고비사막의 북쪽 초원지대를 유랑하던 몽고족은 중국대륙의 심장부로 뛰어들어 원나라를 세운다. 원 제국, 징기스칸 후예들의 군대는 유럽 대륙의 서쪽 끝까지, 그리고 동방의 고려에까지 말발굽 소리를 드높였다. 그리하여 30여 년간의 고려인들의 항몽 전투는 무위로 끝나고 원나라의 부마국이 되어 정치적 예속을 벗어나지 못했다. 물론 이때의 패배와 좌절로 역사의 암흑기가 오랫동안 계속되었다. 암흑기가 시간과 공간을 뒤덮고 위기의식이 고조되어 있었다 할지라도 고려인의 대부분은 고려 문화에 대한 긍지를 결코 버렸던 것이 아니다.

진화가 금국(金國)에 서장관으로 가서 '서화(송)는 이미 쓸쓸해졌고 북새(금)는 아직 미개하다. 앉아서 문명의 아침을 기다려라. 동쪽 하늘에 태양이 오르려 한다. (西華已簫華 北塞尙昏蒙 坐待文明旦 天東日欲紅)'고 읊은 시정신이 연면한 것을 보든가, 일연(一然)의 『삼국유사』, 이규보의 「동명왕편」, 이승휴의 「제왕운기」 등의 작품세계와 제작 동기를 보더라도 그렇다. 민족의 신화와 전설과 역사가 집대성되고 민족의 영웅들이 활동하던 무대의 모습이 묘사되고 신성족(神聖族)의 인간화가 형상화되었다. 패배와 좌절을 초극, 신성족의 역사와 전통에 걸 맞는 민족의식으로 심화 확대된 것을 간과할 수 없다.

진화의 '태양이 동쪽에서 떠오르려 한다.'는 표현은 타골의 싯귀 '동방의 태양'보다 7세기나 앞선 예언적인 싯귀였었다. 그리하여 고려인의 전통과 역사에 대한 강렬한 자부, 민족의식이 국가적인 차원에서 단군 역사 이래의 역사의 유구함과, 공간의 광대함과, 독자성에 강렬한 표현으로 집약되었던 것이다.

외부세력의 침략으로부터 고려를 방위하고 야만인의 파괴로부터 문명(고려)을 수호한다는 것은 곧 「대장경」 제작의 의지로 승화되기까지 했던 것도 이에 연유한다. 고려의 눈보라는 민족의식 저항의식으로 변용, 집약되면서 새로운 민족정신의 지평 -- 시간과 공간 -- 을 열게 된 것이다.

고려의 건국과 함께 고구려의 광대한 영역을 회복하려던, 동북 아시아의 외부세력에 대한 고려인의 도전이 글안·여진에 의해서 좌절되었다면 고려 중기의 몽고족 침입에 대한 응전은 30여 년간 의 항전으로도 좌절되었다. 도전과 응전이 모두 좌절되었지만 그 것은 어디까지나 표면적인 사건이다. 내면에 있어서 도전과 응전 이 좌절되었거나 단절된 것은 아니었다. 오히려 도전과 응전의 정 열적인 행동과 끈질긴 의지가 약동하고 있었다. 이승휴의 서사문 학 정신도 이 지평에 자리한다. 「제왕운기」(하권)의 세계는 민족 문학의 시간과 공간에의 도전의 장을 열었다.

3. 한국 민족문학의 태동

몽고군의 말발굽 아래 짓밟힌 고려 사회는 필사적으로 민족적 각성과 민족적 자주의 소망을 간직했다. 자아의 거점을 민족에서 발견하고 민족에의 귀의를 통하여 민족의 전통을 새 모습으로 형 상화했다. 개인을 전체에 소속시키고, 고립과 분열을 지양하여 종 합, 통일에 이르며, 개인의 기쁨과 슬픔에만 집착하는 것이 아니라 민족 공동체의 운명을 천착했던 것이다. 민족 공동운명체의 집단 의지가 민족문학을 태동시켰다.

이규보의 「동명왕편」과 이승휴의 「제왕운기」는 민족적 각 성과 민족적 자주의 소망을 표현했다. 몽고군의 말발굽 아래 짓밟 힌 고려인의 항전의식의 저변을 표현해 주었던 것이다. 「동명왕 편」과 「제왕운기」가 고려 중기의 민족 서사시로서 한민족의 고유하고 독자적인 정신적 전개의 역사적 필연성을 또한 표현하게 된 것이다. 전자가 고구려 시조 동명왕을 내세움으로써, 후자가 단군과 역대 제왕들을 내세움으로써 한민족의 자아 이해와 자아 회복을 구체화한 것이다. 「제왕운기」(하권)의 민족 서사시로서의 가치와 자리가 여기에 있다.

처음에 나라를 연 인물은 단군이라 했다. 신라와 고구려, 남북의 옥저와 예맥의 임금의 조상은 단군의 자손으로, 모두 한 핏줄기라고 기술했다. 역사적 사실을 재천명한 것은 고려에 대한 침략세력인 글안·여진·몽고보다도 고려가 더 유구한 전통과 역사의 민족이며 나라임을 강조하기 위한 것이었다. 그리하여 자아의 귀결이 민족인 동시에 민족에의 귀일이 삶의 본령임을 구체적으로 표현했던 것이다.

> 요동에 별천지가 있으니/중국과 완연히 구분되며/큰 파도 출렁이며 삼면을 둘러쌓고/북녘에 대륙 있어 가늘게 이은 땅/가운데서 국경천리 여기가 조선이라/강산의 모습은 천하에 이름났고/밭 갈아 농사짓고 우물 파서 물 마시는 어진 고장 예의의 집/화인이 이름지어 소중화라. (* 이하의 인용문은 박두포의 번역문임.)

한민족사 본래의 시간과 공간을 회복하려는 의지를 역사 서사시 테마의 구심으로 전개하고 있다. 민족문학의 태동과 관련하여 「제왕운기」(하권)에서는 민족의 공동 시조를 형상화하고 거기에서 비롯되어 부침하고 발전하는 민족 활동 모습의 전 과정을 표현한 것은 이승휴에 이르러 비로소 가능했다. 이승휴 문학의 이 같은 한민족의 총체적 표현이라는 것들은 그의 당대 정치에 적극적인 참여에서도 그 실상을 여실히 드러내 보인다.

「고려사절요」에서는 그의 정치 참여의 단면을 다음과 같이 인상 깊게 기술하고 있다.

왕이 글을 내려 저사간 이승휴를 초빙했는데 글에 이르기를 과인이 들으니 "임금은 어진 이를 구하기를 부지런히 하여야 인재를 얻는 데 편해지는 것이라" 했다. 그러므로 한 가지 재능이나 한 가지 기예를 지닌 사람이라도 반드시 나오도록 하는 것이 도리인데, 하물며 경과 같은 사람이야 더 말할 필요가 있겠는가. 문학의 재능뿐 아니라 행정 역량에 있어서도 당대에 비길 만한 사람이 드물며, 그 충성과 굳은 절조는 능히 왕의 마음의 잘못을 바로잡을 수 있는데도, 때를 만나지 못하여 대각(臺閣)에서 물러나 헛되이 산중에서 늙고 있었으니, 내 일찍이 이를 민망하게 여긴 바이다. 이제 천박한 덕으로 외람이 양위를 받아 옛 친구와 함께 국사를 다스리고자 하여…

이승휴는 정치에 참여했다가 물러나서 두타산 구동으로 갔으며 거기(고향)에서 「제왕운기」를 지었다. 현실참여는 그의 상상력 속에서 더욱 확대되었다. 고향의식은 우리가 살아온 총체적 체험으로서 어떤 결정체를 이룰 때 역사의식으로 발전한다. 고향과 접맥된 자아를 탐구한다.

자아탐구의 표현이 곧 자기 역사의 발전이며 표현이다. 역사의식의 표현은 이승휴에게 있어서 궁극적으로 민족주의의 자주적 행동으로 이행되었다. 그리하여 '나는 누구인가'라는 질문에서 '민족은 누구인가'라는 질문으로 이행되면서 민족의 자아 회복을 천착하게 된다. 외세에 대해 자기를 지키려는 모든 노력도 이 주체의식에 근거한다. 그리하여 고려의 지성은 자주성을 파괴하는 모든 사건에 대해 저항한다. 고향의식과 역사의식, 그리고 민족의식은 곧 저항의 언어로 성장하여 민족문학의 지평으로 나아가는 것이다. 그리하여 이승휴의 「제왕운기를 올리는 글」이 씌어졌던 것이다.

> 예로부터 지금까지 황제들이 이어온 역사, 즉 중국은 반고로부터 금까지, 동국은 단군으로부터 우리 본조까지의 그 시작한 근원을 책에서 두루 찾아내어, 같고 틀림을 비교하여 그 요긴함을 추려 품명으로 글을 이루었사온데, 그 서로 이어지고 주고받으며 일러남이 보기 좋고 알기 쉽게 되었사옵니다. 대체로 읽고 이루어서 말씀드리는 바는 마음에 드시는 것으로써 취하고 버리옵소서. 엎드려 바라옵기는 성지를 넉넉히 미루시어 백성들에게 버리지 말게 하시고, 잠깐 밝으신 마음을 빌으시어 읽어보심을 허락하시고 세상에 시행하셔 뒷사람을 위한 권계가 되었으면 하옵니다.

단군으로부터 시작되고, 요동에 삶의 터전을 잡아 고려시대까지 역사의 시간과 세계의 공간을 영위해 왔다는 고향의식, 역사의식, 민족의식은 「제왕운기」에서 한국 민족문학을 태동시켰던 것이다.

4. 민족문학에서의 시간 복원

「제왕운기」(하권)는 한국사의 시작을, "처음에 어느 누가 나라를 열었던고/석제(釋帝)의 손자 이름은 단군일세"라고 읊은 다음, 단군 역사의 근거와 해설을 다음과 같이 기술했다.

> 本紀에 다음과 같이 적혀 있다. 上帝 桓因은 서자가 있었으니 이름이 雄이었다고 한다. 상제는 웅에게 말하기를, 내려가 三危太白에

이르러 弘益人間, 즉 크게 인간을 이롭게 할 수 있을 것이니라. 웅은 이리하여 天符印 세 개를 받고 귀신 삼천을 거느리고 太白山 神檀樹 아래에 내려왔다. 이분을 桓雄天王이라 이른다고 한다. 손녀로 하여금 약을 먹어 사람이 되게 하여 단수신과 결혼시켜 아들을 낳게 했다. 이름을 檀君이라 하고 朝鮮의 땅을 차지하여 왕이 되었다. 이런 까닭에 尸羅 高禮 南北沃沮 東北夫餘 濊와 貊은 모두 단군의 자손인 것이다. 일천삼십팔 년을 다스리다가 阿斯達에 들어가서 神이 되어 죽지 아니하였던 것이다.

한민족의 시작을 하늘(창조주)과 직결시킴으로써 선택된 민족이라는 것을 여기서 과시한다. 석제(釋帝)는 불교에서는 역이천주(仍利天主)석제라고도 부른다. 우리의 하느님과 같은 의미이다. 만년에 불경에 필독하고 불교도로 자처했던 이승휴는 오늘의 하느님 개념으로서 석제를 사용했던 것이다. 하느님의 자손이라는 뜻은 하느님의 직계 자손이라는 뜻과 우수한 민족이라는 뜻을 동시에 가진 것이다. 하느님의 자손이 되는 민족, 우수한 민족, 그러한 위대한 나라라는 의미를 형성한다. 한민족이 일찍이 도전했던 땅, 그리고 웅전하고 있는 땅에 세운 한민족의 나라는 위대하다는 선언을 하고 있다. 「제왕운기」(하권)에서의 단군 역사는 하늘(우주)의 정신을 계승하는 민족, 우수한 정신을 간직한 민족정신의 표현의 주체이다. 하느님의 직계 자손이 세운 나라는 또한 중국과 역사가 동등하다는 것을 과시한다. 고려시대의 세계인식은 중국 대륙이 표준이었다. 세계인식의 표준이 되는 중국의 역사와 같은 시기에 단군의 역사가 시작되었다고 하는 것은 단군의 역사가 곧 이 세계의 시작과 같이 한다는 뜻을 내포한다.

堯帝와 같은 戊辰年에 나라 세워/舜을 지나 夏國까지 왕위에 계셨

도다/殷나라 武丁 팔년 을미년에/阿斯達에 입산하여 산신이 되었
으니/나라 누리기를 일천 이십 팔년/그 조화는 釋帝이신 桓因께서
전해주신 일/그 뒤 일백 육십 사년만에/어진 사람 나타나서 君과
臣을 마련하다.

유구한 시간으로의 확대라는 상상력으로 확산되면서 하느님의
자손, 신성한 것, 유구한 것의 표상이 형성된다. 말하자면 한국인
의 시간의 표상이 형성되며 그것이 단국 역사의 본질적 영역이 된
다. 하늘의 자손, 신성한 것, 유구한 것의 표상은 '하나'의 의미 영
역을 형성한다. 모든 것은 '하나'에 이르는 실체이며 '하나'로 통합
되는 개체이다. 단군 역사는 그 구심을 형성한다. 모두가 단군의
자손이라고 한 것이 '하나'의 개념이다.

　　수시로 合散하고 浮沈하니/자연히 분산되어 三韓이 이루어졌다./
삼한에는 여러 州縣이 있었으나/蚤蚤하게 山谷간에 산재터라/稱國
하고침략하니/칠십여의 그 이름 어찌 다 밝혀지랴/그 중에서 大國
이 어느 것인가/첫째로 夫餘와 沸流國이 떨치었고/다음으로 신라
며 고구려며/남북의 옥저와 예맥이 따르더라/이들 임금의 조상은/
모두 모두 단군의 한 핏줄기

부여·비류·신라·고구려·옥저·예·맥 등의 나라, 이 민족의
모든 것이 단군으로 비롯되었고 단군의 자손으로서 한 혈통이라
는 역사 인식은 한국 민족문화 표현의 시작이라 할 수 있다. 종합
성과 통일성의 종지(宗旨)라 할 수 있다. 종합성과 통일성의 상상
력을 형성한 것이다. 한민족의 민족공동체인 동포의식의 바탕이라
할 수 있다.

그러므로 「제왕운기」 (하권)에서의 단군 역사는 모든 것의 근

원적인 의미를 지닌다. 모든 것의 시작이요, 모든 것의 종합이며, 모든 것의 실체이다.

한민족이 '하나'에 이르는 표상이며 진리이다.

「제왕운기」에는 하느님의 자손인 단군의 인간화, 역사화의 과정이 생략되어 있다. 환웅이 한 마리의 곰〔熊〕과 호랑이〔虎〕를 교화하여, 그 중에서 곰을 인간으로 탄생시키며 그 웅녀와의 결합 과정이 생략되어 있는 것이다.

환웅은 쑥과 마늘을 곰과 호랑이에게 주고, 동굴 속에서 백일 동안 햇빛을 보지 않고 인간으로의 탄생(변신)을 실현하는 기회를 준다. 곰은 인간이 된다. 환웅은 그 곰에서 잉태시켜 단군 왕검을 낳는다.

「삼국유사」의 이 같은 기록이 「제왕운기」에서는 서사시로 읊어지는 것이 아니라 그 부기에서 '손녀로 하여금 약을 먹여 사람이 되게 하며 단수신과 결혼시켜 아들을 낳게 했다"는 다른 내용을 담고 있다. 그러나 이 같은 인간화, 역사화는 한국적인 탄생의 모델을 형성하면서 보편적이고 세계적인 생명 탄생의 모델을 이룸으로써 민족문학의 지평을 연다.

「제왕운기」(하권)의 서문은 "삼가 국사(國史)에 의거하고, 한편으로 각 본기(本紀)와 수이전(殊異傳)에 실린 바를 채록(採錄)하며, 요순(堯舜) 이래의 경전, 그 사적을 펴 이를 노래함으로써 흥망한 그 연대를 밝히니, 대체로 일천 사백 육십 언(言)이다"라는 단서를 달아 단군 역사가 정통 역사적인 『국사(國史)』, 『본기(本紀)』, 『수이전(殊異傳)』 등에 바르게 기록된 사실임을 재천명하고 있는 것이다. 그리하여 「제왕운기」에서 민족문학의 시간은 복원된다.

5. 민족문학에서의 공간 복원

단군 역사의 시적 의미가 시간의 복원에 의해서 그 정통성을 옹호하고 있는 것이라면 다른 한편에서는 공간의 복원에 의해서 문학적 공간의 확대를 가져다준다. 문학적 공간의 확대는 현실인식을 통해서 그 바탕을 설정한다.

'요동에 별천지가 있으니 중조(中朝)와 두연(斗然)히 구분되며…' 라고 선언한 것은 삶의 터전이 되는 요동(만주) 공간을 처음부터 점유하고 있었음을 표현한 것이다.

이 불가침의 공간, 아무에게도 양보할 수 없는 공간, 그리고 불변의 공간은 곧 독자성과 자주성의 표상이 된다. 이 불가침 불변의 공간이 곧 문학적 공간으로 확정된다. 그리고 이 같은 공간은 실상 지금의 만주대륙에까지 뻗쳐 있는 광대한 공간이었음을 환기시키고 있는 것이다.

고구려가 부여와 비류국의 영역을 포함하여 만주지역까지 광대한 공간을 차지했다고 강조한 것이 그 실례이며, 발해의 역사가 한국의 역사임을 강조한 것도 그 실례이다. 그 공간을 강역 안에 수용한 고구려가 역시 하느님의 자손이라 한 것은 곧 공간의 점유와 확대의 신성한 정통을 뒷받침한다.

　　麗祖의 성은 高요 시호는 東明이라/그 이름 朱蒙 활 잘 쏘는 솜씨/아버지는 解慕 어머니는 柳花인데/하느님의 손자요 하백의 외손이라/아버지는 天官으로 소식조차 돈절하고/어머니는 優水 맑은 물가 오고 갔다/(중략)/마한의 王儉城에 나라살림 시작하니/ 하느님이 궁궐을 지었도다/천지가 캄캄한데 짓는 소리 쾅쾅/칠일째에 구름 안개 걷어지고/ 金碧王宮 높이 솟아 푸른 하늘 빛내었다.

요동(만주)의 공간이야말로 고려시대에 원상대로 회복해야 할 한민족의 신성한 공간임을 제시한다. 요동지방까지를 역사적 공간으로 확인하고 천착함으로써 역사에의 내면적 의지를 제시한다.

현실적인 공간의 회복은 물론 정서적, 정신적 공간의 회복을 제시하는 것이다. 정서적 공간의 확대가 민족문학의 근간임을 보여준다.

한국의 역사에의 무의식적으로 외면되었거나 고의적으로 부정되었던 발해사를 정통 계승의 역사로 인식한 데서도 그러한 면모를 여실히 찾아볼 수 있다. 발해를 고구려의 유장(遺將)이 세웠다고 했고, 발해국이 망한 다음에 그 유족을 동포로 맞아들인 고려의 발해사 수용을 찬양한 것이 그것이다.

> 前高句麗 남은 장수 이름은 大祚榮/태백산 남녘 성에 씩씩하게 근거삼아/주나라 측천무후 그 원년 갑신해에/개국하여 이름지어 발해로 일컬어라/우리 태조 팔년이라 을유에/온 나라 손을 잡고 우리 서울 찾았구나/ 이런 기틀 먼저 알아 귀부한 이 뉘시었나/禮部卿과 司政卿이 그분이라/지난해를 헤어보니 사백에 사십 이년/그간에 몇 임금 수성을 잘했던…

예부경인 대화균(大和鈞)과 사정경 좌우장군 대리저(大理著) 장군인 신덕(申德), 대덕(大德), 지원(志元) 등 6백 호가 내부하였다고 했다. 부여·비류국·고구려·발해로 이어져 다시 고려와 연결되는, 역사적으로 점유했던 공간으로 당대에 계승하고 복원해야 한다는 역사의식을 확인한다. 이 같은 역사적 지리적 공간의 복원, 확대가 문학적 정서로의 공간 확대로 확산된다. 실로 한국 민족문학의 공간 확대가 실현되는 전개라 할 수 있다.

6. 시간과 공간의 회복

삼척군 미로면 간장사에서 씌어진 이승휴의 「제왕운기」는 한국 민족문학상의 시간과 공간을 복원한 민족 서사시이다. 향가가 소멸되고 경기체가, 별곡체 서사시가 민족의 말과 정조를 되살리던 시대에 문자의 표기와 언어의 표현에의 제약을 딛고 오언(五言) 칠언(七言)의 한시체를 빌어 서사시적 의욕을 북돋우었다.

「제왕운기」(하권) 마지막 장에서 주를 달아 "어떤 사람이 힐난하기를 그대가 편수한 「제왕운기」는 모두가 칠언(七言)으로써 서사(敍事)하다가, 본조(本朝)에 와서는 오언(五言)으로 한 것은 무슨 까닭이냐, 그것이 뜻이 있느냐"는 것이었다. 이에 "시작(詩作)은 오언에서 시작하여 칠언으로 마치는 것이다"라고 말했다고 적고 있다. 서사시적 의욕이 민족시의 이행과 발전을 촉매시켰다. 가사(歌辭)의 기원으로서 「제왕운기」의 지위가 확고하다고 이병기(李秉岐)가 『국문학전사』에서 제시한 것도 이에 연유한다. 또한 민족서사시 「제왕운기」의 사이사이에 주를 달아 잃어버린 민족 역사를 복원할 수 있게 한 것도 민족문학의 시간과 공간의식의 복원과 직결된다.

그리하여 민족서사시 「제왕운기」는 민족문학을 태동시키고, 민족공동체의 의지를 표현하면서 침략세력에 저항하는 민족주의 문학의 원형적인 모델을 만들었다. 그것은 역사적 시간의 복원을 통해서 문학적 시간의 확대를 가져 왔으며 사실성과 저항성의 문학적 지평을 열었다.「제왕운기」가 제시하는 단군 역사의 시적 의미는 그러므로 한국문학의 시간의 틀을 복원해 준다.

단군 역사의 시간의 복원은 요동(만주)과 한국 땅에 걸치는 광대한 공간으로 복원되면서 오늘의 삶의 터전으로 계승 확대되는 모티브를 형성한다.

시간과 공간의 복원에서 확대로 이어지는 민족문학의 시간과 공간이 또한 오늘의 복원과 확대로 전개된다. 역사의 시간과 국토의 공간이 마치 씨줄과 날줄처럼 직조되어 민족문학의 틀을 형성한다. 민족문화의 시간과 공간의 확대를 민족문학 정서의 근간으로 제시한다. 「제왕운기」(하권)의 민족문학에의 시간이 「홍길동전」이나 「구운몽」, 「붉은 산」이나 「북간도」 등에 연면되면서 오늘의 분단문학에도 시간과 공간의 회복으로 전개된다. 그러니까 「제왕운기」(하권)의 시간의식과 공간의식은 오늘의 한국문학의 시간의식과 공간의식으로 제시되는 것이다. 그리하여 한국 민족문학 원초성에의 형성화를 이룩한다.

한국문학과 남방문명과의 만남

한국문명은 언제, 어디서, 어떻게 탄생했을까? 이 질문은 한국역사에 대한 단순한 흥미나, 한국문명에 대한 단순한 지식을 넘어서 한국역사와 한국문명에 대한 정체성(正體性)을 확인하는 단서가 된다.

지금까지 한국문명은 북방지향의 신화와 역사, 그리고 정체성으로 설명되었다. 환웅신화와 단군조선, 이승휴의 역사서사시와 이규보의 영웅서사시, 그리고 김부식의 『삼국사기』, 일연의 『삼국유사』 등이 그 전범(典範)이다.

한국문인협회 1998년 제8회 해외 한국문학 심포지움의 주제, 「북방지향의 한국사와 우리 문학」 논의도 북방문명의 정체성 규명에 초점을 맞추었다. 북방문명의 정체성 틈새로 남방문명의 동질성과 교차점이 간헐적으로 발견된다. 여기서는 이 간헐적으로 발견되는 남방문명과 한국문명의 동질성과 교차점을 밝히고, 남방문명과 한국문학의 만남의 단서를 제시하고자 한다.

1. 한국문명과 남방문명의 동질성

거석문화(巨石文化)의 유물인 고인돌은 우리나라 전역과 일본 남단과 대만, 그리고 중국 동해안과 인도네시아 발리 제도, 자바 섬, 수마트라 섬, 인도 남부 등에 널리 분포되어 있다. 유럽에서는 영국, 프랑스, 이베리아 반도 북구에도 퍼져 있고, 북아프리카 지중해 해안에서도 발견되고 있다. 한국의 전 지역과 중국 요동반도 남만주 지역은 고인돌이 집중적으로 조성되었다. 한국에는 1만 기 이상의 고인돌이 분포되어 있었던 것으로 조사되어 한국은 고인돌의 중심지, 또는 자생지일 것이라는 견해도 없지 않았다. 북방문명과 남방문명, 그리고 고인돌이 분포되어 있는 전 세계가 문명의 동질성을 내포하고 있다는 논의가 가능해졌다.

신석기시대부터 고인돌이 나타났으며, 청동기시대에 크게 유행하고, 철기시대를 거쳐 그 후기에도 고인돌은 산재했다. 고인돌은 지석묘(支石墓)라고 부르기도 한다. 고인돌〔支石〕로 큰돌개석〔蓋石〕을 받쳤다고 하여 붙여진 이름이다. 유럽에서는 책상 모양의 돌처럼 생겼다하여 돌맨(Dolman)이라고 부른다. 청동기시대 (BC 1500~200) 전후에 크게 유행했던 고인돌은 북방식과 남방식으로 대별된다. 땅 위에 판석을 세우고 천정석을 덮은 북방식과 땅 위에 괴석을 올려놓든지 작은 돌을 깐 후에 천정석을 덮은 남방식이 그것이다. 우리나라에서는 한강 이북에 북방식이 많고 한강 이남에 남방식이 많다.

신석기 후기에서 청동기에 이르는 시대는 우리나라의 고조선과 열국시대에 해당된다. 고인돌이 축조된 시기로 보아 고조선과 열국의 역사 유적, 문화 유적이라 할 수 있다. 한국의 고인돌 문명은 한국의 농경사회 형성, 공동체 마을 실재, 정치사회의 존재를 웅변해 준다. 힘센 남자 5백 명이 고인돌을 움직였다고 하면 고인돌 사회의 정치지도자는 '장정 500명×1가구 5인 가족 인구 2,500명' 규모의 사회를 움직였다는 추론이 가능하다. 고대 국가의 실력자는 고인돌 사회의 실력자가 모여서 추대했을 것이라는 추론이 또한 가능하다.

한국의 고인돌 사회와 남방, 즉 인도네시아와 인도에 이르는 남방의 고인돌 사회가 어떤 연관성이 있는지 아직 확실히 밝혀지지 않았다. 독자적으로 발생했을 것이라는 것, 상호관련을 가졌을 것 등 두 가지 논의가 있다. 고인돌 사회의 독자성과 관련성 논의는 차치하고 여기서는 거석문화의 동질성을 확인하는 것으로 논의를 국한시키려 한다. 한국문명과 남방문명의 동질성 논의는 그래서 제안적일 수밖에 없다.

세계의 모든 민족은 거석 숭배(巨石崇拜)의 신앙을 가지고 있었다. 돌은 영원히 변하지 않는다. 돌은 단단해서 부서지지 않는다. 돌에는 초자연적인 어떤 힘이 내재되어 있다. 돌에는 또 조상의 영혼이 깃들어 있다고 믿었다. 돌에 초자연적인 힘이 내재되어 있다는 신앙과 조상의 영혼이 깃든다는 신앙이 거석 숭배의 바탕이다. 조상의 주검을 묻는 고인돌을 축조, 제단과 사당으로 사용하기도 했다. 고인돌을 축조한 한국문명과 남방문명의 동질성은 결코 소홀히 넘길 수 없는 관련성을 갖는다. 인도네시아 자카르타는 그래서 오늘날에도 한국문학의 상상력을 접목할만한 세계이다.

2. 한국문명과 남방문명의 교차점

한국문명과 남방문명의 동질성이 발견되는 연대 또는 그 후기에 오면 남방문명으로부터 한국문명으로 유입되는 두 가지 역사적 사건과 만나게 된다. 하나는 가락국(駕洛國) 시조 김수로왕(金首露王)의 왕비 허 왕후(許王后)가 인도 아유타국(阿瑜他國)으로부터 바다를 건너와 혼인을 했다는 역사적 사건이다.

다른 하나는 신라 헌강왕 5년(879) 때 처용(處容)이 남방으로부터 들어와서 급간(級干)의 벼슬을 했다는 사건이다. 전자는 우리나라의 사국시대(四國時代)를 여는 역사의 교차점이 되었으며, 후자는 「처용가」, 「처용무」, 「처용회」 등 문화사적인 교차점이 되었다.

가락지방의 9 간(干)이 무리를 이끌고 구지봉(龜旨峰)에 올라 "거북아, 거북아/네 머리를 내 놓아라/만약 내놓지 않으면/너를 구워서 먹겠다."는 「구지가(龜旨歌)」를 불렀다. 『삼국유사』에 기록되어 있는 이 「구지가」의 세계를 완성하는 서사시적 요소는 허 왕후와의 혼인으로 전개된다.

「구지가」는 수로부인(水路婦人)의 「해가사(海歌詞)」로 지속된다. 아유타는 갠지스 강 지류의 아요디아로 알려져 있고, 힌두교의 유적지로 되어 있으나 아유타국에서 남방불교가 전파되었다는 학설에 대해서도 귀담아들어야 할 부분이 있다.

처용랑은 역신(疫神)이 그의 아내를 빼앗아 동침하는 것을 보고 「처용가」를 부른다.

"달 밝은 밤에 늦도록 놀다가 집에 와 보니 가랑이 넷이다. 둘은 내 것인데 둘은 누구의 것인가. 이미 빼앗긴 것을 어찌하랴."

「처용가」는 노래 그 자체로 읽을 수도 있지만 악귀를 쫓아내고 질병도 쫓아낸다는 주술적 의미로도 읽을 수 있다. 신라 향가 「처용가」의 모습은 고려의 속요에도 영향을 미쳐 그 모습이 계승된다.

장보고(張保皐 ?~846)는 청해진(淸海鎭, 완도)을 설치하고 신라와 당나라와 일본 사이의 무역을 관장한다. 해상권을 잡은 그는 남방과의 교역을 독점한다. 장보고에 앞서 남방의 길을 닦은 인물은 혜초(慧超 704~?)였다. 그는 바닷길로 인도에 이르고, 인도의 5개국과 인근 여러 나라를 순례한다. 그 행적을 적은 여행기가 『왕오천축국전(往五天竺國傳)』이다.

혜초로부터 본격적으로 시작된 신라인의 인도 여행은 남방문명에 대한 세계 인식을 크게 넓혀 주었다. 그가 바닷길로 여행함으로써 남방문명에 대한 체험적 기록을 남길 수 있었다. 신라 성덕왕 26년(727)부터 10년 동안 인도를 순례하는 시기의 아프가니스탄 페르시아(이란)의 모습까지도 생생히 전한다. 혜초의 『왕오천축국전』 이후에 해상왕 장보고가 등장, 동북아시아의 바다를 장악하는 것은 남방 지향의 행동주의를 낳았다는 사실을 증언한다.

한국문명과 남방문명은 초기에 남방으로부터 유입 양상을 띠고, 후기에 남방으로 진입하는 양상을 띤다.

한국문명과 남방문명 사이에 간헐적으로 이루어진 교차점은 그러나 오랜 기간 한국문학의 본격적인 모티브가 되지 못한다. 더 오랜 시간이 흘러야만 했다.

3. 『홍길동전』의 해양국, 율도국 모티브

조선 왕조 성종 2년(1471), 신숙주(申叔舟)는 『해동제국기(海東諸國記)』를 저술했다. 성종의 명을 받아 지은 것이므로 조선 왕조의 해동제국 인식을 반영하고 있다. 그 내용은 주로 일본을 대상으로 하고 있지만 유구국(琉球國)에 대한 것도 포함되어 있다. 유구국에 대한 인식을 통해서 남방에 대한 인식을 엿볼 수 있다.

국왕은 세습했다. 홍무 23년(1390)에 국왕 찰도(察度)가 사신을 보내어 내조(來朝)했는데 유구국 중산왕(中山王)이라 일컬었다. 이로부터 여러 해를 이어서 사신을 보내고, 그 세자 무영(武寧)도 또한 방물(方物)을 진헌(進獻)했다.

『해동제국기』는 아쉽게도 유구국 남쪽의 상황을 기록하지 않았다. 이것이 조선 왕조시대 남방문명에 대한 구체적 인식의 한계처럼 보인다.

국토는 불변의 공간, 불가침의 공간으로 인식하고, 민족문학은 이 공간을 무대(영토)로 했다. 그 국토가 민족문학의 영토로 확대될 때 민족문학의 에고가 형성된다. 민족문학의 새 영토로서 이상국가(유토피아)는 불변의 공간이 된다.

허균(許筠)의 「홍길동전」에 창조된 이상국가 율도국은 민족문학의 공간이 되었다.

남해 중에 률도국이란 나라히 잇스니 옥야 수천리의 진짓텬부국이라 길동이 매양 유의하던 베라 제인을 불러 왈 "내 이제 률도국을 치고져 하나니 그대 등은 진심하라"라고 즉일 진군할 시 길동이 스사로 선봉이 되고 마슉으로 후군장을 삼아 정병 오만을 거느려 률도국 털봉산에 다다라 싸홈을 도도니…

홍길동이 남해 중에 있는 율도국을 5만의 군사로 점령하고 율도왕국을 세운다. 율도국은 남해 중에 있지만 그 정치 체제는 조선 왕조의 그것을 본받았다. 남해 중에 건설된 율도국은 1516년에 저술된 토머스 모어의 『유토피아』, 그리고 1623년에 저술된 캄파넬라의 『태양의 나라』의 중간 연대에 창조되었다. 율도국은 한국문학에 등장하는 최초의 정치적 체제를 갖춘 이상국가라 할 수 있다. 그 율도국은 바로 남해 중에 있었다. 남해 중의 율도국은 유구국을 모델로 했다는 논의도 있었다. 율도국은 현실적으로 어디를 상정했든 남방문명의 관련성을 강력하게 시사해 준다. 그리고 율도국은 당시의 조선 왕조와도 일의대수에 있음을 보여 주고 있다.

> 왕이 치국 삼 년의 산무도적조고 도불습유하니 가위 태평세계러라. 왕의 백뇽을 불러 왈 "내됴선 성산긔 표문을 올리려 하나니 경은 슈고를 앗기지 말라" 하고 표문과 셔찰을 홍부에 붓치니라. 백뇽이 죠션의 득달하여…

『해동제국기』가 남방 세계로 세계 인식을 넓혀 가는 것을 보여 준다면 「홍길동전」의 율도국 점령, 건국은 남방 세계로 문학적 상상력을 넓혀 가면서 작품에 구체적 공간으로 설정하는 것이다. 남방 세계는 가상·동경·현실에서 현실 세계에 도달했음을 보여 주는 것이다. 율도국의 창조는 한국문학이 남방문명의 공간으로 그 영토를 확대하고 있음을 확인한다.

4. 해양문학의 무대, 열려 있는 제3세계

우리나라의 해양소설은 한문소설인 김시습(金時習)의 『금오신화(金鰲神話)』의 「용궁부연록(龍宮赴宴錄)」 편에서 원형적 형태를 찾아볼 수 있다.

「심청전」의 인당수를 거치고 최부(崔溥)의 「표해록(漂海錄)」을 거치면 그 무대가 동남아 해역으로 뻗치게 된다.

허균의 「홍길동전」에서 율도국이 등장하면서 그 무대는 구체적으로 드러난다.

1970년대에 작가 천금성(千金成)은 해양소설의 영역을 확립하고 또 크게 넓혔다. 그 자신은 적도(赤道)를 넘고 인도양으로 진출한 원양어선의 선장이었다. 인도양, 태평양에서의 원양어업을 직접 체험, 그것을 소설화했다.

「적도제(赤道祭)」는 1970년 11월 《현대문학》지에 발표된 소설이다. 인도양 한가운데서 상어 떼에 끌려 들어가 익사하는 선원, 적수(滴水)에 떠밀리는 원양선, 몰려드는 상어 떼 등, 해양에서의 혼돈은 그것을 딛고 땅에 서는 질서로 재생된다. 적도의 바다, 인도양의 그 바다는 초극해야 할 사물이고. 초극해야지만 새로운 생명의 탄생을 가져 온다. 해양소설의 해양적 비극의 양식을 통해서 부활 또는 재생, 만남 또는 귀향의 풍요를 확인하게 된다.

남방문명의 현장 인도양의 적도로 가는 바닷길이 열리고 한국 해양문학의 영토가 확장된다. 남방문명은 현대 한국문학의 해양소설과 불가분의 관계를 맺는다. 그러나 남방문명의 공간인 바다, 하늘, 육지에 닿았지만 거기 사는 사람들과 문명에 대한 관계는 형성되지 않는다. 남방문명을 이룩한 사람들과 그들의 역사와 도시와 풍속에 접근하는 데는 관심을 보이지 않는다. 한국과 한국인의 내적 고뇌와 삶만이 거기에 투영된다. 이제 남방문명의 공간뿐만 아니라 거기 삶의 모든 것을 한국문학의 영역으로 사용해야 한다. 남방문명의 모든 것을 한국문학의 모티브로 삼자는 것이다. 자카르타를 찾아왔고, 자카르타를 보았고, 그리고 표현하는 글쓰기가 우리 앞에 열려 있다.

이상국가 '율도국'의 모티브

1. 민족문학의 새 영토

국토는 불변의 공간, 불가침의 공간, 양보할 수 없는 공간으로 인식된다. 민족문학은 바로 이 공간을 무대(영토)로 한다. 그 국토가 민족문학의 영토로 확대될 때 민족문학의 에고가 형성된다.

민족문학의 새 영토로서 이상향은 불변의 공간이 된다. 허균의 「홍길동전」에 창조된 율도국은 한국인의 이상향으로서 민족문학의 공간이 되었다.

한국인에게 상상의 문학국토로 의식됨으로써 한국인의 문학영토의 확대를 가져왔다. 율도국이 산문적인 바탕 위에서 형성된 것이면서도 시적인 상상력을 만들어낸다. 율도국의 이상향, 한국인의 이상향 모티브는 민족문학공간의 중대한 의미를 던진다.

2. 한국소설과 이상국가

「홍길동전」의 율도국은 한국소설사에 처음으로 등장하는 이상국가이다. 물론 율도국은 토머스 모어의 「유토피아」나 캄파넬라의 「태양의 나라」와는 그 근본이 다른 이상국가이다.

「유토피아」가 르네상스적인 이상을 반영하고 있다면 「태양의 나라」는 가톨릭시즘의 이상을 반영하고 있다. 전자가 1516년에 후자가 1623년에 각각 출판되었다.

「홍길동전」은 「유토피아」와 「태양의 나라」가 발간된 중간 년대에 저작되어 한국(당시는 조선) 안에서만 큰 유행을 보았다. 그리고 「홍길동전」의 후반부에 건설된 이상국가로서의 율도국은 '태평세계'를 표방하는 세계이다.

"각셜 길동이 제전을 극진히 밧드러 삼상을 맛치매 모든 영웅을 모화 무예를 닉히며 농업을 힘쓰니 병정량죠 한지라 남해중의 률도국이란 나라히 이스니 옥야 슈쳔리의 진짓텬부지국이라 길동이 매양 유의하던 배라 제인을 불러 왈 "내 이제 률도국을 치고져 하나니 그대등은 진심하라" 하고 즉일 진군할새 길동이 스사로 션봉이 되고 마슉으로 후군장을 삼아 졍병 오만을 거느려 률도국 텰봉산의 다다라 싸홈을 도도니 태슈 김현츄가 난대 업는 군대 니르믈 보고 대경하여 일변 왕의게 보하고 일지군을 거느려 내다라 싸호거늘 길동이 마자 싸화 일합의 김현츄을 버히고 텨르봉을 어더 백성을 안무하고 뎡쳐르로 텨르봉을 직히오고 대군을 휘동하여 바로 도성을 칠새 격셔를 률도국의 보내니 하엿스되 "의병쟝 홍길동은 글월을 률도왕의게 붓치나니 대져 님군은 한 사람의 님군이 아니요 텬한 사람의 님군이라 내 텬명을 바다 긔병하매 몬져 텰봉을 파하고 물미듯 드러오니 왕은 싸호고져 하거든 싸호고 불연즉 일즉 항복하여 살기를 도모하라" 하였더라.

왕이 남필의 대경왈 "아국이 젼혀 텰봉을 밋거늘 이제 일허시니 엇지 텨당 하로오" 하고 제신을 거나려 항복하니 길동이 셩중의 드러나 백성을 안무하고 왕위에 즉한후 률도왕으로 의령군을 봉하고 마슉 최쳘 좌우샹 삼고 기여 제쟝은 다 각각 봉쟉한 수 만됴백관이 쳔셰를 불러 하례하더라. 왕이 치국 삼년의 산무도적조고 도불습유하니 가위 태평세계러라. 왕이 백농을 불러 왈 "내됴션 셩상긔 표문을 올니려 하나니 경은 슈고를 앗기지 말라" 하고 표문과 셔찰을 홍부의 붓치니라. 백뇽이 됴션의 득달하여 몬져 표문을 올린대 상이 표문을 보시고 찬왈 "홍길동은 진짓 긔재로다" 하시고…"

　　　　　　　　― (장지영 역주, 「홍길동전」, * 현대문은 필자)

앞의 인용문에서 보이는 '산무도적'·'도불유습'의 '태평세계'가 율도국의 사회상이며 이 소설의 끝에 보이는 '대대로 계계승승하여 태평을 누리더라'가 정치상이다. 또한 조선 왕국과 단절된 모습의 세계가 아니고 조선 왕국을 모델로 한 세습 왕조이다. 그러나 이 절대 군주체제의 율도국에는 산속에 도적이 들끓는 일이 결코 없고, 길에 떨어진 물건이라도 집어가는 일이 결코 없는 선정(善政)체제를 내부 규범으로 하고 있다.

홍길동이 건설한 율도국은 그러므로 두 가지 외형적인 체제를 기본으로 한다. 바로 이것이 「홍길동전」의 율도국이 내포하는 이상국가의 모습이다.

3. 율도국 건설의 모티브

허균은 1593년 임진왜란을 피해서 강원도 명주군 사천리 애일당(愛日堂)에 머물렀다. 이때 저술한 「한산초담(鶴山樵談)」 108 칙(則) 가운데 73 칙에서 78 칙까지가 바다에 관한 이야기를 내용으로 하고 있다.

① 최부(崔溥)의 「표해록(漂海錄)」과 시
② 이섬(李暹)의 표해 이야기
③ 정사룡 이웃 사람의 표해 이야기
④ 이언세(李彦世)의 표해 이야기
⑤ 이정립(李廷立)이 지은 「사쇄환표해인구표(詞刷還漂海人口

表)」

⑥ 중국에서 떠밀려 온 뱃사람들과의 이야기 등이 그것이다.

최부의 「표해록」은 최부가 제주도에 갔다가 부친상을 듣고 바다를 건너다가 표류, 중국 태주(台州)부 임해(臨海)현까지 갔다 온 이야기라 했고, 이섬의 표해 이야기는 바다에서 표류하다가 중국 양주(揚州)부 굴항채까지 갔다가 본국으로 돌아온 것이라 했다.

또한 정사룡 이웃 사람의 표해 이야기는 중국 절강(浙江) 영파(寧波)부까지 배를 대었던 체험담이라 했고, 이언세의 표해 이야기는 외적에 포로가 되어 남번(南番)으로 팔려갔다가 돌아온 내용을 담은 것이라 했다. 이정립이 지은 「사쇄환표해인구표」는 바다를 건너 고국으로 돌아왔다는 시인데 그 댓귀를 보지 못한 것이 한스럽다고 했고, 중국에서 떠밀려온 뱃사람들과의 이야기는 중국의 장사꾼 스무 명쯤이 사탕을 팔러왔다가 제주도에 상륙했던 이야기를 적은 것이라 했다.

「학산초담」은 허균이 스물다섯 살 되던 해에 지었으므로 일찍부터 바다에 대한 흥미와 바다를 소재로 한 이야기와 시의 소양을 가지고 있었던 것으로 추측된다.

허균은 어려서부터 바다와 밀접한 관계를 가지고 생활했었다. 그는 강릉시 초당동과 명주군 사천리의 '애일당'을 왕래하면서 어린시절을 보냈다. 임진왜란이 일어났을 때도 북쪽으로 피난을 갔다가 어머니를 모시고 돌아와 사천리 '애일당'에서 머물렀다. 허균의 「애일당기(愛日堂記)」에도 바다에 대한 체험을 쓰고 있다.

강릉부 삼십리에 사촌(沙村)이 있는데 동쪽으로 바다에 임하고 북쪽으로 오대, 청학, 보현의 여러 산들이 바라보이고 큰 냇물이 백병산(百屏山)에서 나와 마을 가운데를 지난다. 이 내를 둘러싸고 사는 상 하 수백 호의 민가가 다 내를 면하여 문을 열고 있다. 내 동쪽의 산이 북대에서 흘러와 용과 같이 해상에 머리를 들어 사화산(沙火山)이 되었다. 이를 에워싸고 큰 들이 예부터 있는데 늙은 용이 여기 숨어 있다가 가청 신유(辛酉)년 가을 그 돌을 깨치고 달아나니 돌이 두 쪽이 갈라져 문처럼 되었다. 뒤에 사람들이 이를 교문(蛟門)이라 이름 했다. 이보다 조금 남쪽에 한 언덕이 있으니 여기에 쌍한정(雙閑亭)이 있다. 이 정자는 강릉부 사람 박공달(朴公達)과 박수량(朴遂良)이 놀던 곳이다. 그 산세나 냇물의 모양이 구불구불하고 깊으므로 명당자리로 많은 이인(異人)이 났다. 내 외조부 참판공이 바다에 제일 가까운 곳에 땅을 가리어 당을 마련하니 아침에 일어나 창을 열면 해돋이를 볼 수 있고, 공이 연로한 어머님을 모시고 있어 그 이름을 애일(愛日)이라 짓고, 오희맹(吳希孟)을 시켜 크게 당호를 '애일당(愛日堂)이라 써 붙였다."

허균은 이 '애일당'에서 나서 '애일당'에서 어린 시절을 보냈으며, 동해 바다의 신비한 자연 속에서 꿈을 마음껏 펴 볼 수 있었다. 허균이 임진왜란 때 북쪽으로 피난 갔다가 돌아오는 길에 이 '애일당'에 머물렀다고 한 것은 이 고장과 그의 청춘시대와의 밀접한 관계를 말해준다.

이미 외조부는 돌아간 지 43년이나 되었고, 집은 퇴락해 있었다. 허균은 집을 중수하고 어머니 김씨 부인을 모셨다.

그런데 이 '애일당'에는 영웅 탄생 설화가 전해지고 있다. '애일당'은 조선 왕조 중종 때의 문신이었던 김광철(金光轍)의 집터이자 그의 호였다. 김광철은 벼슬이 예조참판에 이르렀는데 명종 선조조에 명신이었던 허엽의 장인으로 허봉·허난설헌·허균의 외조부가 된다. 이 '애일당'과 김광철의 아우 김광진(金光軫)이 집터이던 '이설당(梨雪堂)은 동해안에서도 명당(明堂)으로 유명하다고 전해진다. 이곳의 뻗어 내린 산줄기인 래용(來龍)은 매봉산에서 낙맥하여 사화진(沙火津)에서 끝난다.

이 끝난 데서 거슬러 올라가 서쪽으로 3백 미터 지점에 '애일당'이 있고, '애일당'에서 다시 2백 미터를 올라와 '이설당'이 있다. 이 두 명당자리는 모두 좌청룡 우백호의 산줄기가 신묘하게 감싸고 안은 넓은 들판에 맑은 냇물이 흘러 동해로 들어간다. 이 두 곳 모두가 풍수지설에는 간좌곤향(艮坐坤向·서남간 방향)이고, 그 지형은 극귀(極貴)의 생령지(生靈地)로 전설로 전해오고 있다.

광철·광진 두 형제는 의좋게 살면서 후손의 번영을 염원했다. 그런데 '애일당'에는 아직 적자(嫡子)가 없었다. 그런데 맏딸은 장성하였으므로 허엽에게 시집을 보냈다. '애일당'은 명당자리에서 어떻게라도 자손을 볼려고 적자가 출생하기 전에는 외손이라도 자기 집에서 잉태시킬 수 없다고 고집하여 사위 내외를 처갓집(애일당)에서 동침을 엄금시켰다. 이때 사위 허엽은 벼슬을 중단하고 강릉에 내려와 있었다. 허엽은 장인이라도 부모인지라 어쩔 수 없었다. 그러던 어느날 '이설당'에서 잔치가 있어 '애일당'이 그 잔치에 가게 되었다. 애일당은 집을 비운 사이에 젊은 사위 내외가 동침금지를 어길까 염려되어 딸을 '이설당'으로 데리고 갔다. 잠자리에 들 무렵 애일당은 딸을 찾았으나 딸이 눈에 띄지 않았다. 부인을 불러 물었더니 딸이 갑자기 심한 복통을 일으켜 사색이 되었기에 비상용 약을 둔 곳을 일러주어 집으로 돌려보냈다는 것이었다. 다음날 본가로 돌아온 애일당은 딸을 불러놓고, "너의 뱃속에는 귀인이 잉태하였으니 몸을 조심하라"고 하였다. 그 귀인이 바로 허균이었다. 허봉·허난설헌이라고도 전한다.

이상과 같은 애일당의 영웅 탄생 설화는 『임영문화(臨瀛文化)』 4집, 향토자료Ⅵ 지명 유래 「애일당·이설당」조에 명주군

사천면 미노(美老)리 염재근(廉在根) 제공으로 밝혀지고 있다. 그런데 강릉 명주지방에는 이 '애일당·이설당'의 설화가 널리 알려져 있었다.

허균에 관련된 영웅 탄생 설화는 앞에서 볼 수 있었던 「학산초담」의 여섯 개의 표해 이야기와 연결되고 있음을 유추할 수 있다. 허균이 '애일당'에서 나서 자라는 동안 바라보던 바다와 바다 이야기가 「홍길동전」의 율도국으로 그 모습을 드러내게 되었음을 허균은 사천진리 교문암에서 용이 꿈틀거리는 우주 공간을 상상했을 것이고, 바다로 나아가 이상향의 나라에 가보고 싶다는 동경을 가졌었을 것이다.(이러한 상상력은 동해의 바닷가에서 어린 시절을 보내면서 수평선에 시선을 던질 때 누구나 체험할 수 있는 보편적인 것이리라.)

이상에서 살펴본 두 가지 가설은 율도국 건설의 가능한 상상력의 근거가 된다. 그런데 동해안에는 삼봉산(三峰山), 봉래산(鳳來山) 등의 신비한 이상향이 있다는 전설이 내려오고 있다. 이것은 마치 제주도 사람들이 '이어도'라는 가상의 섬이 있다는 것을 믿는 것과 비슷하다.

동해안에는 일 년에 두 서너 번의 삼봉산을 보았다는 사람들이 많았다. 아침에 태양이 수평선에서 솟아오르기 직전, 바다와 하늘이 맞닿는 부근에 봉우리 셋이 수평선에 솟아오른다. 길면 10여 분, 짧으면 2~3분, 잠깐 사이에 솟았다가 수평선으로 잠겨버리는 삼봉산을 동해안 주민들(양양·명주·강릉·동해·삼척지방 전역)은 봉래산(신선이 사는 곳이라는 상징)이라 불렀다.

이 수평선에 떠오른 삼봉산을 본 사람은 그 해에 큰 운이 트인다는 전설이 전해져 내려왔다. (* 필자는 이 같은 삼봉산 전설을 어렸을 때 여러 번 들었고, 그 삼봉산을 본 적이 있었다.) 그런데 직선거리가 가장 가까운 거리에 있는 동해안 어디서든 울릉도가 그렇게 보인다.

울릉도는 동해안의 육지와 가장 가까운 거리가 삼백여리이다. 이 같은 삼봉산을 명주군 사천면 사천진리 '애일당'이 있는 곳에서도 충분히 볼 수 있었을 것이다. 허균의 어린 시절은 동해바다의 신비한 이상향을 동경하면서 거기에 항해하여 가보려는 야망을 품었을 것이다. 동해안 사람들이 이상향(신선이 사는 곳)으로 생각하고 있었고, 또 허균도 그러한 이상향을 들었고, 보려고 했을 것이다. 따라서 동해안의 삼봉산 전설도 「홍길동전」의 율도국 건설에 있어서 제3의 가상적 모티브가 된다.

그런데 삼봉산(울릉도)은 서기 512년 6월 하슬라주(명주)의 군주 이사부(異斯夫)가 명주 삼척의 수군과 목사자를 이끌고 쳐들어가 항복을 받았다. 이 같은 역사적 정복의 사실도 허균은 알고 있었을 것이다. 우산국 정벌에 임했던 이사부는 505년(신라 지증왕 6년) 5월에 실직주(悉直州·삼척) 군주로 임명되었었고, 그로부터 7년 후에 동해안 수군을 동원한다.

이때 목우(木偶) 사자를 전선에 싣고 가서 우산국 주민을 위협했다는 『삼국사기』의 기록은 「홍길동전」의 율도국 정벌과 비슷한 구조를 가지고 있다. 또한 율도국 건설의 제4의 가상 모티브가 될 수 있다.

4. 율도국의 태평성대

허균은 그의 「호민론(豪民論)」에서 나라 백성의 세 가지 표본을 들었다.

천하에 두려워 할 바는 오직 백성뿐이다. 백성은 물·불·범·표범보다 두렵기가 더한데, 위에 있는 자가 한창 업신여기며 모질게 부림은 무엇인가. 대저 이룩된 것만 함께 즐거워하면서, 항상 보는 것에 얽매이고, 그냥 따라서 법을 받들면서 윗사람에게 부림을 당하는 자는 항민(恒民)이다. 항민은 두렵지 않다. 모질게 빼앗겨서 살이 발겨지고, 뼈골이 뽑혀지며, 집에 들어온 것과 땅에서 나온 것을 다 내어서, 한없는 요구에 제공하면서, 시름하고 탄식하여 윗사람을 탓하는 자는 원민(怨民)이다. 그러나 원민도 반드시 두렵지 않다. 자취를 고깃간애 숨기고 남모르게 딴 마음을 쌓아서, 천지간을 겯눈질하다가 혹여 그 때에 사고라도 있으면 그 원을 부리고자 하는 자는 호민(豪民)이다. 대저 호민은 크게 두렵다. 호민은 나라의 사단을 엿보다가 할만한 사기(事機)를 노려서, 팔을 떨치며 밭두렁 위에서 한번 호창(呼唱)하면 저 원민들이 소리만 듣고도 모이며, 모의하지 않아도 외치는 것은 같아진다. 항민들도 또한 살기를 구해서 호미와 고무래, 창 자루를 가지고 따라가서 무도한 자를 죽이게 된다. (중략) 대저 하늘이 임금(사목〔司牧〕)을 세운 것은 백성을 기르기 위함이고, 한 사람에게 방자하게 흘겨보며 구렁 같은 욕심을 부리도록 한 것은 아니다."

'항민'과 '원민', 그리고 '호민'의 차별이 없는 상태, 즉 '산무도적' '도불습유'의 상태에 이르러야 한다는 것이다. 도적이 산 속에 숨지도 않고, 길에 떨어진 물건이 있을지라도 누구도 집어가지 않는 상태 -- 태평성대는 그러나 오직 임금이 하기에 달려 있다. 율도국의 태평성대는 군주의 태평성대를 건설하려는 의지에 의해서만이 가능하다.

허균은 「학론(學論)」에서 "임금이 진실로 공과 사의 분별을 밝게 한다면 참과 거짓을 분별하게 되면, 반드시 진리를 궁구하고 도리에 밝은 자가 나와서 배운 바를 행할 것이다. 겉만 꾸미는 자는 감히 그 계책을 부리지 못하여 모두 깨끗하게 그 거짓을 버릴 것이며, 나라의 옳고 그름도 따라서 정해질 것이다. 그 마음을 바르게 함에 불과할 뿐이다'라고 논했다.

그런데 군주의 이 같은 태평성대에의 의지는 "밝음으로써 아래 사람을 살피고, 믿음으로써 신하에게 맡기는 이 두 가지로써 족하다"고 「정론(政論)」에서 결론을 내리고 있다. 그 구체적인 예를 「정론」에서 다시 들어보면 다음과 같다.

"아아, 선왕께서 정사한 것은 밝았다 할 수 있었다. 당시에 보좌하는 신하도 적지 않았다. 하지만 그 권애(眷愛)해서 서로 믿던 자는 이이(李珥)였고, 전임해서 일을 맡긴 자는 유성룡(柳成龍)이었다. 두 신하는 또한 유자(儒者)이며, 재신이라 할만 하였다. 그리고 전임해서 일을 맡긴 뜻이 지극하지 아니함이 아니었다. 그런데 마침내 포부를 펴지 못한 것은 그의 재주가 미치지 못함이 아니었고, 방해하는 것이 있었기 때문이었다. 유성룡이 한창 어지러운 날을 당해서 정력과 지혜를 다했으나, 혹 이룩되고 혹 막힌 것은 그때 형편에 편리하고 편리치 못함이 있음이었다. 그가 이순신(李舜臣)을 등용한 것은 곧 나라를 중흥시킨 큰 기틀이었다. 그런데 성룡을 공격하던 자가 순신마저 아울러 죄 주었으니 그 해가 나라에 미침이 이보다 심할 수 없다. 이이가 당시에 곤란을 겪었던 것은 논의하는 자가 공안(貢案)을 변경함은 불편하다. 여러 고을에 가윗 군사를 둠은 부당하다. 곡식을 바치는 대로 관작을 제수함은 마땅치 못하다. 서얼을 벼슬길에 통하도록 함은 불가하다. 성과 보루를 다시 쌓음은 합당치 못하다는 때문이었다.

난리가 난 후에 조정에서 왜적을 막고 백성을 편케하는 방책을 부지런히 강구했으나, 위에 말한 다섯 사지에서 벗어나지 못했다. 왜 그럴까. 대체로 이이가 앞날을 내다본 것은, 수십 년 전에 벌써 두어 가지 시행하는 것이 비록 평시에 구차한 일이지마는 환난을 생각하고 미리 방지하는 데에는 경장(更張)하지 않을 수 없음을 알았기 때문이다. 까닭에 군중의 꺼려함을 범하면서 과감하게 말했던 것이었다. 그러나 속된 선비들은 좁은 소견에 이끌려서, 시끄럽게 된다. 타당하지 않다 하여 엇갈렸으니, 그 몸을 용납하지 못하고 나라도 될 수 없었음이 마땅하였다. 임금과 신하, 백성과 사직은 삼대(중국 고대의 하·은·주)를 법 삼는다면 그 화하고 밝은 덕화(德化)가 어렵지 않다."

이상과 같은 절대군주 체제는 물론 율도국의 가상적인 구조이다. 또한 여기서 율도국의 태평성대로 추론한 임금과 신하, 백성과 사직도 물론 가상적인 모습이다.

작품의 외적 조건에 의해서 재구성한 「홍길동전」의 율도국의 모형은 허균의 출생·성장·사상을 바탕으로 한 것이다. 나아가서 율도국의 제반 상황에 대한 생략된 구체적 내용은 「홍길동전」의 전반부에 나타난 모순과 갈등이 지양된 상황이라 할 수 있다.

동해의 파수꾼 독도 시론(詩論)

1. 독도는 영원불멸의 공간

한국인은 독도(獨島)를 영원불멸의 섬 〔島〕으로 생각한다.

한국인은 그래서 독도를 영원불멸의 공간으로 인식하는 것이다. 독도에 대한 영원불멸의 공간의식은 다섯 가지 유형으로 그 모습을 드러낸다.

첫째는 태초의 공간, 둘째는 인간의 공간, 셋째는 역사의 공간, 넷째는 민족의 공간, 그리고 다섯째는 민족시의 공간으로 형상화된다.

1996년 '문학의 해'에 '문학인 독도 방문단'은 독도에서 제77주년 3.1절 기념식을 가진바 있다.

이날 1백여 명의 문인들은 해양대학 실습선 〈한나라〉호로 독도에 이르러 독도가 우리 선조들이 지켜온 대한민국의 영토임을 한 치도 훼손되지 않게 지켜나갈 것을 온 국민과 함께 만천하에 선양했다.

'문학인 독도 방문단'의 일원이었던 문인들은 시와 산문을 발표했다. 《월간문학》 (1996. 4)의 「문학인 독도 방문 특집」과 『독도 통신 - 작가 60인 독도 방문기』(1996. 6, 한뜻 발간)가 그것이다. '독도문학'의 영토가 넓어지는 전기가 되었다.

독도가 한국인에게 있어서 영원불멸의 공간임을 먼저 강민의

「동해의 불꽃」 시편과 김후란의 「독도는 깨어 있다」 시편이
증언하고 있다.

> 독도는 외로운가
> 아니다. 7천만의 눈망울 초롱초롱 그를 보듬고 지키고 있다
> 독도는 어두운가
> 아니다. 모진 풍랑에 시달려도
> 짙푸른 동해의
> 눈부신 해돋이 하나로 다시 살아난다.
> ― (강민의 「동해의 불꽃」 일부)

> 영원한 아침이여
> 푸른 바다여
> 몇 억 광년 달려 온
> 빛의 날개가
> 어둠을 밀어내는 크나큰 힘이 되고
> 빛을 영접하는 손길이
> 미래의 문을 연다
>
> 시간의 물살이 파도치는
> 동해 짙푸른 물결
> 오늘 우리
> 섭리를 밝히려
> 이 곳에 모였나니
> ― (김후란의 「독도는 깨어 있다」 일부)

강민은 "독도여,/동해의 불꽃이여,/ 외롭지 않은 겨레의 섬이
여!"라고 독도를 부르면서 그 영원불멸의 공간을 만천하에 천명한

다. 독도에 대한 한국인의 영원불멸의 공간의식이 곧 시인 자신의 시 의식임을 천명하는 것이다.

김후란은 "독도, 예리한 눈빛 청청히/오늘도 조국을 지키는 불사조여/이 땅을 지키는 의로운 사람들이여/천 년 세월이/ 영원으로 이어지게/겨레의 자존으로 지켜 가리라/겨레의 자존으로 지켜 가리라"고 시 의식을 천명한다. 그것은 시인의 존재 이유이기도 하고 존재 의지이기도 하다.

2. 태초의 공간으로 형상화

독도에 대한 영원불멸의 공간의식은 그것이 태초의 탄생 때부터 시작되었음을 확인한다. 즉 태초의 시간에 태초의 공간으로 실존하게 된 현실인식을 형상화한다. 장윤우의 「독도는 우리 땅」 시편과 이상만의 「나의 딸 독도여」 시편들이 태초의 공간을 그리고 있다.

> 해야 솟아라
> 드높은 파도야 부서져라
> 270만 년이란 기인 산고 끝에
> 아니 더 깊은 470만 년의 연륜을
> 밑으로 떠안고도 아직 말 없는
> 독도여 이젠 말하라
> — (장윤우의 「독도는 우리 땅」 일부)

> 사백육십만 년 전,
> 애시당초 이 땅에
> 둥근 불기둥으로 지각을 뚫어

이백칠십만 성상의 긴 산고 끝
열꽃 뿜어 올리며 태어났지
　　　　　　　　— (이상만의 「나의 딸 독도여」 일부)

독도는 동해(한국해) 동경 131도 52분, 북위 37도 14분에 위치하고 있다. 해발 90.7미터의 동도(東島)와 해발 167.9미터의 서도(西島)라는 2개의 큰 섬과 60여 개의 돌출암, 또는 간출암으로 형성되어 있다.

동도의 넓이는 약 6만 5천 평방미터, 서도는 9만 1천7백40 평방미터이다. 총면적은 18만 6천1백73 평방미터이고, 동도와 서도 간의 거리는 110~160미터이며, 수심은 1~3미터. 독도는 대한민국 경상북도 울릉군 남면 도동 산 42번지에서 산 75번지의 행정구역에 속한다.

독도는 신생대가 3기 말에서 신생대 4기 초에 발생한 화산 활동으로 생겨났다. 해저에서 분출된 알카리성 화산암으로 되어 있다.

장윤우의 「독도는 우리 땅」에서 형상화한 태초의 공간이나, 이상만의 「나의 딸 독도여」에서 형사화한 태초의 공간은 독도의 자연과 지리의 오래되었음을 함축하고 있다. 470만 년의 연륜과 270만 년의 산고를 시인은 같이 하고 있다. 시 의식의 저변에 태초의 공간이 내재하고 있는 시간 의식을 태초에서부터 현재까지 지속시키고 있다. 즉 태초의 공간은 태초의 시간이며, 태초에서 현재에 이르는 연속선상에 자리잡고 있다.

이 태초의 공간은 독도 홀로 결코 존재하지 않는다. 백두대간의 백두와 한라, 울릉과 탐라, 백령과 마라가 함께 뻗어 내리고 솟아 올라 있다. 이은방의 「독도 통신·Ⅰ」 시편과 이상만의 「나의 딸 독도여」, 오용수의 「꿈꾸는 섬, 독도여」, 최재복의 「섬이 거기 있었다」는 시편에 표현되는 영원불변의 시공이 그것이다.

　　　　백두대간 흘러내린 점지받은 등줄기에
　　　　동서로 길을 열면 독도와 백령도 땅
　　　　남과 북
　　　　눈빛을 주면
　　　　마라도여 산두산 --
　　　　　　　　　　　　— (이은방의 「독도 통신」 일부)

　　　　울릉도와 탐라의 자매
　　　　가난의 그 한때를
　　　　눈물 얼룩진 두루마리로 감고
　　　　내 땅 등줄기 풍요의 고속도로
　　　　힘차게 뻗어나간 길인데
　　　　　-(이상만의 「나의 딸 독도여」 일부)

　　　　동해의 끝, 이 땅의 동녘 끝자리에
　　　　푸르디푸른 바다에 솟은 화산섬
　　　　울릉도의 막내둥이로 태어나
　　　　억겁을 살았거니, 배달을 지켰거니
　　　　네 이름이 언제부터 독도던가
　　　　　　　　　　— (오용수의 「꿈꾸는 섬, 독도여」 일부)

　　　　동방 고요 해 뜨는 나라
　　　　백두대간의 지맥
　　　　수맥으로 뻗어내려
　　　　　　　　　　— (최재복의 「섬이 거기 있었다」 일부)

태초의 공간은 현재의 공간으로 환치된다. 태초와 현재가 같은 공간, 같은 시간 속에 용합된다. 즉 태초의 공간을 현재의 공간으로, 현재의 공간을 태초의 공간으로 일체화한다. 그래서 우리 앞에 서 있는 독도는 영원불멸의 입상(立像)이다.

3. 인간의 공간으로 표상

독도는 살아있고 깨어 있다. 무생명의 차디찬 섬이 아니다. 생명이 깃들어 있는 인간적인 섬이다. 독도를 인간의 공간으로, 인간화의 모습으로 인식하는 것은 본래의 정신이다.

한국인의 인간정신이며 시 정신이다. 황명의 「이름만 부르다가 떠난」 시편과 유영의 「독도」 시편에서 인간의 공간으로 표상된 독도의 모습을 볼 수 있다.

> 그 누구이던가
> 거기 이름만 지어주고 떠나버린
> 먼 옛날 신라의 어느
> 애비를 저리도 간절히 그리며
> 두 오누이는 서로 손도 못 잡고
> 울면서, 울면서 기다리고 있었구나.
> ― (황명의 「이름만 부르다가 떠난」 전재)

> 멀리 떨어진 자식일수록
> 외롭게 사는 자식일수록
> 몇 갑절 더 그립고 더 아끼는 법
> 아무리 외로워도 너는 고아가 아니다
> 아무리 적조하여도 너는

절대로 버린 자식이 아니라
너야말로 혈혈단신
나라의 경계를 지키는
최첨단 초소의 헌신과 파수
너야말로 바다 한가운데서
겨레와 나라를 지키는 방파제
너야말로 가장 불타는 애국지사 애족지사
너야말로 가장 뛰어난 독립투사

— (유영의 「독도」 일부)

애비는 신라, 오누이는 독도를 상징한다. 한국의 국토가 부모라면 독도는 바다를 사이에 두고 멀리 떨어져 있는 자식이다.

여기서 부모(애비)와 자식(오누이)의 시간을 신라 때로 상정한 것은 신라의 이사부(李斯夫)가 우산국(于山國)을 정벌, 신라의 국토가 되었기 때문이다.

신라 지증마립간(智證麻立干), 즉 지증왕 13년(512) 6월의 『삼국사기』 신라 본기의 기록은 이 역사적 사실을 중언해 주고 있다.

지증왕 13년 6월에 우산국(지금의 울릉도)이 항복하고 해마다 토산물을 바치게 되었다. 우산국은 명주(溟州, 강릉)의 바다 동쪽에 있는 섬으로 울릉도라고도 이름하는데, 그 지방은 백 리로 사람들은 험한 것만 믿고 굴복하지 않으므로 이찬(伊飡) 이사부를 하슬라주(何瑟羅州, 강릉)의 군주(軍主)로 삼아 이들을 복속시키게 하였다. 이사부는 우산국 사람들은 어리석으면서도 사나우므로 이들을 위세로서는 굴복시키기 어려우니 좋은 계교로써 복속시킬 수 있다고 말하고, 곧 많은 목우사자(木偶獅子)를 만들어서 전선(戰船)에 나누어 싣고, 그 해안에 이르러서 거짓말로 알리기를 "너희들이 만약에 항

복하지 않으면 이 사나운 짐승(목우사자)을 풀어 놓아 모조리 짓밟
아 죽일 것이다." 하니 우산국 사람들은 크게 두려워하여 곧 항복하
였다.

우산국(울릉도)에 속했던 독도가 신라의 국토로 편입된 것은 두
말 할 것도 없다. 애비를 기다리는 오누이, 에미를 기다리고 있는
두 아이가 신라 때의 인간상을 하고 있는 것은 신라 이사부의 우
산국 정벌, 독도 복속의 역사적 사건을 기점으로 한다. 독도는 아
이가 어머니를 그리워하듯, 아버지를 그리워하듯 울면서 그리워한
다. 인간의 부모 형제자매의 정을 그리워하는 모습을 나타내고 있
다.

「이름만 그리다가 떠난」 시편은 독도를 상징하는 오누이 또
는 두 아이가 애비와 에미를 그리워하는 시선으로 신라(한국)를
부른다. 반면에 「독도」는 부모가 자식을 하나의 끈으로 묶은 상
황으로 부르고 있다. 독도는 고아가 아니며, 버린 자식이 아니며,
오히려 어머니의 땅, 아버지의 땅을 지키는 파수, 애족지사, 독립
투사로 인식된다. 그러니까 인간의 공간으로 표상되었을 때의 독
도는 가장 그리운 존재이며 부모형제를 지키는 휴머니즘적인 존
재이다.

4. 역사의 공간으로 증언

독도는 역사의 공간으로 실존한다.
인간의 공간으로서 한국적 인간화가 비롯된 신라 때로부터 역
사의 공간으로 실존해 오고 있다. 즉 한국의 국토로서 독도는 존
재하고 있는 것이다. 독도 시편에서 두드러지게 형상화되고 있는

요체가 역사의 공간으로 실존하는 모습이다. 김후란의 「독도는 깨어 있다」와 장윤우의 「독도는 우리 땅」과 최절로의 「독도여 내 살붙이여」, 시편에 그 모습이 그려져 있다.

아득한 천 년 전 신라 때에도
이미 독도는 우리 땅이었다
마음이 넉넉한 겨레의 초연한 의지로
아름답게
당당하게
거센 바람 회오리치는 파도를 딛고
울릉도와 더불어
조국을 지켜 왔다
— (김후란의 「독도는 깨어 있다」 일부)

우산국의 내력을
육지에서 나무사자를 배에 나눠 싣고 온
이사부와 조선조 바다의 영웅 안영복을
성난 동해와 수비대의 결의를
독도여 간교한 저들에게
은빛 갈기를 치세우며
으르렁거리는 사자효로 철퇴를 내리라
태고에서, 영원토록
독도는 우리 땅임을 --
— (장윤우의 「독도는 우리 땅」 일부)

천년 신라의 텃새가 알을 품어
벼랑을 짚어 생생한 오늘을 날으고
문무대왕의 첨병으로 네,

동해를 지키는 파수꾼 등대로서
천 길 물속에 뿌리 내린 내 땅이여.
　　　　　　　　　— (최절로의 「독도에 내 살붙이여」 일부)

　인간의 공간으로서 표상된 독도가 신라 이사부의 우산국 정복,
독도 복속에서 비롯되었음은 앞에서 역사의 기록으로 예시되었다.
신라 이사부의 우산국 정복 이래 고려, 조선 왕조를 거치면서 더
욱 구체적 영토의식으로 역사 기록은 나타나고 있다. 『조선왕조
실록』 중에서 『세종실록(世宗實錄)』 지리지(地理誌)는 독도가
역사적으로 한국의 영토임을 과시한다. 『세종실록』 지리지의 독
도 기록은 역사적 공간에 대한 정곡을 찌르고 있다.

　　우산(于山)과 무릉(武陵) 그 섬이 현(울진현)의 정동(正東) 해중(海
　中)에 있다. 그 섬이 서로 거리가 멀지 아니하여 날씨가 맑으면 가
　히 바라볼 수 있다. (중략, 이사부 정벌) 고려 태조 13년(930)혜 그
　섬사람들이 백길토두(白吉土豆)로 하여금 방물(方物)을 헌납하게 하
　였다. 의종 13년(1157)에 심찰사(審察使) 김유립(金柔立) 등이 돌아
　와서 고하기를 "섬 가운데 큰 산이 있는데, 산꼭대기로부터 동쪽으
　로 바다에 이르기 1만여 보이고, 서쪽으로 가기 1만 3천여 보이며,
　남쪽으로 가기 1만 5천여 보요, 북쪽으로 가기 8천여 보이며, 촌락
　의 터가 7곳이 있고, 간혹 돌부처 소북 돌탑이 있으며, 멧미나리, 호
　본(蒿本), 석남초(石南草) 등이 많이 나다." 하였다. (조선) 태조 때
　유리하는 백성들이 그 섬으로 도망하여 들어가는 자가 심히 많다함
　을 듣고, 다시 삼척(三陟) 사람 김인우(金麟雨)를 명하여 안무사(按
　撫使)를 삼아서 사람들을 쇄출(刷出)하여 그 땅을 비우게 하였는데,
　안우가 말하기를 "땅이 비옥하고 대나무의 크기가 기둥 같으며, 쥐
　는 크기가 고양이 같고, 복숭아 씨가 되처럼 큰데 모두 물건이 이와
　같다." 하였다.

울릉도와 독도의 거리가 멀지 않아 날씨가 맑으면 가까이 바라볼 수 있다고 했다. 10세기 고려 태조, 12세기 고려 의종, 그리고 『세종실록』 지리지가 편찬되던 조선 왕조 단종 2년(1454) 무렵의 독도에 대한 역사적 기록이 확인된다. 독도가 조선 왕조시대 조선 영토임을 증명했던 역사기록은 『세종실록』 지리지 이외에도 『동국여승람』(1481년 편찬), 『신증동국여지승람』(1531년 편찬) 등이다. 『신증동국여지승람(新增東國興地勝覽)』 강원도 울진현(蔚珍縣) 우산도(于山島)·울릉도(鬱陵島) 조항에는 『삼국사기』의 이사부 우산국 정복 사실과 『세종실록』 지리지의 기록을 더 자세히 기록하고 있다. 여기에 조선 왕조 세종 20년(1438)의 역사 사실을 더하여 기록하고 있다.

세종 20년에 울진현 사람 만호(萬戶), 남호(南顥)를 보내어서 수백 사람을 데리고 가서 도망해 가 있는 백성들을 수색하여 김환(金丸) 등 70여 명을 잡아가지고 돌아오니 그 곳 땅이 그만 비었다. 성종 2년에 따로이 삼봉도(三峰島)가 있다고 알리는 자가 있어서 박종원(朴宗元)을 보내어 찾아보게 하였는데, 풍랑으로 인하여 배를 대이지 못하고 돌아왔다. 같이 갔던 배 한 척이 울릉도에 정박하였다가 큰 대나무와 큰 복어를 가지고 돌아와서 이뢰기를 "섬 중에 사는 사람이 없다." 하였다.

일본측은 최초의 일본의 기록 문헌으로 1667년에 편찬된 「은주시청합기(隱州視聽合記)」를 들고 있다. 이 책의 편찬자 재등풍선(齋藤豊仙)은 이즈모(出雲, 지금의 일본 雲州) 관인〔藩士〕으로서 영주(藩主 또는 大名)의 명을 받고, 1667년 가을에 오키노시마(隱岐島, 지금의 玉岐島)를 순시하고 관찰한 바와 들은 바를 채록

하여 「은주시청합기」라는 제목을 붙여 보고서를 낸 것이다. 여기에는 분명히 울릉도와 독도는 고려(조선)에 속했다고 증언하고 있다.

온쑤(隱州)는 홋카이(北海) 가운데 있다. 그러므로 오키노시마라고 말한다. 술해간(戌亥間)에 2일 1야(夜)를 가면 송도(松島, 당시 일본의 독도 이름)가 있다. 또 1일 거리에 죽도(竹島, 당시 일본의 울릉도 이름)가 있다. 이 2도(島)는 무인도인데 고려(조선)를 보는 것이 마치 운주(雲州)에서 은기(隱岐)를 보는 것과 같다. 그러한즉 일본의 서북(乾) 경계는 이 주(은주)로 한(限)을 삼는다.

독도(송도)와 울릉도(죽도)를 일본은 고려 땅(조선 땅)임을 명확히 증명해 주고 있다. 독도를 우리나라의 역사의 공간으로 인식하는 것은 한국인은 물론 일본인들에게도 공통된다.

"아득한 천 년 전 신라 때에도/이미 독도는 우리 땅이었다"라든가, "태고에서, 영원토록/독도는 우리 땅임을 ─", 또는 "천년 신라의 텃새가 알을 품어/벼랑을 짚어 생생한 오늘을 날으고" 등의 표현에서 역사의 공간 문학적 상상력과 교차한다. 역사와 시의 만남이 이루어진다. 독도 시론에 있어서, 독도의 역사적 공간이 그 바탕에 뿌리를 내리고 있기 때문에 시가 현실성을 획득하는 것이다.

5. 민족의 공간으로 실존

독도는 민족의 공간으로 실존한다. 불멸의 공간, 태초의 공간, 인간의 공간, 그리고 역사의 공간으로서의 독도는 민족의 공간으로 실존함으로써 현실적 의미를 갖게 된다. 독도는 그만큼 한민족

(韓民族)의 피와 살과 혼으로 결합되어 있다.

'문학의 해'에 한국의 문인 1백여 명이 독도를 방문했던 것도 독도가 민족의 공간으로 실존하고 있었기 때문이다. 특히 민족의 자주독립을 선언한 3.1절 독립만세운동을 독도에서 기념한 데서도 실존의 의미는 절실하다.

박홍원의 「독도의 3.1절」, 이근배의 「오늘은 독도 만세를 부른다 ― 3.1절 77주년에 부쳐」, 조의홍의 「독도의 새벽」, 그리고 김종섭의 「독도의 빛」의 시편은 독도가 민족의 공간, 한국 민족주의의 공간임을 드러내 보이고 있다.

독도는 탑이었다.
3.1절에 배를 타고 탑돌이 하면서
새로이 태어나는 독도를 보았다.
　　　　　　　　　　― (박홍원의 「독도의 3.1절」 일부)

하늘을 흔들며 일어서는 산이 있다
해를 이고 떠오르는 바다가 있다
장엄한 백두대간이 빛을 뿜어 솟아나고 있다
그 날 이 땅에 울려 퍼진 만세 소리가
이 겨레 가슴에 불씨로 살아 있더니
마침내 오늘 활화산으로 터져 오르는구나
　　　　　　　　　― (이근배의 「오늘은 독도 만세를 부른다」 일부)

올해 3월 1일의 새벽
우리는
흔들리는 물살 위에서
독도를 보았다
　　　　　　　　　　　― (조의홍의 「독도의 새벽」 일부)

누가 뭐래도 너는 소중한 우리의 분신
홀로 외로운 섬이 아니라
겨레의 소망과 의지가 숨쉬는 신경선,
그렇다. 너는 우리 백의의 애틋한 사랑이다.
오늘, 느낌도 새로운 3.1절 아침
그 때의 몸짓으로, 그 날의 함성으로
너와 마주 서서 만세를 부른다
자주와 독립의 만세를!

　　　　　　　　　　　　— (김종섭의 「독도의 빛」 일부)

근대 한국 민족주의는 1919년 3월 1일의 독립만세운동으로 만개했다. 한국 근대사의 흐름은 민족주의의 생장 발전 과정, 그것이라 해도 과언이 아니다. 19세기 중엽의 개항(開港)을 전후한 때로부터 1945년 제2차 세계대전의 종결에 이르기까지 한국 근대사의 흐름은 제국주의(帝國主義) 침략에 저항하는 것이었다. 여기에 전통사회에서 근대사회로 전환하려는 봉건주의 청산도 동반되고 있었다.

일본제국의 침략은 제국주의 침략의 주축을 이루었다. 조선 왕조 고종 13년(1876) 일본의 강압에 의해 맺어진 불평등조약, 즉 강화도조약으로부터 국권의 상실을 뜻하는 1905년의 을사오조약(乙巳五條約)에 이르기까지 일본제국의 단계적 침략에 대한 배일운동(排日運動)과　의병항쟁(義兵抗爭)이　불타올랐다.　을사오조약과 1910년의 국권 침탈, 병탄(倂呑)으로 이어지는 시기, 나라가 망하면서 항일독립투쟁이 민족운동의 주류를 이루었다.

한편으로 일본에 항전하면서 한편으로는 민족 역량을 길러 국권을 찾으려는 국민운동이 전개되었다. 1919년 3.1운동을 계기로 거족적인 독립운동을 전개하게 되었다. 3.1운동은 1945년 민족해방 때까지 한국 민족주의의 정신적 바탕이 되었다. 독도에서 제77회 3.1절 기념행사를 거행했던 것은 한국 민족주의의 새로운 전개를 뜻하는 것이었다. 즉 현대적인 한국 민족주의의 행동주의로 재현된 것이다.

일본은 한국의 고유 영토인 독도에 대해 그 영유권을 다시 주장하기 시작했다. 1996년 초 일본 외상 이케다〔池田〕는 "다케시마(竹島, 현재 독도의 일본식 이름)는 일본의 고유한 영토"라고 주장했다. 1995년 일본 정부는 문부성 검인정 초등학교와 중·고등학교용 지리부도에 독도를 일본 국경 안에 표시했다.

일본 정부는 1996년 1월, 독도를 포함한 경제전관수역 2백 해리를 선포하기로 결의했다. 방콕에서 열린 한일정상회담(같은 해 3월)에서 하시모토 일본 총리는 다케시마(독도)가 일본의 고유 영토라는 원칙과 주장에는 조금도 변함이 없다고 말했다.

일본이 독도를 일본의 고유 영토라고 우기고 주장하는 것은 일본의 새로운 제국주의 침략주의라 할 수 있다. 일본의 침략주의를 분쇄하는 것은 독도를 지키는 데서 비롯된다. 독도를 지키는 것은 나를 지키는 것이며, 우리를 지키는 것이다. 동시에 이 나라와 이 겨레를 지키는 것이다.

독도가 민족의 공간으로서, 한국 민족주의의 지킴이로서 실존하고 있음을 천명한다.

이풍호의 「살아 있는 독도」 시편은 이를 직설적으로 그린다.

> 독도 영유권을 주장하는 일본,
> 일본인들의 망언을 규탄하는
> 고국의 문인들과 함께

먼 외지 로스앤젤레스에서
내가 좋아하는 모국어로
독도 사랑 노래를 부른다.

　　　　　　　　　— (이풍호의 「살아 있는 독도」 일부)

독도는 그리하여 국내에서나 해외에서나 민족과 일체가 된다. 독도는 민족의 실체로 좌정한다.

6. 민족시의 공간으로 형상화

한국인에게 있어서 독도 사랑은 숙명적이며 절대적인 상황이다. 불멸의 공간, 태초의 공간, 인간의 공간, 역사의 공간, 그리고 민족의 공간으로 체험하고 인식함으로써 절대적 사랑을 구축한다. 드디어 민족시의 공간으로 형상화되는 문이 활짝 열린다. 그 문을 향해서 달려간다. 그것은 그리움, 사랑으로 충만된 세계이다.

성춘복의 「섬과 섬 사이에서 — 독도기행」, 박종철의 「동해의 느낌표」 시편에서 그 정서를 드러낸다.

섬은 하나가 아니었습니다. 둘이었고
그 보다는 더 많은 바위들이
뿌리를 하나로 하고 물 속에
멱들을 감고 있었습니다.

어쩌면 여리기도 하였으나
얼마나 벅찬 마음으로
맑게 뿌려 놓은 별의 밤바다를
노 저어 갔습니다. 우리는

땀 밴 옷을 그대로 걸친 채
북두가 가리키는 방향에 키를 놓고
저문 길을 펼쳐 나갔습니다.
　　　　　　　　　― (성춘복의 「섬과 섬 사이에서」 일부)

여기는 우리의 소리, 우리의 혼이 담긴
광활한 목청의 바다
동편제의 기러기 발 조이는 쇳소리 쟁쟁하게 울린다
이어도 사는 파도야, 꿈 깨어라
독섬에 모이는 파도야 잠 깨어라
징 장구 두드리며 비워 둔 가슴 활짝 연다.
　　　　　　　　　― (박종철의 「동해의 느낌표」 일부)

　독도로 향하는 정신, 독도로 달려가는 마음, 독도와 함께 있는
혼은 동해(한국해)의 난바다에 키를 잡게 한다. 독도로 향해 달려
가는 향해는 독도와 일체가 되려는 순례의 길이다.
　"땀 밴 옷을 그대로 걸친 채/북두가 가리키는 방향에 키를 놓
고/저문 길을 펼쳐 나갔습니다."라는 표현이 독도로 향하는 민족
적 정서의 보편성을 내포하게 된다. 독도가 민족시의 공간으로 형
상화되는 것은 너무나 한국적인 민족주의 정서의 발로라 할 수 있
다.
　그렇기 때문에 동편제든 서편제든, 또는 징 장구 어떤 것을 두
들겼든 한국적 민속의 소리가 된다.
　독도가 민족시의 공간으로 확장됨으로써 민족문학의 영역도 그
만큼 더 확장되었다.

21세기 한국문학의 방향

1. 새로운 100년 새로운 1000년

2000년은 새로운 시작이며 새로운 1000년의 시작이다. 2000년의 첫날 지구촌 어디랄 것 없이 잔치마당을 벌였던 것은 이 새로운 100년 새로룬 1000년에 대한 연대기적 기념탑을 세우려는 인류의 열망 때문이었을 것이다. 2000년 2월 7일, 이 글을 시작하면서 새삼스럽게 21세기와 새 밀레니엄을 예측하는 것은 연대기적 기념탑을 세워보려는 소망 때문이다.

21세기는 이미 진행되고 있다. 그러나 21세기는 불확실하다. 불확실한 미래의 전개에 대해서 우리는 자유의지론을 신봉할 수도 있고, 또 예정론을 신봉할 수도 있다. 그 어느 것이든 21세기는 우리가 받아드리고 다듬고 만들며 전개해 나간다. 우리 모두가 21세기와 새 밀레니엄의 시간의 배를 타고 있다.

전 지구촌 사람들이 이 시간의 배를 타고 있는 것이다. 같은 배를 타고 있기는 하지만 '세기'와 '밀레니엄'의 문명관을 서구인들은 2000년간을 체험해 왔지만 21세기 예측·준비·행동을 먼저 조명해 보고, 우리의 문제의식을 점검해 보고자 한다. 스위스의 클라우스 슈밥이 엮은 「21세기 예측」과 미국의 폴 케네디가 펴낸 『21세기 준비』, 그리고 프랑스의 자크 아탈리가 지은 『21세기 사전』에 제시된 21세기 문제의식을 그 모델로 조명해 본다.

「강대국의 흥망」으로 명성을 얻은 미국 예일대학의 역사학 교수 폴 케네디는 『21세기 준비에서』에서 인구·통신·금융·생물·농업·신산업·환경·민족과 유럽 , 미국, 일본, 인도, 중국, 러시아 등의 변화를 점검하고 있다. 변화에 대한 문화적 장애는 종래의 관습, 생활양식, 신념, 사회적 편견 등을 위협하기 때문이라고 했다. 변화에 호응하기 위해서는 사회적 우선순위, 교육제도, 소비와 저축의 양상, 개인과 사회의 관계에 대한 기본적 소신까지도 달라져야 한다고 말한다. 변화 그 자체가 좋다고 주장하는 것은 아니고 변화가 유익한 결과와 함께 불리한 결과로 가져올 공산이 크다는 점을 주장한다. 지구로 밀어닥친 변화를 우리가 이해하기라도 한다면 거기에 대처하기 위한 최상책을 구상할 수 있을 것이라고 했다. 「21세기 준비」 그 대응의 참뜻을 여기에 담고 있다.

스위스 주네브대학 교수이며, 유엔사무총장 직속기구인 유엔 고위 감독위원이며, 다보스 세계포럼 의장이었던 클라우스 슈밥은 「21세기 예측」을 엮었다.

세계 석학 103명이 제시한 미래예측에서 그는 21세기를 네 가지 모습으로 진단했다. 폴 케네디의 「21세기 준비」가 1992년 클라우스 슈밥의 「21세기 예측」이 1994년을 전후개서 엮어졌다는 점에서 시사하는 바가 많다.

첫째로 정보혁명이다. 인류의 정보화는 인간조건의 모든 분석의 바탕이 된다. 컴퓨터는 통신기술과 합쳐서 우리 생활을 관리하는 동반자가 되었다. 가상현실의 차원을 새로운 지적 영역을 열어가고 있다 이제 정보 입수의 영역은 전 지구촌으로 확대되었다. 정보화의 지평에는 단일화된 인간의식의 형성이라는 긍정적인 면도 있지만 잘못된 정보의 위협이라는 부정적인 면도 있다.

둘째는 시장경제의 확산 혁명이다. 정보·자본·상품·기술이 전 세계적으로 이동한다. 진정한 의미의 세계시장이 형성된다. 시장에서는 엄청난 경쟁의 원리가 작용한다. 이른바 경쟁의 이데올로기가 형성될 것이다. 경쟁의 이데올로기는 경제적, 사회적, 정치적 영역으로 확대될 것이다.

셋째는 가치 축소의 혁명이다. 전통적인 가치가 마비상태에 이르렀으며 가치의 부재가 판을 치고 있다. 텔레비전이나 광고를 통해 가치를 전달하는 가치체계가 더 이상 유효하지 않다. 가치의 진공상태가 계속된다.

넷째는 노동 투입 감소의 혁명이다. 인류의 정보는 하드웨어 사회를 소프트웨어 사회로 바꾸어 놓는다. 노동 인구 만으로는 더 이상 부가가치를 창출할 수 없다. 노동력은 기술, 특히 지적 시술로 대치된다. 로봇과 컴퓨터가 더욱 정교한 작업을 하면서 노동인구는 축소될 수밖에 없다.

현대 프랑스의 대표적 지성의 한 사람인 자크 아탈리는 그의 28번째 저서 『21세기 사전』의 서문에서 21세기를 다음과 같이 묘사했다.

"찬란하고 환희에 차 있으며, 야만스럽고, 행복하고, 기상천외하며, 기괴하고, 인간을 해방시키며, 종교적이면서도 종교 중립적인 사회, 21세기는 이런 모습일 것이다."라고 썼다.

그러면서 미래에 던지는 주요 질문에 대한 해답을 내 놓으려고 애썼음을 말하고 그 질문의 성격을 다음과 같이 나열했다.

"모든 인간을 먹여 살릴 수 있을 것인가? 빈곤을 퇴치할 수 있을 것인가? 모두에게 일자리가 주어질 것인가? 어떤 지역으로 부가가치가 집중될 것인가? 과학이 인간의 생활양식, 인간의 고통, 인간과 죽음의 관계, 교육, 오락을 변화시킬 수 있을 것인가? 어떤 기업이 살아남을 것인가? 사람들은 어떤 야망과 어떤 모험에 인생을 걸 것인가? 전쟁과 환경 재난이 인간을 위협할 것인가? 자유와 연대, 이동과 정착 사이의 대립을 어떻게 조절해 나갈 것인가? 종교인과 정치의 위상은 어떻게 될 것인가? 어떠한 관습이 용인될 것인가? 서양문명이 여전히 지배적인 문명일 것인가? 미국은 지정학적 패권을 유지할 것인가? 유럽은 정치적인 권력을 쥐게 될 것인가? 프랑스는 세계 문제에 여전히 개입할 수 있을 것인가? 이슬람은 또 어떠할 것인가? 시장과 민주주의 외에 다른 체제가 존재할 것인가? 아직도 혁명이 가능한가? 무엇보다도 우리는 함께 살아갈 수 있을 것인가?"

그러면서 아무것도 확실하지 않다고 했다. 세기가 바뀐다고 해서 천지개벽이 일어난 적은 전혀 없지 않았는가. 16세기는 1492년에, 19세기는 1789년에, 20세기에는 1918년에, 21세기는 1989년에 시작된 것이 아닌가 싶다고 말했다. 그러면서 문학을 이렇게 설명했다.

한 세기를 반영하는 것은 유목을 설명하고 유목민에게 가상 정착의 풍경을 제공한다. 오디세이, 돈키호테, 로빈슨 크루소, 모비딕과 같은 서사시와 소설 같은 정착민에게 대리 여행을 통해 강요된 부동성에서 벗어나게 해 주었다. 앞으로 소설은 신생 유목민에게 잊혀진 뿌리의 풍경을 보여줄 것이다. 유목민은 정착의 문학, 고정의 어휘, 내적인 관찰, 관조, 명상에 대한 담론을 접하고 찬양할 것이다.

푸르스트는 앞으로 다가올 세기를 알리는 유목민의 첫 작가였던 셈이다. 그 후로 우리는 화면상에서 저렴한 여행을 하고 작가는 허무 첫 맛, 즉 최소한의 영원성을 즐길 수 있도록 정당한 때에 자신의 비행을 멈춰줄 것을 요청한다.

자크 아탈리의 문학에 대한 정의는 21세기 인간의 전형적인 모습이 유목민의 가치, 사상, 욕구가 사회를 지배할 것이라는 데 바탕을 두고 있다. 또 30년 후에는 적어도 인류의 10분의 1이 유목민이 될 것이라는 데 기준을 두고 유목민의 가벼움, 자유로움, 환대 경계심, 접속, 박애를 충족시켜 주어야 한다고 말한다.

21세기는 변화는 세기가 될 것이다. 과거의 예시나 미래의 지침으로서의 경험은 그 의미가 축소될 것이다. 빠르고 단기적인 만족이 존재를 결정할 것이다. 21세기는 분명히 혁명의 세기가 될 것이다. 그 혁명의 세계가 우리의 희망을 바로 실현시켜 주는 것은 아니다. 그러나 우리가 기대를 갖게 되는 것은 부인할 수 없는 사실이다. 우리는 여기에 한국인의 즈문해 의식, 매향(埋香)의식을 그 가운데 세울 수 있을 것이다.

2. 20세기 질곡과 소생의 순환

20세기는 한국인에게 있어서 한치 앞을 내다볼 수 없는 질곡의 세기였으며, 또한 장막이 하나 둘 걷히는 소생의 세기였다. 일제의 국권침탈, 민족 독립투쟁, 조국 광복, 6.25전쟁, IMF 경제 환란 등으로 점철되었다. 그래서 질곡의 세기라고 부른다. 그 질곡을 초극하기 위해서 경제건설, 정치의 민주화, 세계 10위권의 경제도약 등으로 땀을 흘렸다. 그래서 소생의 세기라고 말하는 것이다.

우리에게 있어서 20세기가 질곡과 소생의 세기라고 말하는 것은 세계의 그것과도 상통하는 것이다. 세계는 제1차, 제2차 세계대전을 차르면서 인류의 전쟁, 폭정, 불의, 반역, 기아, 죽음 등을 겪었다. 마르크스주의는 계급간의 충돌로, 나치주의와 일본제국주의는 침략과 지배의 논리로, 그리고 자유주의는 그 신조와 방법은 달랐지만 세계 식민주의 지배로 나아갔다. 그래서 세계를 질곡으로 몰아넣는다.

여기에 대응해서 민족독립과 갈브레이스는 20세기는 불확실성의 세기였다고 말한다. 미래를 예측하기도 어렵고 현재와 미래를 평가하는 것마저도 혼란스럽다고 말했다. 사고의 틀이 정형화된 것이 없다고 말했다. 질곡과 소생의 불확실성의 논리가 전개되는 가운데서도 20세기 한국문학은 새 틀을 만들었다. 새 틀이 좋은 것인가 그렇지 않는가는 별개의 문제이다.

한국과 세계의 20세기는 그렇더라도 한국과 세계의 21게기를 바라보는 거울이다. 그 거울을 들여다보고 본래의 얼굴을 찾아내고 새로운 얼굴을 그리는 것이 우리가 그리는 21세기 상(像)에 접근하는 첩경이 된다.

20세기 벽두, 우리나라에는 신시(新詩)와 신소설(新小說)의 문학형식이 등장했다. 시와 소설이라는 점에서는 한국 전래의 그것과 같은 것이었지만 그 형식과 내용은 다른 것이었다. 희곡, 평론, 수필 등에서도 전에 접해보지 못한 형식과 내용이 등장했다.

현대시, 현대소설, 현대희곡, 현대평론, 현대수필 등 다양한 장르의 등장은 한국문학의 영토를 풍요롭데 만들었다. 지금 한국문인협회 회원은 5천여 명, 국제 펜클럽 한국본부 회원은 1천여 명에 달한다.

문인의 등단과 작품의 생산량도 유사 이래 가장 많았다 해도 결코 과찬이 아니다. 20세기를 되돌아보기 위해 최남선(崔南善)의 「해(海)에게서 소년(少年)에게」와 이인직(李人稙)의 「혈(血)의 루(淚)」를 다음에 예시해 본다.

처얼썩 처얼썩 척 쏴아아,
때린다 부순다 무너 버린다
태산 같은 높은 뫼, 집채 같은 바위돌이다.
요것이 무어야, 요게 무어야
나의 큰 힘 아느냐 모르느냐, 호통까지 하면서,
때린다 부순다 무너뜨린다.
처얼썩 처얼썩 튜르릉 꽉.

처얼썩 처얼썩 척 쏴아아
내게는 아무것 두려움 없이,
육상에서 아무런 권(權)을 부리던 자도
내 앞에 와서는 꼼짝 못하고
아무리 큰 물건도 내게는 행세하지 못하네.
내게는 내게는 나의 앞에는
처얼썩 처얼썩 척 튜르릉 꽉.
— (최남선의 「해에게서 소년에게」 일부)

청일전쟁(淸日戰爭)의 총소리는 평양 일경이 떠나가는 듯하더니, 그 총소리가 그치매 사람의 자취는 끊어지고 산과 들에 비린 티끌뿐이다.

평양성의 모란봉에 떨어지는 저녁별은 뉘엿뉘엿 넘어가는데, 저 햇볕을 붙들어 매고 싶은 마음에 붙들어 매지는 못하고 숨이 턱에 닿은 것이 갈팡질팡하는 한 부인이 아니 삼십이 될락말락 하고, 얼굴은 분을 따고 넣은 듯이 흰 얼굴이나 인정 없이 뜨겁게 내리 쪼이는 가을볕에 얼굴이 익어서 선 앵두 빛이 됐고, 걸음걸이는 허둥지둥하는데 옷은 흘러내려서 젖가슴이 드러나고 치맛자락은 땅에 질질 끌려서 걸음을 걷는 대로 치마가 밟히니, 그 부인은 아무리 급한 걸음걸이를 하더라도 멀리 가지도 못하고 허둥거리기만 한다.
— (이인직의 「혈의 루」 서두)

신시 「해에게서 소년에게」는 1908년 11월 근대 잡지의 효시인 《소년》 창간호에 권두시로 발표되었고, 서구 자유시의 영향을 받아 창작된 최초의 신시(新詩)로 평가되고 있다. 신소설 「혈의 루」는 1906년 《만세보(萬歲報)》에 발표되었다. 신소설은 이야기책으로 불리어지던 고대소설과 현대소설의 중간단계에 위치하는 소설 장르의 시작을 「혈의 루」가 알려주고 있다.

신시와 신소설은 20세기의 질곡이 시작되었던 가운데서 탄생했으며, 20세기 불확실성에 대응하는 도전의 형식이었다. 소년이 헤쳐가야 한다는 사실은 확실하지만 그 전망은 불확실한 것이었다. 전쟁의 총소리는 초극되어야 할 것이지만, 총소리를 초극하는 전망은 불확실한 것이었다.

불확실성의 가운데 서로 존재의 집을 새로 지어가고 있었다는 것은 혁명 그것에 가까웠다. 현대시와 현대소설에 오면 고대소설과 고대시조, 가사문학 등과 전연 다른 형식과 표현을 구사하고 있다.

성북동 산에 번지가 새로 생기면서
본래 살던 성북동 비둘기만이 번지가 없어졌다.
새벽부터 돌 깨는 산울림에 떨다가
가슴에 금이 갔다.
그래도 성북동 비둘기는
하느님의 광장 같은 새파란 아침 하늘에
성북동 주민에게 축복의 메시지나 전하듯
성북동 하늘을 한 바퀴 돈다.

성북동 메마른 골짜기에는 조용히 앉아 콩알 하나 찍어 먹을

널찍한 마당은커녕 가는 데마다
채석장 포성이 메아리쳐서

피난하듯 지붕에 올라앉아
아침 구공탄 연기에서 향수를 느끼다가
산 1번지 채석장에 도로 가서
금방 떼 낸 돌 온기에 입을 닦는다.

— (김광섭의 「성북동 비둘기)」 일부)

아들은 떠나기 며칠 전 갑자기 그네에게 이메일을 배우실래요? 했
다.

이메일? 그네는 약간 두려웠지만 아들과 자주 대화할 수 있는 첩
경임을 생각하고 덤벼 보았다. 아들은 학교에서 매일 전신을 보내
어머니를 연습시켰다. 그 자상함이 고마워서 그네는 열심히 배웠다.
그것이 최근 그네가 한 일 중 가장 일이 될 줄이야. 이럴 수가, 그
네는 너무 신기해서 감탄해 마자않았다. 아들은 매일 한 줄이라도
메일을 넣었다. 일기 쓰듯이, 그네는 부지런히 메일을 넣었다. 그것
이 하루의 낙이었다. 특별히 할 일이 없는 그네는 하루 몇 번이라도
보내고 싶었지만 그러나 아들의 공부시간을 뺏는 것 같아 개학 후
부터는 자주 하지 말라고 누우이 일렀다. 그리고 그네 역시 쓰고 싶
어도 자제하곤 하였다. 그러면 또 아들은 궁금해서 전화를 걸어오
는 것이었다. 그렇게 한 학기를 지내고 겨울 방학을 맞아 그네는 아
들을 만나러 떠났던 것이다.

— (안 영의 「겨울 나그네」 일부)

「성북동 비둘기」는 1968년 11월 《월간문학》에 발표된 작품
이고, 「겨울 나그네」는 1999년 8월 《월간문학》에 발표된 작품
이다. 「성북동 비둘기」는 현대문명의 속성과 인간의 소외를 다

루고 있다. 「겨울 나그네」는 디지털문명을 수용하게 되는 과정을 그리고 있다.

　20세기 질곡과 소생의 순환이 신시, 신소설, 현대시, 현대소설에서 변화의 혁명적 과정을 거치고 있었음을 확인할 수 있다.

3. 21세기 사이버문학의 전개와 그 가능성

　21세기는 다양하게 그 모습을 띠게 될 것이라고 전망한다. 최근 유행되고 있는 21세기의 별칭만도 10여 종류에 이른다. 21세기는 문화의 세기, 여성의 세기, 생태환경의 세기, 세계화의 세기, 지방화의 세기, 우주의 세기, 지식의 세기, 정보의 세기, 사이버의 세기 등의 별칭이 바로 그 것이다. 이러한 다양한 세기의 명칭은 사이버의 공간에서 형상화되고 또 만나게 된다. 사이버의 공간에서 만남이 이루어지는 세계가 곧 디지털문명으로 전개된다. 즉 인쇄매체에서 전자매체로 대체되어 종이문화는 사라지고 전자문화는 보편화 될 것이라는 전망이다.

　20세기가 막 끝나고 21세기를 맞이하기 직전인 1999년 2월, 스위스의 다보스 포럼에서 마이크로소프트사 회장 빌 게이츠는, "2000년에 우리는 신문의 종말이 시작되는 것을 목격할 것이다"라고 말했다. 그는 모든 활자 인쇄체와 기존의 정보공급체계에 사망을 선고하는 예견된 폭탄발언을 한 것이다. 인류문명을 기록하고 또 기록해 갈 활자 인쇄 매체는 사라질 것인가? 웹 사이트에 기존의 신문을 올려놓는 디지털 신문으로 그 명맥을 유지할 수 있을 것이라는 진단도 있다.

　휴대용 단말기에 인터넷으로 받아 읽을 수 있는 전자서적의 등장은, 전자서적이 종이서적을 밀어낼 것이라고 단정하는 것이 결코 과장된 것이 아니라는 것이다. 인쇄 매체의 죽음, 종이서적의 죽음이 급사가 아니고 길고 느리고 지루하게 사망 과정을 걷게 될 것이라는 진단에 다소 위안을 받을 뿐이다. 종이서적을 팔고 있는 서점이나 백화점도 위협을 받는다.

이미 전자상거래가 일반화되어 가는 추세에 있으므로, 기존의 공간은 모두 사이버 공간에 그 자리를 넘겨주어야 하는 단계에까지 와 있는 것이 아닌가 하는 그런 변화의 속도감이 붙었다. 아마존 인터넷 책방이나 사이비 쇼핑몰에서 우리는 직접 그것을 피부로 느낄 수 있게 되었다.

필자가 근무하고 있는 《강원일보사》에서는 1999년 6월 1일부터 9월 30일 자정까지 사이버 문학상을 공모했다. 벌써 제2회째였다. 2000년 6월에는 제3회 사이버 문학상을 공모하게 된다. 응모분야는 시, 소설, 산문, 영화평 등 네 부문. 시상은 장르 구분 없이 대상, 금상, 은상으로 정했다. 제2의 사이버 문학상에는 단편소설 「노을」(조문호)이 대상, 「겨울로 가는 나무」(김대환)가 금상을 수상했다. 「노을」과 「겨울로 가는 나무」를 예시한다.

"하느님이 이처럼 세상을 사랑하사 독생자를 주셨으니 저를 믿는 자마다 멸망하지 않고 영생을 얻게 하고자 하심이라."

환자 방에서 성경 읽는 소리가 사근사근 흘러나오고 있다.

집안으로 들어서던 칠보 양조장 주동철 사장은 오만상을 찌푸렸다.

마루 끝에 낯설지 않은 권 집사의 신발이 보인다. 정말 찰거머리 같은 여편네다. 그동안 기회 있을 때마다 이런저런 경로로 알아들

을 만큼 이야기했고, 지난번 새파란 애송이 목사와 신도들까지 휘
몰고 떼거리져 찾아왔을 때는, 주 사장이 몸소 나서서 점잖은 체면
에 얼굴 붉히고, 언성까지 높이며 낯 뜨듯할 만큼 면박을 줬는데,
그래서 그 이후 애송이 목사나 다른 신도들은 문간에 얼씬도 하지
않는데, 저 여편네는 얼굴이 쇠가죽인지, 아니면 염통에 털이 나도
났는지 막무가내로 틈만 있으면 도둑고양처럼 환자 방으로 숨어들
어 하느님 타령으로 …

어머니를 홀리고 있다.
"…하나님이 그 아들을 세상에 내보내신 것은 세상을 심판하려 하
심이 아니오, 저로 말미암아 세상이 구원을 받게 하러…"

성경 읽는 소리는 그대로 이어지고 있다. 화가 치미는 그대로라면 주
사장은 당장 뛰어 들어가 권 집사의 머리채라도 휘어잡아 끌어내고 싶
었다. 그러나 인품 있고, 덕망 높은 천보면 제일의 유지를 자부하는 주
사장으로서 그렇게 경망스럽게 행동할 수 없었다.

주 사장은 크으 가래를 돋구어 마당에 칵 뱉고,
"흐음 큼큼…"
헛기침을 해서 우선 뒤집히는 속을 다스렸다.
— (조문호의 「노을」 일부)

외길에 숲을 싫은 나무는 겨울로 가나 부다.
새처럼 앉아 지켜주던 이파리를
어슬렁 바람에 낚아 채여 어디론가 귀양 가나 부다
여름내 흰 벽 초록빛 진실 그려내던
담쟁이 화가의
끓어오르는 열정의 손도 마비되어 가나 부다
늙어가는 가을 울타리에는 모든 풍요의 깃들을 예찬하던

풀벌레 울음으로 삼켜버린 땅거미만 득실한가 부다
온 천지 무슨 형벌처럼 나리는 푸른빛 독극물에
석양도 비탈길로 드러눕는데
밤마다 나무는 시려오는 발목을 들어 숲을 향해 옮겨보지만
뚝뚝 끊어지는 길 위에서 몇 번이고 주저앉는 꿈이었는가 부다
철새들 깃든 둥지를 이고 이제 하늘로 뿌리를 내리리라
겨울로 가는 나무는 접신을 애원하는 무녀의 몸처럼
부들부들 떨며 내리는 눈을 맞는다.
하늘은 털어서 깨끗한 혈액을 쏟아 부으면
봄을 싹 틔울 상처 입은 가지마다 붕대를 갈아두는가 부다
하얗게 정전이 된 지상의 세계에서 나무는 둥지를 열고
만삭이 된 숲의 해산을 받는가 부다
내년 이 땅 기름지게 비출 따사로운 해를
— (김대환의 「겨울로 가는 나무」 전재)

응모된 작품은 네티즌들이 직접 보고 평가할 수 있도록 일정기
간 투표함을 설치, 운영했으며, 네티즌들은 한 사람이 단 한 번의
의사표시를 할 수 있게 했다. 전문 심사위원단의 심사를 거쳐 웹
사이트를 통해 정해진 날에 당선작이 발표되었다.

앞의 소설 「노을」과 시 「겨울로 가는 나무」는 그 같은 과정
을 거쳐 수상작품으로 선정되었다. 앞에 게재한 작품은 웹사이트
에서는 동적이며 입체적인 반면 종이에서는 정적이고 평면적으로
느껴졌다. 인쇄 매체 중심의 정보전달 체계에 일대 혁신을 몰고
온 사이버 공간의 열린 사회모델은 사이버문학의 전개와 그 가능
성을 점치고 있다.

21세기의 시작은 2000년 1월 1일이 분명하지만 21세기의 기산
점은 사이버 공간, 디지털의 출현으로 잡아야 한다고 역설한 것에

서도 사이버문학의 전개와 그 가능성을 점치게 한다.

사이버문학의 질의 문제도 점차 그 규범이 잡혀가고 있다. 사이버문학상 시상제도가 10회를 넘어서면 가늠할 수 있을 것이라는 전망도 선다. 사이버문학은 스크린을 통한 독서에 익숙한 세대가 대학생이 되고, 첨단 전자기술을 일상화하는 전자교과서를 채택할 때 제자리를 잡게 될 것이다.

종이문학은 이 무렵에 전자문학에 그 자리를 더 많이 넘겨줄 것인가는 그 때의 선택이 아니라 흐름이 될 것이다.

4. 민족 통일문학, 세계문학 영역 확장

세계가 정보혁명, 시장경제혁명, 가치혁명, 노동혁명을 통해서 그 모습을 바꿔가고 있는 동안 우리는 그 같은 혁명을 수용하면서 분단시대에서 통일시대로 나아갈 것이다. 그러나 통일시대는 반드시 도래할 것이지만 언제 통일시대가 열린 것인지는 불확실하다. 베트남과 독일이 겪었던 통일시대에서 우리는 통일시대가 어떻게 열릴 것인가를 추측해 보는 것이 지금 생각할 수 있는 것이 전부이다.

서독이 동독을 흡수 통일했던 1990년 10월 3일 이후 세계의 시선이 한반도로 쏠렸다. 전략가들은 북한이 언제 어떻게 흡수통일이 될 것인가를 분석, 예측한 일이 있다. 그 때 통일의 연대를 1995년, 2000년 , 2005년, 2010년 2020년을 제시했다. 그 때를 기준한다면 5년 전에 통일이 되었어야 했고, 또는 올해에 통일이 되어야 한다.

북한의 붕괴설이 지속적으로 분분한 것은 북한의 심각한 경제난과 식량난, 그리고 체제난에 연유한다. 여기에 구소련 및 동구권의 몰락도 북한 붕괴설을 뒷받침한다. 북한은 1990년 이후 마이너스 성장을 기록하고 있다. 무역량은 급속히 줄어들어 1년간 25억 불 정도이다. 지금 1인당 1일 식량 배급량은 200g이다. 생존에 필요한 450g의 절반도 못 미친다. 결국 굶주림에 북한 내부로부터 혁명이 시작될 것이라는 예측이다.

미 국방대학원의 마빈 오토 교수가 3가지 통일 시나리오를 제시했다. 한국이 북한을 흡수 통일할 때의 3가지 방식을 제시한 것이다. 소프트랜딩, 하드랜딩, 노랜딩이 그것이다. 한국과 북한이 협상을 통해서 합병하는 것이 소프트랜딩이다. 평양 정권은 역부족으로 한국 정부와 협상, 평화적인 방법으로 통일을 실현하는 방식을 취한다. 그러나 소프트랜딩 방식은 북한 지도층이 반대할 것이므로 희망사항일 뿐 그 가능성은 희박하다. 소프트랜딩은 비행기가 착륙할 때 부드럽고 안전하게 작륙할 때 꽝하고 땅에 부딪치면서 폭발음을 내고 불길에 사일 수도 있는 상황을 상징한 것이다. 북한 지도부는 한국에 대해 무력도발을 하여 전쟁을 일으킨다. 또한 북한 내부에서 농민들이 반란을 일으켜 내부 투쟁이 발생한다. 내부의 전쟁이든 한국과의 전쟁이든 테러와 무력에 의한 전쟁 상황은 북한의 자멸을 초래한다.

이 때 한국도 피해를 입을 것이다. 반드시 피해야 할 상황이지만 피할 수 없는 상황이 될 수도 있다. 노랜딩 상황은 비행기가 착륙하지 못하고 불협화음을 내면서 계속 공중에서 빙빙 도는 상황을 상징한 것이다. 앞으로 몇 년이 걸릴지 모르지만 북한은 붕괴하지 않고 현상유지를 할 것이라는 전망이다. 2020년을 통일의 시기로 잡은 것이 노랜딩 상황을 전제로 한 것이겠다. 비행기가 부드럽게 착륙하거나 꽝하고 부딪치면서 착륙하거나 아니면, 착륙하지 못하는 상황에 비유한 3가지 통일 시나리오는 모두 가능하다는 측면을 가지고 있다. 전연 예측 못한 착륙이 일어날런지 모르지만 통일은 분명히, 또 반드시 될 것이라는 게 공통된 시각이다.

소프트랜딩, 즉 현상을 통한 평양 정권의 합병, 흡수 통일 때의 통일 비용은 한국 경제의 60% 수준으로, 북한 경제를 향상시키는 데 10년간 매년 16조원이 들 것이라고 한국개발연구원은 보았다. 미국 하버드대학 인구연구소는 250조원 내지 400조원의 통일 비용이 들 것이라고 보았다.

재정경제원은 2000년에 통일된다는 것을 전제로 800조원의 통일 비용이 들 것이라고 예상했다. 분단시대에서 통일시대로 진입하는 역사적 전환기에 우리는 서 있다. 이 역사적 전환기에 한국 문학은 어떤 모습을 띨 것인가? 그것은 한 마디로 통일문학의 모습이라 할 것이다. 통일시대가 열리면 그 때 민족문학의 새로운 모습이 나타날 것이다. 그리고 그 민족문학의 새로운 모습은 세계 문학으로 그 영역을 확장해 갈 것이다. 대립과 갈등의 양상이 화해와 사랑으로 그 모습을 바꿀 것이다.

자크 이탈리가 21세기 유목민의 덕목의 하나로 제시한 박애를 여기에 대비할 수 있다. 통일시대, 하나가 되는 시대, 화해가 이루어지는 시대, 그 바탕은 민족 내부에 사랑을 심는 것이며, 민족 법에까지 사랑을 심는 것이다. 충돌보다 상생의 문학의 원리가 생동할 것이다.

디지털시대에 문학은 종이서적에서 전자서적에 그 자리를 점차 넘겨줄 것이다. 디지털시대의 문학의 제 양상은 아직도 불확실하다. 그러나 민족통일시대가 개막되는 전후에 통일시대 문학의 지평이 열릴 것이다. 민족통일 시대의 통일문학은 평화·화해·사랑을 담을 것이 확실하다.

문학은 죽지 않았다

미국 LA에서 열린 한민족문학인세계대회의 제1 분임의 토론 주제는 「21세기 문학의 생존전략」.

이 날 토론에 참여한 문학인은 스물네 명이였다. 열띤 토론의 결론은 '문학은 결코 죽지 않았다!"는 것이었다.

토론에 참여했던 문인들의 면모는 다양했다. 시인으로는 곽상희(뉴욕), 김문희(LA), 김소엽(한국), 김신웅(LA), 김용팔(뉴욕), 김원중(한국), 김자원(뉴욕), 김행자(워싱턴), 김호영(한국), 백영희(뉴욕), 백지영(LA), 송순태(LA), 윤석진(뉴욕), 이희만(뉴욕), 정정선(샌디에고), 최상고(한국) 등 16명과 소설가 박요한(뉴욕)과 문학평론가 김영기 (한국), 희곡작가로는 이연호(LA), 홍승주(한국) 등 2명과 수필가로는 민혜기(캐나다), 엄갑도(한국), 이영주(뉴욕), 최종윤(LA), 4명 등 모두 24명이 참여했다.

LA · 뉴욕 · 센디에고 · 캐나다 등, 해외에서 참여한 문학인이 17명, 한국에서 참여한 문인은 7명, 해외 문학인 참여가 2.5배에 달했다. '문학은 죽지 않았다!'는 결론이 문학인의 장르와 사는 지역에 관계없이 내려진 것은 세 가지 명제를 제기한 셈이다.

첫째, 21세기후반부터 떠돌았던 문학의 위기론을 문학인 스스로가 잠재울 수 있다. 문학인의 정열과 의지를 반드시 작품에 반영, 좋은 작품을 쓰는 것이 문학을 살리는 첫째 조건이 된다. 둘째, 전자책, 사이버 공간에서의 문학이 종이 책, 전통적인 문학을 퇴출시킬 것이라는 위기의식도 문학인이 토인비의 도전과 응전 법칙에 충실하면 결코 절망할 단계가 아니다. 전자 책 시대에도 문학 창조에 매진하는 것이 문학을 살리는 둘째 조건이 된다.

셋째, 인간의 정체성 확인은 인간이 살아 있음을 확인하는 것과 같다. 전통적인 가치는 마비상태에 이르고, 가치의 진공상태가 나타나더라도 인간은 응전해 볼 만한 가치를 가지며 그 가능성도 확실히 있다. 인간적인, 너무나 인간적인 것이 문학을 살리는 셋째 조건이다. 이 세 가지 명제, 또는 조건이 '문학은 죽지 않는다!'라는 결론을 이끌어 낸 것이다.

'문학은 죽지 않는다!' 토론의 결론을 도출해 낸 말들을 여기에 모아 본다.

> "21세기가 혼돈과 암흑의 광야라 우려된다면 그것은 또한 시의 황금기가 된다. 기계에게도 숨결을 부여해 줄 수 있을 것, 좌절과 아픔을 관용할 기계의 저편에서…" (곽상희)

> "문학의 생존은 작가의 작품다운 작품 생산과 공급자들의 새로운 체제 개척에 달려 있다고 봅니다." (김문희)

> "우리가 또 다른 바벨탑을 쌓고 있는지 생각할 때이다" (김신웅), "에덴 선악과의 맛은 선이고 빛은 악이었다. 우리의 문학은 속에 숨어 있는 사과의 맛과 같은 것을 찾아 상미하면서, 곁에서 오는 빛에 현혹되지 않으면 되는 것이다" (김용팔)

> "한국문학의 발전은 사고의 변혁부터 시작되어야 한다. 세계가 하나가 된 지구촌 시대에 한국적인 것만을 고집하는 선비문화의 사고에서 이제 안목을 넓히고 세계화를 지향해야 한다. 우리가 아무리

한국에서 잘난 체 뽐내보아도 세계문학의 테두리에서 보면 시골문학에 지나지 않는다" (김원중)

"21세기의 문학의 생존전략을 따로 세울 필요가 있겠는가? 없다. 문제점이나 두려움 그 자체가 바로 21세기 문학의 원동력이고 무한한 소재이기 때문이다." (김자원)

"범람하는 정보와 영상문화의 발달로 문학이 위기에 처해 있다고 야단이지만 살아남기 위해 위기를 도약의 기회로 삼아야 할 것이다." (김행지)

"문학은 인간의 본성을 울리는 파장이다. 감동이다. 감격이다. 컴퓨터가 아니라 인터넷이 아니라, 영상매체가 발달된다 할지라도 문학은 언제나 거기 머물러 있을 것이다. 언제나 그 자세로 직진할 것이다." (박요한)

"새로운 21세기를 맞아서 더욱 새로운 문학의 마당놀이를 할 기회가 아닌가? 오히려 문학의 즐거움을 전략적으로 꾸며 누릴 때가 아니랴." (박영희)

"21세기를 주도하는 문학사상을 작가는 삶이나 인간의 제 문제에 대하여 신념에 찬 소리를 낼 수 있고, 진지한 탐색이 21세기에는 요청되리라 판단된다." (백지영)

"미주지역의 문학이 생존하느냐 못하느냐 하는 문제에서 2세들의 작품이 한국어로 쓰였느냐 영어로 쓰였느냐 하는 것이 큰 문제가 아니라 한국문학의 전통을 이은 것이냐 아니냐가 문제가 된다고 봅니다. 다시 말하면 한국문학에서 뿌리를 두고 이식되어 나온 이민 1세 문학인들이 이 미주 땅에서 작품다운 작품을 남기지 못한다면 진정한 의미에서 미주지역에서의 한국문학도 2세들에게 넘겨줄 연계가 단절되고 생존이 어려워질 것입니다." (송순태)

"새로운 존재양식이 태어나건 말건 문학은 그 양식을 소화해 가며 성장해 갈 것이다. 더욱 중요한 것은 작품의 질이며, 하드웨어가 바뀌어 질지라도 진실한 문학의 생명은 소프트웨어 품질에 있을 것이다. 언제나 그래왔던 것처럼 거기에 문학의 영원성이 있다. 문학의 생존은 어떤 전략으로서가 아니라 작품 자체의 수준에 매어 있을 것이다." (윤석진)

"수필 인구가 파격적으로 늘고 있다. 21세기는 수필문학이 문단을 리드할 것이라는 미래학자들의 예언이 현실로 다가왔다. 그런데 수필문학은 아직도 배타적 우월주의에 심취해 있는 타 장르에 유린된 채, 변두리문학이니 주변문학이니 하는 호칭에서 완전히 자유롭지 못한 채 홀로서기를 시도하고 있다." (최종윤)

"병들고 지친 현대인들의 문명 속에 갇힌 영혼들을 구해내고 헹구어내는 문학을 산출해야 한다. 한 세대가 가면 소멸하거나 망각되는 소모품적인 문학이 아니라 영구히 사람과 함께 가며 남는 고전적 문학이라야 한다." (홍승주)

"21세기는 문화, 여성, 세계화, 지방화, 우주, 지식, 정보, 사이버의 세기 등, 다양한 별칭으로 불리운다. 문학의 생존전략은 인간 정체성의 확인과 표현에서 찾아야 한다." (김영기)

'문학은 죽지 않는다'라는 명제는 문학을 생동하게 하려는 문학인의 탁마로 완성된다. 제1 분임토의에 한국 문학인이 먼저 '문학이 죽지 않았다'는 것을 실증해야 한다.

민족공동체 인식과 문학교류

1. 하나의 민족공동체 인식

지구상에서 지금 분단국가는 동서독과 남북한뿐이다. 그런데 거의 교류가 없는 분단국가는 남북한뿐이다.

1989년 11월 9일, 베를린장벽이 개방되던 날 동서독의 게르만은 하나라는 사실을 그들 스스로가 확인했고, 또한 세계가 확인했다. 동독인과 서독인은 자유롭게 만났고, 함께 웃고 떠들고 박수치고, 장벽 위로 새까맣게 올라가 환호를 올렸다. '단절의 시대'가 극적으로 끝났다는 것을 확인해 주었다. 〈장벽 없는 베를린, 탱크 없는 독일, 국경 없는 유럽〉이라는 프랭카드가 나부끼는 것을 바라보면서 한국인은 허탈감에 빠져 '우리는 누구인가'라고 홍분하기까지 했었다. 독일인이 저러한데 한국인이 그렇게 하지 못할 까닭이 없지 않은가, 하고 탄식했었다. 동서독은 한 술 더 떠서 통화 경제사회의 통합협상으로 광범한 합의에 도달, 임금, 연금 등에 1대 1의 통화 교환을 7월 2일부터 시행하기로 했다. 하나의 게르만족 공동체 인식에서 그 형성 실천으로 나아가고 있는 것이다.

우리가 하나의 민족공동체 인식의 문제를 제기하는 것은 오늘날 한민족(韓民族)이 남북으로 흩어져 단절된 채 살아가고 있지만 5천년이라는 긴 역사를 통해 공간적으로 같은 터전 위에서, 시간적으로 한 핏줄 같은 말과 글, 그리고 같은 문화전통 속에서 운명을 같이해 온 단일민족이라는데 근거한다. 즉 하나의 민족, 한민족으로 역사적 문화적 공동의 생활권을 형성하면서 살아왔다는 데 있다. 환언하면 역사적 문화적 경험을 같이하는 남북의 민족 구성원 끼리 한 민족이라는 끈끈한 마음의 유래로 더불어 살아왔고, 또 살아가며 살아가야 할 장(場)을 우리는 한민족공동체로 인식하고 있는 것이다.

그러나 45년이라는 오랜 세월 동안 남북으로 흩어져 마치 서로 이방인을 대하듯 적대감마저 가지게 되었고, 생활방식, 생활감정도 분화, 이질화 되었다. 하나의 민족공동체 사회를 이루고 살아온 한국인의 동질성은 이질화를 용납할 수 없게 되어 있다. 동질성 회복은 그러니까 한국인이면 누구나 느끼는 순리이고 당위이다. 게르만민족공동체 형성, 그 실천이 외부에서 크게 자극한다.

지금부터 703년 전인 고려 충렬왕 13년(서기 1287년) 이승휴(李承休)는 역사서사시 「제왕운기(帝王韻紀)」를 지었다. 거기에 "신라와 고구려, 백제와 남북의 옥저와 예맥의 임금의 조상은 단군의 자손으로 모두 한 핏줄기"라고 기술했다. 부여, 비류 또한 한 혈통이라고 했다. 한국 민족문학의 표현의 시작에서부터 통일성의 종지(宗旨)를 제시했었다.

한국민족주의가 게르만 민족주의 이상으로 응집된 민족공동체 인식을 기반으로 하고 있음을 남북의 한국인 모두가 확신할 수 있다.

2. 서로 자주 만나는 장을 마련해야

손영종(孫永鍾)씨와 김선순(金善順)씨 부부의 상봉, 한필성(韓弼星)씨와 한필화(韓弼花)씨 오누이의 만남이 한국인 모두에게 한민족공동체의 의식을 뜨겁게 피부로 느끼게 한다. 물론 그들은 몇 안 되는 이산가족 중에서 특별한 예에 속한다. 민족공동체 인식은 이처럼 만남에서 더욱 굳어지고 교류에서 더욱 심화된다.

물론 반세기에 가까운 장구한 세월 동안 지속되어 온 남북한 간의 대결구조를 일시에 해소시킬 수 있다고 믿는 사람은 없을 것이다. 결국 분단의 현실을 인정하는 데서부터 시작할 수밖에 없다. 남북은 그동안 서로 분단 고착적이라거나 평화 파괴주의적이라고 적대시하기까지 했다. 표면적으로는 상대를 향해서 통일지향적이고 평화지향적이라고 강조하지만 상대방을 그와 반대라고 불신했다. 남북 간에 상대방 인식에 오류를 범해왔다. 이러한 오류를 개선하고 불식하기 위해서 아름다움은 물론 추함까지도 정서화하는 능력을 가진 문학인이 교류를 시작, 하나 둘 해소해 나가자는 것이다. 남북한 동포가 서로 왕래하고 서로 옮겨 살 수 있는 공동체적 삶의 바탕을 마련하고 , 또한 만나서 고유의 민족문화 유산을 계승, 발전시키고 함께 의논하는 일을 문학인이 앞장서자는 것이다.

동독과 서독은 1972년에 체결된 기본조약을 위해서 장·차관급 회담 70회, 실국장급회담 200회, 양독 정상의 회담을 2회 열었다. 무수히 만나고 설득하고 이해함으로써 최종타결을 보았던 것이다. 정부 차원에서 그 이상으로 만나고 민간 차원에서 더 이상 만나야 민족공동체 인식에서 그 형성으로 나갈 수 있다는 교훈을 던져준다.

남북한의 한국인 모두가 단군의 자손으로 민족공동체를 이루고 살아온 5천여 년의 역사에 비해 민주주의와 공산주의의 이데올로기로 대립, 흩어져 살아온 역사는 비교도 안 되게 짧다는 것을 남북의 문인들이 만나서 진지하게 논의할 수 있어야 한다.

과정으로서의 통일이어야 하며 결과로서의 통일이 되어서도 안된다는 점도 논의할 수 있어야 한다. 민족 구성원의 자유, 인권, 행복이 보장되고 민족공동체의 자주, 평화, 민주의 원칙이 보장되는 한민족공동체의 통일이 실현되자면 이승휴의 예에서처럼, 오늘의 문학인들이 만나서 교류하고 작품을 형성해야 한다.

문학인의 만남이 또한 자연을 사랑하고 인간을 옹호하고 역사와 전통을 계승하는 한국인다움을 구체적으로 표현할 수 있게 되어야 한다. 그리하여 임진강상이나, 철원평야나, 동해안 백사장 아니 그 어디에서든 만나서 서로 부둥켜안고 속마음을 털어놓을 수 있게 되어야 한다. 그 마음들이 하나의 문학작품으로 형성되어 그 현장에서 시회(詩會)의 전통처럼 멋진 남북한 문인의 시낭송회장을 열어야 한다. 그 자리엔 전통의 술 막걸리나 소주와 인삼주를 나누면서 예(濊)·맥(貊)시대의 무천축전(舞天祝典)을 베풀 수 있어야 한다. 이런 만남(교류)은 물론 남북한 간의 정상적인 경로를 통해서 제정되고 조정될 수 있을 것이다.

미국 LA에서 8월에 개최될 한국문인협회 제1회 해외문학 심포지움에 남북한 문인들이 자리를 같이하는 것도 좋은 방법이 된다. 중국의 연변이나 일본의 동경, 소련의 타시켄트, 사할린 등 한국 동포가 많이 살고 있는 고장에서 한민족 동질성 회복을 위한 한국 문학의 방향에 대한 토론회도 매년 순회하면서 개최하면 남북한 문인의 교류장으로 활용할 수 있겠다.

또한 남북문인협회 간에 공동위원회를 만들어 남북한 문인이 공동으로 교류를 확대해 나가는 것도 한 방법이 될 것이다. 남북한의 문인들이 먼저 마주앉아 얘기를 나누는 정기, 부정기의 장치를 만들자는 것이다.

3. 문학사·문학전집의 공동 편찬도

이데올로기의 대립시대에서 경제협력시대로, 또 개방과 교류의 시대를 전 세계가 전환되어감에 따라 남북한 관계에 있어서도 민족공동체로서의 상호복지를 고려하는 단계에 이르렀다. 이제 쌍방의 의사전달에 별다른 장애가 없다는 점이 공인되고 있는 현실이다.

소련 및 중국 그리고 동구 작가는 물론 소년 중국의 교포작가들의 작품의 소개가 활발하다. 남북작가의 해금이 이루어졌고, 북한 작가의 작품이 선택적으로 읽을 수 있게 되었다. 북한 문학의 실상에 직접 접할 수 있을 정도의 수준으로 개방되었다. 북한에서도 한국의 원전에 접할 수 있도록 한국 수준으로 개방되어야 한다. 즉 제도적으로 문학작품이 남북한 공히 단계적으로 읽혀질 수 있도록 장치를 만들어야 한다. 남북한이 상호 문학작품을 교류하는 제도적 창구가 만들어져야 한다.

남북한이 문학작품을 교류하는 창구를 개설하면서 문학사의 공동연구가 실시되어야 한다.

북한의 모든 문학행위는 김일성 주체사상에 의거하여 이루어진다는 것이 북한 사회과학문학연구소가 펴낸 『조선문학사』의 시각이다. "항일혁명문학예술은 김일성이 조직 지도한 항일 혁명투쟁의 불길 속에서 그의 지도 밑에 창조되고 발전된, 혁명적이며 전투적인 문학예술이다"라고 규정하고 있다.

"주체사상의 기치 밑에 항일혁명투쟁을 조직 전개함으로써 비로소 선행시기 문학예술과는 근본적으로 다른 혁명적인 문학예술, 항일혁명문학예술이 창조될 수 있었다"고 했다.

「피바다」, 「꽃 파는 처녀」 등, 수많은 작품들을 친히 창작함으로써 혁명적 문학예술 창작에 기준으로 삼아야 할 고전의 표준을 만들었다고 했다. 주체문학론이 지켜야 할 세 가지 원칙은 당성 노동계급성 인민성이다. 문학은 당과 작가가 함께 만드는 것이라는 시각도 드러낸다. 문학의 형식이나 기법, 또는 구성 원리 등, 문학의 원론적인 해석과 평가는 무시된다. 문학을 사상교양의 수단으로, 혁명의 무기로 생각하는 태도이다. 이러한 이념의 문학인 만큼 문학사의 공동연구가 실시되어야지만 진정한 교류가 이루어질 것이다. 문학사의 공동 집필도 문학교류의 중요한 방법의 하나이다.

남북의 문학 작품집을 공동으로 발간함으로써 문학의 교류가 촉진될 수 있다. 남북의 작가의 작품을 동시에 게재하는 월간, 계간, 년간 등의 작품집을 발간할 수 있을 것이다. 남북 작가가 따로 편집한 것을 묶을 수도 있고, 남북의 작가가 공동 편집한 것을 묶을 수도 있다. 장르별로 종합적으로 그 어느 것이든 남북한 작품집 편집위원이 선정한 것이면 가능하도록 조치하면 된다.

한국문학전집의 공동편집 출판도 문학교류의 한 방안이 된다. 작품의 해석에 있어 남북한의 시각 차이가 크다 할지라도 그 시각차를 확인하는 문학전집이 발간되면 교류에 효과적이다. 왜냐하면 동질성과 이질성을 손쉽게 확인할 수 있을 것이고, 상대의 문학을 읽고 이해하고 평가함으로써 실질적인 교류가 이루어질 수 있을 것이기 때문이다. 문학사, 문학전집 등의 공동편찬은 분단문학에서 통일문학으로 가는 도정이다.

남북 문화교류 흑요석 찾아내기

1. 백두산 흑요석 물물교환

2000년 2월 29일, 〈한국선사고고학회〉와 《강원일보사》가 공동으로 주최한 '양구 선사문학 학술대회'가 북한강가에서 열렸다. 4월 25일에는 〈한국문인협회〉와 《강원일보사》 공동주최로 북한강과 소양강이 만나는 곳에서 '새 천년 통일문학으로 가는 길' 문학심포지엄이 열렸다.

5월 13일에는 양구 제4 땅굴에서 'DMZ 학술대회'가 열리게 된다. 남북한 접경지역과 가까운 곳에서 2000년 들어 이상과 같은 학술대회가 연이어 열리고 있다. 또 연이어 열릴 것으로 전망된다. '문화비전 2000 추진위원회'와 제4차 새로운 예술모색 워크숍이 열리는 이곳 춘천은 남북문화 교류의 한 중심이 되는 곳이다.

북한강 상류지역의 선사문화를 조명한 학술대회는 남북한의 선사문화를 아우르는 자리였다. 새 천년 통일문학으로 가는 길을 조명한 문학 심포지움은 통일역사와 문학체험이 어떻게 전개될 것인가를 진단하는 자리였다. DMZ 학술대회는 탈분단의 DMZ 생태계로서의 DMZ을 조명해 보는 자리가 될 것이다.

북한강 상류지역의 선사문화를 조명하는 자리에서 남북 문화교류에 빛을 던져줄 '흑요석(黑曜石)'을 찾아냈다. 1987년 '평화의 댐' 공사를 위해 화천댐 파로호의 물을 빼냈다. 파로호 상류, 북한강 상류 퇴수지역에서 중기 구석기시대 유적이 발굴되었다. 양구 상무용리(上舞龍里) 유적으로 통칭되는 이 구석기 유적은 중기 구석기(7~12만 년 전), 후기 구석기(2~5만 년) 때의 문화유적으로 판명되었다. 여기에서 선사인들이 석기를 만들어 사용했던 흑요석 유물이 발굴되었다.

북한강의 지류인 홍천강 옆에 홍천군 북방면 하회개리에서도 1989년, 중석기시대 사람들이 생활하던 유적지에서 흑요석 유물이 발굴되었다. 여기서도 후기 구석기 유물이 동시에 발굴되었다.

흑요석은 무엇인가? 화산 분화 때 마그마가 급격히 냉각 응고하여 생긴 검은색, 갈색 등의 반투명체이다. 갈아서 구슬이나 단추, 장식품을 만들었다. 구석기시대 사람들, 신석기시대 사람들은 흑요석을 돌칼, 돌도끼, 화살촉, 창날, 칼 등의 도구를 만들어 사용했다. 선사문화에서 흑요석은 보석이었다.

양구와 홍천의 구석기대의 유적과 양양 오산리의 신석기시대 유적에서 발굴된 흑요석은 백두산에 생산된 것이다. 백두산에서 생산된 흑요석이 북한강, 소양강, 홍천강, 남대천 유역으로 옮겨진 것이다.

여기에 흑요석은 어떻게 선사문화의 중요한 재료가 되었는가? 라는 질문에 대한 해답이 나온다. 북한강 상류지역은 지금까지 우리나라의 구석기 유적을 대표하는 공주 석장리, 연천 전곡리 유적과 함께 우리나라 구석기 문화의 양상을 맑힐 수 있는 중요한 유적으로 파악괴고 있다.

특히 각종 석기(石器)와 함께 흑요석으로 만든 석기가 출토됨으로서 중요한 의미를 더했다. 흑요석은 선사인들이 석기를 만들 때 쓰던 중요한 석재이며, 이동할 때 가지고 다녔기 때문에 문화의 전파, 교류는 물론 사람의 이동통로와 관계를 알려주는 자료가 되고 있다. 그러니까 구석기시대인 7~12만 년 전에 백두산 지역에서 흑요석 석기를 가지고 북한강 상류지역으로 이동해 온 사람들이 정착해서 살았다는 첫째 가설(假說)이 나올 수 있다. 둘째 가설은 백두산 지역에 살던 구석기시대 사람들이 백두산 흑요석을 가지고 와서 여기 사람들과 물물교환을 했을 것이라는 것이다. 셋째 가설은 여기 북한강 상류지역에 살던 사람들이 백두산까지 가서 흑요석을 캐 가지고 왔을 것이라는 것이다. 이 세 가지 가설은 이 땅에서 선사문화가 발생하고, 이동하고, 교류하는 과정을 재구성할 수 있는 모델을 제시한다.

백두산 흑요석의 물물교환을 통해서 백두대간의 선사문화 통로가 열렸다고 말할 수 있다. 구석기시대 사람들은 험준한 산줄기를 넘고, 넓은 강을 건너서, 길도 없는 들판을 헤매면서 사람과 사람, 마을과 마을로 찾아 다녔다. 그리고 흑요석은 훌륭한 매체가 되었다.

백두산 흑요석의 물물교환은 남북 분단시대에도 문화교류의 촉매작용을 어떻게 전개해야 할 것인가를 시사한다. 흑요석 자체가 예술품(생활용품)으로 빛을 발하지만 교류의 매체로도 보물처럼 빛난다. 남북 분단시대의 흑요석을 찾아내고 그것을 갈고 닦는 일을 서둘러야 한다. 앞에 예시한 선사문화학술대회, 통일문학으로 가는 길을 모색한 심포지엄, DMZ 학술대회가 다양한 모색의 양상이 될 것이다.

2. 고속으로 열리는 사이버 세상

정보화 사회를 초고속으로 잇는 사이버 세상은 새로운 미래세계를 열고 있다. 초고속 인터넷이 우리 생활 속으로 파고들고 있을 뿐만 아니라 세계의 국경을 무너뜨리고 사이버 공간을 형성한다. 정보통신부와 관련업계의 통계자료는 지난 3월 말 현재 국내의 인터넷 이용자 수는 1,393만여 명으로 우리나라 인구 30% 정도가 인터넷을 활용하는 것으로 밝혀지고 있다.

인터넷 인구는 올 들어 1천만 명을 돌파했다. 고속 인터넷 가입자는 100만 명을 돌파한 데 이어 연말쯤에는 300만 명에 육박할 전망이다. 향후 정보통신 시장은 인터넷을 통해 급격히 팽창할 것이며, 이 같은 정보통신 인프라의 확충에 힘 입어 디지털 경제시대도 더 빨리 전개될 것으로 예측된다. 사이버 세상은 세계의 추세이다.

북한은 세계에서 유일하게 인터넷 케이블 망이 연결되어 있지 않은 나라, 컴퓨터 인터넷 정책이 거의 없는 나라로 알려져 있다. 반면에 미국 국방성 인터넷 사이트에 가장이 접속하는 나라가 북한이라는 통계가 있다. 북한에서는, "컴퓨터를 안 하면 무지몽매에서 벗어날 수 없다.

온 나라를 컴퓨터화하기 위한 사업을 진행하라." 하고 김정일 총비서가 교시했다고 한다. 그러나 "컴퓨터화하는 사업에서 가장 중요한 방향은 우리식(북한식)으로 프로그램 기술을 발전시키는 것"이라고 강조한다. 북한은 중국에 인포뱅크라는 인터넷 사이트를 최근 개설했고, 남북 인터넷 교류에 대한 관심이 높아지고 있다는 정보도 흘러나온다.

세계 인터넷에 언제까지 북한이 블랙홀로 남아 있을 것인가? 북한 당국은 최소한 기술, 경제, 군사 부분에서 정보화를 적극 추진하려 한다는 징후를 보여주고 있다. 정보화가 요구하는 체제의 유연성이 자체 존립을 가능케 한다는 것과 단일 정부가 모든 사람을 지배할 수 있는 체제는 불가능하다는 것을 알고 있을 것이다. 북한이 5~10년 후에 정보사회로 진입할 수밖에 없으므로 남북 인터넷은 필연적으로 연결되게 되어 있다. 인터넷의 통로를 통해 사이버 공간이 열리고 사이버 세상이 이루어질 것이다. 고속으로 열리는 사이버 세상에 흑요석 물물교환의 장을 만들고 흑요석의 문화를 형성해야 한다.

인터넷은 자유민주주의 확산에 새로운 이정표를 세울 것이라든가, 북한이 정보화의 파도를 어떻게 타느냐에 따라 체제안정을 구축하든가, 돌연한 죽음을 맞을런지도 모른다는 예측을 접어두고 인터넷을 연결한다는 것을 전제로 하자. 남북한의 사이버 세상이 열리면 "험준한 산맥을 넘고, 깊은 강을 건너고, 길 없는 들판을 헤쳐 나가는 것"과는 전혀 다른 세계가 나타날 것이다.

문학·음악·미술·연극·영화 등, 모든 예술장르가 사이버 공간에 동장할 것이다. 사이버 공간에서 남북한의 모든 예술장르가 만나게 된다. 그 때 사이버 세상은 우리가 예측할 수 없는 폭발력을 가질 것이다. 그리고 우리가 예측할 수 없는 변화의 세상, 변화의 예술이 나타날 것이다. 그날이 오면 흑요석의 물물교환이 이루어지던 선사시대의 문화혁명 이상의 2000년 문화혁명이 일어날 것이다. 사이버 세상에서 흑요석 찾아내기를 어떻게 추진할 것인가에 대한 충분한 준비가 긴요하다.

오는 5월 말에 남북한에서 3만 5천명이 참가하는 '한민족 사이버 미술전'이 추진되는 것에서도 사이버 공간에서의 문화교류를 예감하게 된다.

남한 2만 명, 북한 1만 명, 해외교포 5천 명이 사이버 공간에서 한민족미술전이 열리게 되면 한민족 미술 전반의 흐름을 비교하고 또 미래의 방향을 설정할 수 있게 된다. 사이버 공간을 활용하는 문화교류가 새로운 예술을 모색하는 다양할 전개를 가능케 해

줄 것이다.

3. 민족 동질성 찾기의 만남

지난 10년간 즉, 1989년부터 1999년까지 문화예술 분야에서 남북한 주민 접촉이 성사된 건수는 87건, 인원은 702명 정도였던 것으로 밝혀졌다. 상당한 준비와 비용이 소요되는 문화 예술분야의 특성으로 볼 때 활성화가 쉽지 않을 것이다. 1999년 12월 5일, 평양에서 열린 〈2000년 평화친선음악회〉에서 남북한 인기가수가 출연했던 사례는 문화예술 분야에서의 만남이 계속될 전망을 낳고 있다.

2000년 6월, 남북한 정상회담이 평양에서 열리면 남북한의 문화예술 분야의 만남은 더 활발해질 것이다. 우리는 그것을 민족 동질성 찾기의 만남으로 보고자 한다.

한국과 중국의 국교가 체결되는 때를 전후해서 한국인의 백두산 천지 답사가 급격히 늘어났다. 한국의 예술인들 또한 백두산 답사기행에 앞 다투어 나섰다. 예술 전반에 백두산 모티브의 작품이 대량으로 쏟아졌다. 특히 백두산 모티브의 문학작품과 미술작품은 풍성했다. 북한의 백두산 모티브 작품과 교류가 가능할 만큼 양적 축적이 이루어졌다.

금강산 뱃길이 1998년 11월 18일에 열린 이후 금강산을 다녀온 한국인은 20만 명을 넘어선 지 오래되었다. 물론 문화예술계에서도 금강산을 많이 다녀왔다. 그 때 이후부터 '금강산전'이 국내에서 여러 번 열렸다. 금강산 문학작품집, 금강산 화집, 금강산 관련 학술대회 등이 양적으로 축적되었다. 백두산 모티브의 작품과 북한의 그것과의 교류가 가능하듯이, 금강산 모티브의 작품과 북한의 그것을 교류할 수 있는 바탕이 마련되었다.

정치적 색깔이 배제되었거나 엷어진 상태에서 교류할 수 있는 프로그램은 국토의 아름다움을 표현하는 것을 우선하는 수밖에 없다. 또 그것이 남북한의 공감대를 확대하는 첩경이다. 국토의 아름다움을 표현하는 것과 함께 민족정서의 아름다움을 표현하는 것을 동반할 수 있다. 순수한 것, 고전적인 것을 나타내는 민족정서는 남북한이 공동으로 추구할 수 있는 영원한 제재이다. 국토의 생명력(아름다움)과 민족정서의 생명력(영원성)을 간직한 현장이 비무장지대(DMZ)이다. 6.25전쟁과 휴전선으로 갈라진 비무장지대는 가장 정치적이고 군사적인 대치상황이 지속되고 있다. 정치적, 군사적 상황을 뛰어넘어 비무장지대는 이 땅의 원형적(原型的) 자연, 원초적 생태환경을 스스로 만들어 놓았다. 세계에서 그 유례를 찾아볼 수 없는 생태환경이 조성된 것이다. 그러므로 비무장지대에서 정치적, 군사적 상황을 뛰어넘은 교류가 이루어지고 구석기시대 사람들의 영혼까지 움직였던 흑요석, 오늘의 흑요석을 발견할 수 있다면 새로운 예술을 탄생시킬 수 있는 촉매의 현장이 될 수 있다.

DMZ의 생태환경을 다룬 다큐멘터리의 제작을 통해서 DMZ의 생태환경이 전쟁의 참화를 극복하고 스스로 재생을 이룩했다는 감동을 맛볼 수 있을 것이다. DMZ 생태환경을 있는 그대로 영상으로 옮기면 그 자체가 새로움을 전파시킬 수 있을 것이다.

남북한의 문학인들이 DMZ의 생태환경을 표현하고 읊을 수 있는 장이 마련된다면 생태환경의 자생능력을 알리는 최초의 문학보고서가 될 것이다. 21세기를 '생태의 세기'라고 말하는 그 실제를 증언할 수 있게 된다. 남북한의 미술인들이 DMZ 생태환경을 화폭에 담게 되면 우리나라에서는 초유의 생태화가 될 것이다. 국토의 아름다움이 화폭에 옮겨질 뿐만 아니라 정치와 군사의 이데올로기를 넘어서는 생명력을 전파하게 된다.

남북한의 음악인들이 DMZ에서 음악회를 열게 되면 한국의 소리, 세계의 소리를 DMZ 생태환경 속에서 울려 퍼지게 할 것이다. 파바로티가 멕시코 마야 유적지 치첸이사의 밀림 속에서 열었던 음악회 이상의 남북음악회가 될 것이다. 마야 유적이 그것이 죽어버린 문명의 것이라면 DMZ 생태환경의 그것은 미래지향의 문명을 노래할 것이기 때문이다.

가까운 것에서부터, 작은 것에서부터, 그리고 비정치적인 것에서부터 민족동질성 찾기에 나서야 한다. 거기에 현대의 흑요석이 있다.

제2부
저항의 문학

실직국의 노래, 헌화가

1. 잃어버린 실직국(悉直國)의 역사

한국 역사에서 잃어버린 고대국가는 많다. 그 이름만 기록으로 전하는 나라도 있고, 몇 줄의 짧은 역사의 기록을 남긴 나라도 있다. 또는 그 이름이 전설만으로 전해오는 나라도 있다.

역사의 무대 뒤로 완전히 사라져버린 이런 고대국가에 대해서 그 존재를 깡그리 무시해버린 사례가 많았다. 우리나라의 역사를 깎아내려 그러한 고대국가가 존재할 수 없었다는 주장이 통설화, 통념화되어 버렸다. 몇 줄의 짧은 역사의 기록을 남긴 실직국도 그래서 지금까지 잃어버린 나라가 되어버린 것이다.

실직국은 삼척지역에 존재했던 고대국가였다. 실직곡국(悉直谷國)이라고 부르기도 했다. 고구려·백제·신라·가야 등 고대국가가 건국할 무렵에 벌써 번영을 누렸고, 신라와 한 때는 그 힘을 겨루기도 했었다. 실직국이 신라와의 싸움에서 패해 완전히 멸망한 것은 신라 파사이사금 25년 음력 7월이었다.

『삼국사기』 제1권 신라본기 제1항 파사이사금(波婆痍師今) 조에 실직국의 역사는 간략히 다음과 같이 기록되어 있다.

> 파사이사금 23년 8월에 음집벌국(音什伐國)과 실직국이 서로 지경(地境)을 다투었다. 파사이사금에(두 나라가) 와서 이를 관결하여 달라고 청하였다. 파사이사금은 해결이 어렵다고 했다. 그리고서 금관

국(金官國) 수로왕(首露王)은 연로하고 지식이 많으므로 그를 초빙해서 묻자고 말했다. 수로왕은 (와서)의론을 바로 세움으로써 실직국과 음집벌국이 서로 다투는 땅을 음집벌국에 속하게 하였다.

이에 파사이사금은 육부(六部)에 명명하여 모이게 하고, 수로왕을 위하여 잔치를 베풀었다. 그런데 오부(五部)에서는 모두 이찬으로써 접빈주(接賓主)를 삼았으나, 한기부(漢祇部)만을 벼슬이 낮은 자로서 접빈주를 삼으므로, 수로왕은 크게 노하여 노탐하리(奴耽下里)에게 명하여 한기부 주인 보제(保齊)를 죽이고 돌아갔다. 이때 노탐하리는 도망하여 음집벌국 타추간의 집에 의지하고 있었으므로 파사이사금은 사자를 보내어 그 노를 수색하였다. 그때 타추가 노를 보내주지 않으므로 파사이사금은 노하여 군사를 일으켜 음집벌국을 정벌했다. 그 후, 타추는 무리를 거느리고 항복하였다. 10월에 복사꽃 오얏꽃이 되었다.

파사이사금 25년 정월에 많은 별들이 비 오듯 떨어졌으나 땅에는 이르지 못하였다. 7월에 실직국이 모반하므로 파사이사금은 군사를 내어 이를 토평하고, 그 무리들을 남쪽 변방으로 옮겼다.

이상 실직국에 대한 기록이 역사에 처음으로 등장하는 것이면서 동시에 전부요, 마지막의 것이다. 여기서 주목되는 것을 첫째 실직국이 역사상 존재했다는 것이며, 둘째 실직국인은 신라와도 전투를 했다는 사실이고, 셋째는 멸망했다가 부흥운동을 전개했던 점이다. 넷째는 실직국이 다시 일어날 것을 겁낸 신라가 완전히 실직국인을 신라 변방 가까이로 옮겨 실직국인의 저항을 막았다는 사실이다.

2. 실직국 안일왕의 끈질긴 저항

실직국 사람들은 신라에 끈질기게 무섭게 저항했다. 실직국이
망한 3년 후에 실직국 부흥운동을 전개했다. 실직국의 저항군은
신라군과 싸웠으며 파사이사금이 군대를 파견 '토평했다'고 『삼
국사기』에는 표현되어 있다. 토벌해서 평정할 만큼 그 저항세력
은 무시할 수 없었던 것으로 추측된다.

　　더군다나 신라에서는 실직국이 부흥하여 북쪽 지경을 다시 위
협하게 될 것을 겁내어 실직국인 모두를 신라 북쪽 변방 가까이에
이주시켜 복속을 강요했다. 실직국 지역을 공동화(空洞化)시킴으
로써 신라의 안전을 기하려 한 것이다.

　　경북 울진군 서면에 왕피리(王避里)라는 마을이 있다. 왕피리에
는 병위동(兵衛洞), 임왕기(臨王基), 포전동(飽田洞), 거리곡 등이
있다. 통고천에서 발원하여 동해로 흐르는 강을 왕피천이라 부른
다. 실직국의 안일왕(安逸王)이 예국 군의 침략을 받아 소광리에
있는 애밀왕성(安逸王城을 그렇게 부른다)으로 피난하여 버티었으
나 함락되었다는 전설이 전해내려 온다. 전설은 실직국이 예국의
침략을 받은 것으로 되어 있으나 실직국과 북쪽의 예국, 남쪽의
음집벌국, 신라와의 관계를 보여주는 것이기도 하다. 실직국 안일
왕의 전설은 실직국과 실직국인이 남쪽으로 이동했음을 또한 증
언해 주는 사례가 된다.

　　실직국은 신라에 패망하고 신라에 복속이 되지만 실제로 실직
국 지역이 신라의 완전한 강역이 되는 것은 훨씬 그 후의 일이다.

　　신라에서는 제22대 지증왕 6년에 비로소 이사부(異斯夫)를 실직
국(悉直州임)의 군주(軍主)로 임명 파견한다. 지증왕 6년(서기 505
년) 이사부가 실직주의 군주로 부임하기 이전까지는 신라의 세력
이 완전히 실직국 지역에 뻗치지 못하고 있었음을 간접적으로 시
사해 준다. 파사왕이 실직국을 패망시키고 복속시켰으면서도 실국

국의 벽성들은 무시할 수 없는 세력을 형성하고 있었던 것으로 추측된다. 군주를 파견하면서도 그 지역을 실직국의 국명인 '실직'을 고장 이름으로 그대로 사용한 데서도 엿볼 수 있다. 즉 실직주의 명칭을 '실직' 그대로 사용하고 있었던 사례가 실직국인의 저항을 무마하기 위한 것이 아닌가 하는 추측을 낳는다.

실직국인의 끈질긴 저항은 패망 직후의 실직국 부흥 전쟁에서 점차 지하로 잠복하게 되었다. 잠복하여 저항한 기간이 무려 4백여 년이 흘렀던 것으로 추측된다. 후에 실직국 지역이 고구려의 판도에 들어갔다가 다시 신라의 판도로 복속되면서 실직국인의 저항은 무기력화 된다. 그러나 전존하던 토속이나 정서 속에는 실직국의 고유한 형태가 남아 있게 마련이었다. 신라 성덕왕 대에 발생한 것으로 전해내려 오는 「헌화가(獻花歌)」 · 「해가사(海歌詞)」에 깃들어 있는 토속적 정서가 바로 그런 것이다.

3. 노인과 해룡으로 변신한 실직국인

신라 제33대 성덕왕(聖德王) 때에 불리어졌던 「헌화가(獻花歌)」 · 「해가사(海歌詞)」는 실직국, 실직국인의 노래였다.

『삼국유사』 기이(紀異) 제2, 「수로부인(水路婦人)」 조에는 「헌화가」 · 「해가사」에 대한 다음과 같은 유래가 전한다.

신라 제33대 성덕왕 때에 순정공(純貞公)이 명주(溟州), 지금의 강릉 태수로 부임하는 도중 바닷가에서 점심을 먹었다. 그곳은 석벽(石壁)이 병풍처럼 바다를 둘러 있었다. 석벽의 높이는 천장(千丈)이나 되고, 그 위에는 철쭉꽃이 만발하고 있었다.

순정공의 부인, 수로부인이 좌우 종자들에게 누가 저 꽃을 꺾어 오지 않겠느냐고 말했다. 그러나 종자들은 사람이 올라가지 못할 절벽이므로 모두 할 수 없다고 대답했다. 마침 어떤 노인이 암소를 끌고 그 곁을 지나다가 수로부인의 말을 듣고 절벽 위의 꽃을 꺾어 바치며, 노래를 지어 함께 바쳤다. 그 노래가 「헌화가」였다. 그 노인은 어떠한 사람인지 알 수 없었다. 철쭉꽃 사건이 있은 2일 후에 또 임해정(臨海亭)이라는 곳에서 점심을 먹게 되었다. 이때 해룡(海龍)이 홀연히 나타나서 수로부인을 납치, 바다 속으로 끌고 들어갔다. 순정공이 허둥지둥 발을 구르나 부인을 찾아올 계책이 없었다. 이때 또한 한 노인이 나타나 고하기를 옛날 말에 여러 입(口)은 쇠도 녹인다 하니 이제 바다 속의 짐승인들 어찌 여러 입을 두려워하지 아니 하랴. 경내의 백성을 모아서 노래를 지어 부르고 막대로 언덕을 치면 부인을 찾을 수 있으리라고 하였다. 순정공이 그 말대로 하였더니 해룡이 부인을 받들고 나와 바치었다.

순정공이 부인에게 바다 속 용궁의 일을 물었더니 칠보궁전(七寶宮殿)에 음식이 맛있고, 향기롭고, 깨끗하여 인간의 요리가 아니더라고 하였다. 수로부인의 옷에서는 일찍이 인간세상에서 맡아보지 못한 이향(異香)이 풍기었다. 원래 수로부인은 절세의 미용(美容)이었으므로 매양 깊은 산과 큰 못을 지날 때마다 신물(神物)에게 붙잡혀 갔었던 것이다. 「헌화가」에는 풀리지 않는 두 가지 수수께끼가 깃들어 있다. 하나는 어떤 노인이 누구인가 하는 것이고, 다른 하나는 철쭉꽃이 만발해 있던 그 절벽이 어디인가 하는 것이다. 두 가지 모두를 상징성으로 치부하면 문제는 간단명료하다. 그러나 '누구'와 '어디'가 밝혀지면 「헌화가」의 비밀은 드러난다. 노인은 누구였을까. 노인은 왜 꽃을 꺾어 비치었을까. 첫째로 가상할 수 있는 노인의 정체는 전통적으로 한국인의 마음속에 심어져 있는 천신(天神) 또는 산신(山神)이다. 천신 또는 산신은 그 지방을 주관하는 터줏대감이고 신선으로 변용되기도 한다. 가상의 인물이 상상에 의탁되어 그 모습을 드러낸다. 흔히 긴 백발에 긴 막대를 짚고 있는 모습을 띤다. 둘째는 지방의 토호(土豪)일 것이라는 가상이다. 동해안 옛 실직국 지방의 세력가로서 풍류남아일 것이라는 것이다. 셋째는 암하노불의 노승이었을 것이라는 가상이다. 동해안에는 이미 불교문화가 꽃 피어 깊고 깊은 산천마다 사찰이 들어섰다. 산 속에서 수도하던 노승이 청정한 마음으로 수로부인을 신도로 인도하기 위하여 철쭉꽃을 꺾어 바쳤다는 추측이다.

노인이 누구일 것이라는 이상의 세 가지 가설은 철쭉꽃을 꺾어 바치게 되는 행동에 충분한 이유가 밝혀진다. 철쭉꽃은 진달래과에 속하는 낙엽관목으로 해발 1백m 내지 1천m 사이에서 자란다. 동해안 옛 실직국 지역에서는 진달래꽃을 참꽃이라고 부르고, 철쭉꽃을 개꽃이라고 부른다. 참꽃은 음력 삼월 삼짇날 들놀이를 나갔을 때 꽃전을 부쳐 먹을 수 있지만 개꽃은 그렇게 먹을 수 없다. 진달래꽃보다 꽃잎이 훨씬 탐스러운 그런 철쭉꽃을 수로부인이 꺾어 달라고 한 언행의 배경에는 수로부인이 사나이들을 시험해 본 것이거나, 아니면 조롱했을 것이라는 의미도 깃들어 있다. 그래서 「헌화가」를 부른 어떤 노인은 수로부인을 초월하는 생령(生靈)적인 이미지를 갖는다.

수로부인을 잡아간 해룡과 노래를 부르라는 지혜를 가르쳐 준 어떤 노인과 「해가사」를 노래 부른 백성들은 어떤 관계에 있는가를 풀어보면 「해가사」의 비밀 또한 그 실상이 드러나게 된다.

수로부인을 납치해 간 해룡을 「해가사」에서는 거북이로 묘사하고 있다. 해룡과 거북이를 같은 뜻(사물)으로 혼용해서 사용하고 있다. 용이나 거북이는 다 같이 남성을 상징한다. 위대한 영웅 뛰어난 제왕도 용으로 상징된다. 반면에 일반 남성을 상징하되, 남성의 장대한 성기에 비유되기도 한다. 수로부인이 용 또는 거북이로 상징되는 남성에게 납치되어 가서 정(情)을 나누었다. 수로부인은 약탈혼인에 대한 체험을, 칠보궁전의 맛있고 향기로운 음식을 먹었다고 자랑한다. 맛있고 향기로운 음식은 남성의 정액을 상징한다는 해석이 가능하다.

수로부인은 그 육체가 너무나 아름다웠기 때문에 만인의 사랑을 받고 만인 공유의 것이라는 비유를 갖는다. 특히 용감한 남성에게는 그렇다. 그런데 「해가사」는 그 원형이라 할 수 있는 가락국(駕洛國) 수로왕(首露王)을 맞이하는 노래인 「영신군가(迎神君歌)」, 또는 「구지가(龜旨歌)」의 변형된 형태를 취하고 있다. 거북이의 머리를 구워 먹겠다는 위협의 주문(呪文)은 실상 정염(情炎)을 나타낸다. 여성을 불(火)로 보는 것이 고대세계 고대인들의 관례이다. 그래서 정념에 휘말린 남녀를 가리켜 '불붙었다' '불타올랐다'고 말한다. 드리고 백성들이 부른 노래는 주술적인 힘, 즉 마력(魔力)을 가지게 된다. '노래=힘=승화(카타르시스)'라는 공식을 나타낸다.

수로부인이 점심을 먹다가 해룡에게 붙잡혀 간 임해정은 어디일까. 이 임해정이 어디인가가 확인되면 「해가사」의 발생 지역도 확인될 것이다. 신라의 서울 경주에서 명주, 지금의 강릉까지 올라가는 길에 절벽이 바닷가에 둘러쳐진 곳은 경북 울진(蔚珍)과 강원 임원(臨院) 삼척(三陟) 사이의 해안지방이다.

순행 2일에 도착하여 점심을 먹은 곳이 임해정이므로 바닷가에 가까운 곳이라 할 수 있다. 여기에 해룡이라는 이름과 연관이 있는 지역이 임해정과 관계가 깊은 지역일 것이다. 임원항 동북편 바다의 끝, 흔히 임원 끝이라는 암벽에서부터 신남(薪南), 갈남(葛

南), 장호(莊湖), 용화(龍化) 사이의 바닷가 암벽에 용궁이라고 불리는 곳이 2개소나 있다. 바닷가 절벽에 용의 굴이 있는 것이다. 용화리는 우리말로 '불터미'라고 부른다. 용화리는 원래 용해(龍海)리였다. 임원항과 용화리 사이 어디쯤에서 수로부인이 잡혀갔을 것으로 추측되는 땅 이름이 지금도 전해진다.

또 임원항 남쪽의 바닷가 마을이 비화진(飛火津)이다. '나불미기'라고 부른다. 불이 하늘로 날아오른다는 뜻이다. 즉 거북이에게 머리를 내놓지 않으면 그물로 잡아 구워 먹겠다는 상징과 맞물려 있다. 즉 비화전의 '나물미기', 용화리의 '불터미'가 구워 먹는다는 싯귀와 관련이 있다. 더군다나 '불붙는다' '구워 먹는다'의 섹스 어필의 현장 민속으로서 해랑당(海琅堂) 숭배 제의(祭儀)가 전해온다. 임원리와 용화리 사이 신남리에 해랑당이 있고, 여기에 섹스 여신(女神)에 남자의 성기를 무수히 깎아서 매달고 제사를 올린다. 이 남근 숭배의 민속도 「해가사」의 유래와 어떤 연관을 가지는 것으로 추측된다. 그러니까 「헌화가」와 「해가사」의 노래를 전승시킨 사람들은 경북 울진 지역에서 강원 삼척 지역까지의 동해안 주민들이다. '노인'과 '해룡'과 '민중'으로 변신한 사람들, 그들은 곧 실직국인들이다. 「헌화가」와 「해가사」는 그래서 실직국, 실직국인의 노래라고 일컫는 것이다.

실제로 경북 울진군에서 강원도 감척군의 강역은 그대로 실직국의 강역이었음이 『삼국사기』 지리지에서도 확인된다.

『삼국사기』 권 제35, 잡지(雜誌) 제4에는 "삼척군은 본래 실직국인데 파사왕(破娑王) 때에 항복하였다. 지증왕(智證王) 6년에 주(州)로 만들어 이사부를 군주(軍主)로 삼았고, 경덕왕(景德王)이 개명하였는데 지금 그대로 부른다. 그 연현(領縣)은 넷으로 죽령현(竹領縣)은 본래 고구려의 죽현현(竹峴縣)을 경덕왕이 개명하였는데 지금 미상하고, 만경현(滿卿縣)은 본래 고구려의 만약현(滿若縣)을 경덕왕이 개명하였는데 지금 미상하고, 우계현(羽谿縣)은 본래 고구려의 우곡현(羽谷縣)을 개명하였는데 지금 그대로 부르고, 해리현(海利縣)은 본래 고구려의 파리현(波利縣)을 경덕왕이 개명하였는데 지금 '미상하다'고 했다. 실직국의 영토가 명주군 옥계까지 포함되었음을 직접 확인해 준다.

4. 사물을 움직이는 소리

"자줏빛 바윗가에/암소 잡은 손 놓으시고/나를 부끄러워 아니 하시면/꽃을 꺾어 바치오리라."

"거북아 거북아 수로를 내놓아라/남의 부녀 빼앗아간 죄 얼마나 큰가/네만일 패역하여 내놓지 않으면/그물로 잡아 구워먹으리라."

어떤 노인이 철쭉꽃을 꺾어 바치면서 수로부인에게 불러준 노래 「헌화가」와, 백성들이 해룡으로부터 수로부인을 구하려고 부른 노래 「해가사」는 사물을 움직이는 소리였다. 노인의 노래가 미인(美人)의 마음을 움직인 것이나, 민중의 노래가 거북이(해룡)를 움직인 것이 그것이다. 사물을 움직이는 소리, 즉 노래(소리)는 사물을 움직이는 힘을 가지고 있다고 믿은 것이다. 소리(노래·시가)=(창조의) 힘이라는 등식이 만들어진다. 실직국 사람들의 시의식(詩意識)을 엿볼 수 있다.

사람을 움직이는 소리의 모티브 지금도 존재한다. 이른 봄 진달래가 붉게 산천을 물들일 때 꽃을 꺾으러 실직국 지역의 어린이들은 산으로 간다. 진달래꽃을 한아름 꺾어 진달래꽃잎을 따 먹으면

입술이 파랗게 된다. 어른들은 진달래꽃전을 만들어 먹으면서 들놀이를 한다. 이때 어린이들은 "꽃문둥이 나온다/꽃문둥이 나온다/꽃문둥이 나온다/꽃문둥이 나온다/꽃문둥이 나온다" 하고 노래 부른다. 꽃 문둥이 나와서 어린이를 잡아먹는다는 것이다. 특히 꽃 문둥이는 여자 어린이를 잡아먹는 것을 좋아한다는 것이다. 그것을 피하기 위해서 어린이들은 '꽃문둥이 나온다' 하고 노래 부르는 것이다. 그 소리가 외침이 되는 것이다. 이 '꽃문둥이'가 「헌화가」에서의 노인이 변모한 것이 아닐까 하는 추측을 하게 된다. 즉 「헌화가」에서 꽃을 꺾어 수로부인에게 바치던 노인이 변용되어 꽃문둥이가 된 것이 아닌가 하는 추론이다. 이른 봄 햇빛이 따사로워지면 어린이들은 바닷가로 나간다. 바위틈에서 해초와 소라(동해안에선 골뱅이라 한다)를 딴다. 바위틈에 게가 웅크리고 있다. 어린이들은 그 게를 잡기 위해서 노래를 부른다.

"방게야 방게야 밥해라/방게야 방게야 밥해라/방게야 방게야 밥해라" 하고 , 또는 "방게야 방게야 나와라/나오지 않으면 잡아먹는다." 그러면 바위 틈에 웅크리고 있는 게가 비눗방울 같은 아주 작은 거품을 부풀어 올린다. 비눗방울 같은 거품을 게가 밥한다고 표현한다. 이 '방게'가 「해가사」의 거북이(해룡)가 변용한 것이 아닐까 하는 추측을 하게 된다. '밥해라'와 '잡아 먹는다'는 것은 '번지게'의 그것과 같은 이미 영역에 속하는 것이 아닐까. 「헌화가」와 「해가사」가 변용하여 단순한 어린이들의 노래로 변용된 것은 아닐까(* 필자는 어린 시절 동해안 삼척군 임원항 바닷가에서 꽃 문둥이 나온다'와 '방게야 밥해라'를 부르면서 자랐다). 오늘날에도 재생되고 있는 「헌화가」와 「해가사」의 잔영은 실직국 노래의 끈질긴 생명력을 웅변해 준다. 신라의 노래 「헌화가」와 「해가사」는 실직국의 노래였었다.

원천석의 여행 시문학

1. 299여 편의 시를 남겼다

운곡(耘谷) 원천석(元天錫)은 고려 왕조에서 61년을 살았고, 조선 왕조에서 30여 년을 살았다. 환갑을 지낸 다음해에 고려 왕조가 멸망했다. 조선 왕조에서 30여 년을 살다가 90여 세로 돌아갔으므로 원천석의 일생은 실로 격변기를 넘나들었다고 해도 과언이 아니다.

역사가 흐르고 시대가 변하면서 원천석은 충절(忠節)을 지킨 기개 높은 선비로 그 모습이 새겨졌다. 포은(圃隱) 정몽주(鄭夢周), 목은(牧隱) 이색(李穡), 야은(冶隱) 길재(吉再) 등, 고려의 삼은에 버금가는 인물로 부각되어 왔다. 그도 그럴 것이 포은·목은·야은 등은 고려에 벼슬을 했고, 또 고려 조정을 지킬 중신들이었으므로 목숨 걸고 지켜야 할 대의명분이 있었다. 그러나 운곡은 고려조에서 일개 진사(進士)에 불과했다. 새 조선 왕조에 협력한다 해서 누가 탓할 바도 아니었다. 그의 제자였던 이방원(李芳遠)이 태종(太宗)으로 등극했으므로 높은 벼슬자리에 앉을 수도 있었다. 운곡은 그 모든 세속의 부귀영화를 뿌리치고 치악산(雉岳山)에 은거(隱居)했었다. 단순히 세상을 숨어버린 것이 아니라 세상의 도의(道義)가 살고 백성이 편안하게 되기를 갈망했다. 운곡의 충절이 빛나고 기개 높은 선비로 받들어지는 이유가 여기에 있었다.

비단 절개를 지킨 선비로 추앙받았을 뿐만 아니라 고려 말 조선 초의 잘못된 역사를 바르게 기록하려는 역사학자, 손수 농사를 지어 부모를 봉양했던 치악산의 은자(隱者)로서도 이름이 났었다. 또한 "흥망이 유수하니 만월대도 추초로다…"라는 시조를 남긴 시조시인으로, 국문학사에 그 이름이 빛났었다. 그렇더라도 운곡은 고려 왕조 말기에 절개를 지킨 선비로 낙인이 찍혔다.

그러나 운곡은 원래 시인이었다. 지금까지 전해지고 있는 시(한시)가 1,144수, 시조가 3수나 된다. 정리되지 않고 잃어버린 시편도 많았을 것으로 추측된다. 그 분량에 있어서도 우리를 압도한다.

그가 22세 되던 고려 충정왕 3년 (서기 1351년)부터 65세 되던 조선 태조 3년(서기 1394년)에 이르기까지 44년간의 시사(詩史)는 오늘에도 빛난다. 3책 5권으로 되어 있는 『운곡시사(耘谷詩史)』는 그를 시인으로 단정하기에 거칠 것이 없게 한다.

그러니까 운곡은 원래 시인이었다. 그의 시 상당 부분은 여행시이다. 우리는 그래서 방랑시인 김삿갓보다 5백여 년을 앞서는 여행시인이라고 단정한다.

2. 치악산 변암 굴 속에서 살아

치악산 높은 준령 1,300 고지인 변암 굴 속에 운곡은 은거했다. 그는 변암에 은거하면서 "암반에 우물을 파서 갈증을 면하고, 산채를 캐서 시장기를 면했다(開岩石井常澆渴收拾山蔬具憨貧)."라는 글을 새겨 남겼다. 태종이 스승 운곡을 찾아서 치악산 산골짜기에 들어왔지만 만나주지 않았다. 태종은 7일간 치악산에 머물렀다가 돌아갔다. 태종이 스승 운곡을 만나지 못하고 돌아갈 때 스승이 계신 곳을 향하여 절을 했다는 배향산(拜向山)이 솟아 있다. 태종은 치악산을 떠나면서 산등성이에서 잠시 쉬었다. 그곳을 지금도 '대왕재'라고 부른다.

치악산에 숨어버린 운곡 자신은 누구인가. 운곡은 자신을 노래했다. 자신을 노래한 시가 「운노의 노래(耘老吟)」이다.

> 운곡의 한평생 가엾어라
> 겉치레 꾸밈없는 그 마음
> 가끔 얼근히 취해 시 읊으니
> 십리 산과 시내가 동정의 빛이네
>
> 은곡은 함부로 세상에 나가지 않아
> 내 마음 이 세상과 멀어졌네
> 소박한 옛 시대를 생각하면서
> 홀로 책 앞에 앉아 혀만 끌끌
>
> 운곡은 늙고도 병이 잦아
> 두 귀밑마저 세어지고 머리도 백발이지만
> 그대로 산에 사는 여유 있는 신세라
> 흰 구름 밝은 달을 한가로이 즐기네
>
> 운곡이 한 분의 형을 잃으니
> 황천의 길 다시 만날 수 없네
> 외로워 그 누구와 어려운 일 같이 할까
> 사마우의 걱정 곧 나인가 하노라
>
> 운곡의 금년 농사라곤
> 논밭 한 고랑도 갈지 않았다네
> 원래 내 배는 텅 비어 있는 배

채울 물건도 보전할 물건도 없어

치악산 속에서의 은둔생활은 「운노의 노래」에서 보는 것처럼 세상과 사람을 멀리하는 한 많고 외로움이 점철된 것이었다. 그는 마침내 처량하게 치악산을 읊는다. 「점(占)」이라는 시가 그 처절한 정서를 전해준다.

> 치악산 높이 솟고
> 사천수 길이 흘러
> 물소리 언제나 끊임없고
> 산 빛 볼수록 싫지 않아라
> 그 중에 초가집 한 채 있어
> 가시 문 고요히 언덕 우에 서 있네
> 별안간 주인이 나그네길 떠났으니
> 푸른 산도 말없이 무언가 생각하는 듯
> 산과 시내도 금의환향 원하리니
> 그대 계원의 봄빛을 일찍 차지하시라
> "雉岳山形嵯峨 沙川水長 廉水聲長流不停 山色相着無厭 中有茅盧相對開寂寂紫門臨古壟一旦主人朝玉山自無言如有念溪 山忙待衣錦還 願吾子桂苑春光須早占"

정도전(鄭道傳)이 치악산의 운곡을 찾아온다. 조선 왕조 건국의 일등 공신, 바로 그 정도전이었다. 정도전은 운곡과 동년배. 그래서 치악산으로 친구 운곡을 찾아온 것이다. 정도전이 운곡을 위해서 한 수 읊었다.

"동년인 원군이 원주에 숨었으니/다니는 길 험하고 산골도 깊어라/멀리서 온 친구 말을 멈추니 겨울바람 쓸쓸하고 날은 저물었네/ 그리던 나머지라 흔연히 웃고 나서/통 술 앞에 다시 마음 털어 내니/노래 부르는 나 춤추는 그대/이 세상의 영육을 이미 잊었네."

그러나 운곡과 삼봉(三峰 : 정도전의 호)은 운둔과 참여로 각기 다른 인생의 길을 걸었다.

3. 오백년 도읍지 개경으로 여행

운곡은 고려의 오백년 도읍 개경을 떠났다. 고려 왕조를 검기던 중신들은 세 갈래로 갈라졌다. 하는 조선 왕조 건국에 참여한 참여파였다. 그들은 개경으로 몰려들었다가 한양 천도 이후에는 한양으로 떠났다.

다른 하나는 끝까지 고려 왕조를 지지한 저항파였다. 그들은 두문동으로, 전국 각지의 피난처로 떠났다. 또 다른 하나는 이러지도 못하고 시세의 흐름에 편승하는 시류파였다. 운곡은 저항파에 속하는 은둔파였다.

오백여 년 동안 번영을 누리던 개경은 그러나 참여파나 저항파, 또는 시류파에게 두루 옛정이 서렸던 도읍지였다. 특히 저항파에게는 한탄과 눈물이 서린 도읍지였다. 그들은 남몰래 개경을 찾았으며 거기에서 피눈물을 뿌렸다.

치악산에 은거했던 운곡도 개경을 다시 찾는 여행길에 오르게 된다. 개경을 다시 찾았던 감회가 「회고가(懷古歌)」 시조 3 수에 담겨 있다.

　　홍망이 유수하니 만월대도 추초로다
　　오백년 왕업이 목적에 부쳤으니

석양에 지나는 객이 눈물겨워 하노라

석양에 개경을 지나는 객은 고려시대를 그리워하는 운곡 자신이었다.

"눈마저 휘어진 대를 뉘라서 굽다던고/구불절이면 눈 속에 굽을 소냐/아마도 세한고절은 너뿐인가 하노라"라고 운곡은 또 읊고 있다. 그는 변하지 않는 충절, 대나무와 같은 곧은 마음을 가지고 개경을 찾았다.

오백년 도읍지 개경으로의 여행, 이 여행 시는 "오백년 도읍지를 필마로 돌아드니…"라고 읊은 시조와 함께 흥망성쇠를 노래한 유명한 시가 되었다. 그리고 독특한 역사여행의 분위기를 자아낸다.

4. 동해와 금강산, 춘천을 돌아

운곡은 치악산을 나와 금강산 여행길에 나선다. 횡성, 홍천, 인제, 양구, 방산, 춘천, 금성으로 여행한다. 제천, 영주, 안동, 죽령, 영해로 나갔다가 평해, 울진, 삼척, 전선을 돌아온다. 치악산을 중심으로 남쪽 경북의 안동 영해지방까지, 북쪽으로 금성 금강산까지, 그리고 동쪽으로는 삼척, 옥계까지 운곡의 발걸음이 닿았다. 『운곡행록시사(耘谷行錄詩史)』, 즉 운곡시집 제1권에 수록된 여행 시의 여행 지역은 강원도 지역과 경상북도 일부, 충청북도 일부로 펼쳐지고 있다.

연한 풀 붉은 봄길 천리에
이내 몸 말에 실려 성문을 떠났네.

가고 또 가다가 화전 땅에 다가서선
나무꾼 만날 적마다 벗 소식을 물었다오.
"〔辛卯三月向金剛山到橫川〕 草軟花紅千里春 信馬出城問 行行漸
道花田 頻椎問友人"

화전 땅에 들기 전에 갈풍 창봉, 원영 역을 지나고, 이윽고 춘천
에 도착한다. 운곡은 「춘천(春州)」를 읊는다.

거듭 오고 보니 성터는 내 고향 같고
눈을 치켜뜨니 강산은 옛날 놀던 곳이로다.
다행이 모춘 삼월 좋은 때를 만난 길에
기꺼이 꽃과 달을 빙자해 이 시름 푸노라
"〔春川〕 重來城郭似吾州 滿眼江山是舊遊 宰値芳菲三月暮 好憑
花月解閑愁"

그 길로 천마령에 올라 금강산을 바라보면서 금강산을 노래한
다.

보라 저 구름 사이의 일만이천 봉우리
상서로운 기운 천문을 옹호하듯 하네.
다시금 둘 없는 귀의할 마음 갖고
자비하신 법기보살에게 머리 숙였네.
"〔初九日發長陽登天磨嶺望金剛山〕 萬二千峰半人雲時看瑞念擁天
門更將無二歸依念稽首慈悲法起尊"

이 여행 때 가장 큰 충격을 받은 곳은 영구를 지날 때이다. 그
는 이렇게 그 여행 때의 정황을 남긴다. "방산을 떠나 양구군에

이르니 주민들의 집은 비스듬히 다 땅에 쓰러졌고, 온 마을이 텅 비어 연기 나는 데가 없었다.

길가는 사람에게 물었더니 그는 대답한다. '이 읍은 낭천(화천)군의 소속인데 예부터 땅이 좁고 박하여 민물(民物)이 쇠잔했는데 근래에 와서는 토지마저 권세가들에게 빼앗기고 인민들을 못살게 하고, 세금도 굉장히 많이 받아 발붙일 만한 땅도 없게 되었는지라 겨울철만 되면 세금 독촉하는 무리들이 날마다 문이 터지도록 연이었다. 만에 하나라도 명령을 어기는 일이 있으면 손과 발을 높이 매달고, 심지어는 곤장까지 때려 살과 뼈가 헤어지게 하니 죽지 못해 사방으로 흩어져 마을이 이 꼴입니다.' 나는 그 말을 듣고 나서 오언시(五言詩) 여덟귀를 지어 주민들의 쇠망해 가는 실정을 적어두는 바이다."

한국 한시(漢詩) 중에서 그 유명한 「양구를 지나며(過楊口邑)」라는 시는 그렇게 탄생된다.

> 허물어진 집터에 까마귀 떼 까악까악
> 백성은 도망가고 아전도 없네
> 해마다 민폐만 더해 가니
> 어느 날 우리 다시 즐겁게 지내랴
> 문전옥답 깡그리 권세가에 빼앗기고
> 포악한 무리들은 매문 앞에 늘어 섰네
> 괴롭고 애타는 일 무슨 죄일까
> "〔過楊口邑〕 破屋烏相呼 民逃吏亦無 每年加弊瘼 何日得歡娛 田屬權豪宅 門連暴虐徒 子遺殊可惜 辛苦竟誰辜"

「양구를 지나며」는 고려 말 피폐한 마을의 모습을 적나라하게 그리고 있다. 권세가들이 토지를 빼앗고, 포악한 관리들이 재물을 빼앗아 가니 백성은 살 길을 잃어버렸다. 여행 시의 모범을 보이면서 현실고발에 투철하다. 「양구를 지나며」는 현실고발의 정신이 살아있는 우리나라 현실고발 시의 효시요, 전형이기도 하다.

> 소양강 위 높은 누대를 거듭 찾아드니
> 가득 찬 봄빛이 더 한층 풍류로세
> 구름 연기 꽃 달을 한가로이 읊네
> 얽히고 얽힌 나그네의 수심을 풀어 볼거나
> "〔春川〕重到船陽江上樓春色更風流 雲煙花月閑吟處消遣縈盈客裏愁"

운곡은 이윽고 양구에서 춘천으로 나와 소양정에 올라 나그네의 시름을 푼다.

5. 치악산에 '누졸재'를 짓다

운곡 원천석은 치악산 산속에 '누졸재(陋拙齋)'를 지었다. "지난 법 변암 남쪽 봉우리 밑에 새로 초가 한 간을 세우니 지형이 험하고 외진데다가 집 구조마저 아름답지 못하며, 또 향배(向背)와 왕복이 마땅치 않고 매우 누추하고 옹졸한가 하면, 그 주인은 몸가짐이 도(道)에 어긋나고 뜻 세움이 세상에 맞지 않으며, 또 모든 처사가 울활한 데다가 거처마저 쓸쓸하여 그 누추하고 옹졸함이 이보다 더한 것이 없다. 그 집이 누추하고 옹졸한 것에 적합하기 때문에 집 이름을 '누졸재'라 하고, 장구(長句) 여섯 수를 지어 스스로 읊어 본다."

치악산의 소나무와 전나무의 푸른 숲을 바라보면서 운곡은 치악산 속에서 늙어가는 자기의 얼굴을 사랑해 주는 그 자연에 위로를 받는다. 그는 하늘과 땅 사이의 한 산민(散民)이라고 자처한다. 그러니까 자연히 그의 나그네 길이 방랑의 길이 될 수밖에 없었다. 그러나 그는 강원도와 경기, 황해 일원, 경북, 충북 일원에까지 널리 친교를 나누고 있었으므로 산문에서는 스님이 맞아주고, 마을에서는 선비가 맞아주고, 산촌에서는 농부가 맞아주는 것이었다. 춘천에서 북한강 낭천으로 들어가는 모진강가에서 「모진(母津)나루」 시편 두 구를 읊는다.

> 인자하신 얼굴 멀리 이별한지 벌써 작년 가을이라
> 자나 깨나 그리운 한이 끊이지 않았네
> 이제 강가에 이르자 더더욱 슬퍼
> 남몰래 두 줄기 눈물을 맑은 물에 뿌리네
> 누가 이곳을 어머니 나루터라 이름했던가
> 아침저녁 남북으로 아들같이 오는 이들
> 원하노니 이 맛난 젖이 되어서
> 어머니 여윈 온 천하 백성들을 다 길러 주었으면
> "〔母津 二首〕 慈顔遠別去年秋 寤寐思量恨未休 直到江邊倍悲悵 暗將雙淚灑淸流 誰把慈親號此津 朝南暮北子來人 願將此水爲甘乳 母養誰親天下民"

춘천 근교, 모진나루에 서서 운곡은 어머니 나루의 이름처럼 강물이 어머니의 젖이 되어 어머니를 잃은 백성들의 생명을 이어 주는 젖줄이 되라고 기원한다. 그가 춘천에 와서 길 잃은 백성들을 생각했던 것은 그가 체질적으로 백성들의 편이었지 위정자들의 편이 결코 아니었다는 것을 드러낸다.

그가 고려가 멸망해 가던 시기에 여행 시인, 방랑 시인이 될 수밖에 없었던 이유가 여기에 있었다.

6. 모진나루에서 백성 생각

「모진나루」 시편에서의 백성 생각이 「낭천(狼川) 묵으면서」 의 시편에서 더욱 절절이 토로된다. 낭천은 지금 화천의 옛 이름. 그는 화천 어느 집 사랑방에서 잠 못 이루는 나그네의 심상을 읊는다.

> 잠 못 이뤄 오래 앉아 온갖 감회에 싸였는데
> 반 바퀴 산달이 창에 비춰 환 하네
> 먼 나그네를 못내 괴롭히는 두견새는
> 꽃그늘에서 울어울어 오경에 이르렀네.
> "〔宿狼川〕 久坐無眠百感生 半輪山月照窓明 杜鵑惱殺遠遊客 啼
> 隔山花到五更"

운곡의 방랑은 여기저기 명산대천을 탐하여 관광객으로 돌아다니는 것도 아니요, 부잣집 주인처럼 거드름을 피우는 행차도 아니었다. 이런 운곡의 삶에 대해서 허목(許穆)은 『고려국 진사 운곡 선생 묘갈전(高麗國進士 耘谷 先生 墓碣篆』에서 "암혈(巖穴)에 사는 선비로서도 나아가고 물러남에 그 때가 있다. 비록 세상에 참여하지 않으나 그 뜻을 굽히지 않고 그 몸을 욕되게 하지 않나니 그 가르침을 후세에 세우는 것인즉, 우(禹) 직(稷)이나 백이(伯夷) 숙제(叔齊)가 마찬가지이다. 그렇다면 선생이야말로 백 대의 스승이라 할 것이다." 세상을 숨어 살아도 세상을 버리지 않고, 세상을 피해 살았으나 세상을 잊은 것이 아니었다. 도(道)를 지켜 변하지 않음으로써 그 몸을 깨끗하게 한 것이다.

그가 「모진나루」에서 어머니의 젖을 갈구하고 「낭천」에서 고뇌하는 지성(知性)을 추구하고 있는 것은 그의 방랑의 단면을 구체적으로 보여주는 것이다. 그래서 「마현(馬峴)에서 가평(加平)에 이르러」라는 시편에서 혼란스러웠던 당시의 시대상을 적나라하게 드러낸다. 여기의 마현은 금화에서 화천 사이에 있는 고개, 가평은 지금의 경기도 그 가평이다.

> 날이 다 되도록 산길 넘어 물길 뚫고서
> 헐떡거리며 그 높은 바위를 다 지나 왔네
> 몸을 가다듬어 험한 곳 벗어나서 평지에 이르니
> 어느새 멀리 멀리 저녁 까마귀 날아드는 걸 보겠네.

> 끼니 연기 쓸쓸하고 가까운 이웃도 없어
> 요사이 세상 물정 옛날과 다른 줄 알았네
> 논밭은 다 황폐되고 가시덤불 뿐이니
> 그래도 남아 있는 고을 이름이 가석하여라.
> "〔自馬峴到加平〕; 盡日山水竄巖鳴咽畿經過 將身脫險就平地 回首
> 微茫已暮亞 烏煙火條無近隣 邇來風物還非昔 士田荒廢但制榛 邑號疆
> 存殊可惜"

논밭은 황폐하여 가시덤불로 덮이고 고을은 백성마저 떠나 텅텅 비었는데 이름이라도 남아있는 것이 가석하다고 했다. 시대의 어려움, 초민(草民)들의 어려움을 가슴으로 느끼고 애통해 하는 방랑이었다. 운곡의 방랑은 시대고(時代苦)를 나타내는 것이었다.

7. 동서남북 곳곳에 뜻을 두고서

운곡은 그렇게 방랑의 나그네 길에 나섰다가 돌아와 치악산에 은거하면서 유람 가는 스님을 부러워한다. 아니 어느 때엔가는 스스로 스님처럼 되어 동서남북 그곳 — 그가 이상향이라고 생각하는 그런 곳을 찾아가리라고 다짐한다.

동서남북 곳곳에 뜻을 두고서
푸른 바탕 먹물 옷에 행전을 둘렀네
강 위 갈대 줄기를 넘기도 하고
뜰 앞 잣나무와 이야기를 나누기도 하고
항상 둘이 아니고 둘이 없음을 닦았느니
앞의 셋과 뒤의 셋을 묻지 마시라
구름 암자 어느 곳에 머물려 하는고
나도 언젠가는 그곳을 찾아가리.
"〔送志議上人遊方〕 志千西北又東南 靑布行藤緇布杉 江上葦莖將欲跨 庭前柏樹巳 會參恒修不二無 二某問前與後三 我亦他年尋訪去 不和何處倚雲庵

운곡 스스로 유람 길에 나서는 것이 아니고 유람 길에 나서는 스님에 의탁하여 자기 마음을 내비치는 기법을 구사한다. 운곡의 마음은 아프고, 육신은 늙고 세상은 절망상태가 되어가니 치악산 속에 웅크리고 있는 것이 더욱 잦아진다. 「유람 가는 지의대사」라는 시편이 바로 그것이다. 그때 운곡은 최도통의 사형 소식을 듣는다. 최영(崔瑩) 장군이 사형 당했다는 소식이 온 나라 안을 진동한다. 그 소식이 그에게 들려왔던 것이다. 「도통사 최공이 사형 당했다는 라는 말을 듣고 슬퍼한다」라는 제목의 시편 세 수를 지었다.

수경이 빛이 묻히고 기둥과 주추가 무너졌네.

사방의 민물들이 모두 슬피 울부짖었네
확고한 그 충성 죽어서도 어찌 아라지랴
공을 기록한 책자가 질로 가득 찼는데
가엾어라 푸른 흙이 이미 무덤이 되었네
생각하면 아득한 구천의 밑에서도
눈을 도려낸 동문의 분함을 풀지 못하리

조정에 홀로 섰을 때 감히 덤빌 자 없어
바로 그 충의로 온갖 어려움 겪었으니
육도 백성들의 소망을 따르고
삼한의 사직을 편케 할 수 있었네
동열의 그 영웅들 낯짝이 두텁고
죽지 못한 간사한 무리배가 오히려 서늘하다
어지러운 때를 만나면 누가 죄를 낼고
시대 사람들의 간교한 용사 가소롭기도 해라

나 이제 부음 듣고 애도의 시를 짓지만
공을 위한 슬픔이 아니고 나라 위한 슬픔이여
하늘 운수에 통하고 막힘 알기 어렵고
나라 터전 편하고 위대함 결정할 이 없어라
슬퍼한들 무엇하나 날카로운 칼날 꺾이었다
한스러워라 외로운 충성 지탱할 수 없도다
홀로 산하를 대해 이 곡도 읊으니
흰구름 흐르는 물도 모두 함께 슬퍼하네

최영 장군이 사형당하던 날 도성(개경) 사람들은 저자를 파하고, 거리의 아이들과 부녀자들까지 모두 눈물을 흘렸으며, 시체가 길 옆에 있을 때 길을 가던 자는 말에서 내렸다고 한다.

간대부(諫大父) 윤소종(尹紹宗)은 "최영의 공은 한 나라를 덮었고, 죄는 천하에 가득하다"고 했다. 공의 나라(고려)를 덮었다는 말은 진실이고 죄가 천하에 가득했다는 말은 꾸며서 한 말이었을 것이다. 운곡은 역사의 바른 흐름을 갈망하면서 최영 장군의 죽음을 슬퍼하며 하늘을 떠도는 구름 흐르는 물도 슬퍼한다고 읊는다. 최영 장군이 사형된 해가 조선 왕조 건국 4년 전의 일이었다. 운곡은 벌써 노인이 되어 있었다.

운곡은 이때부터 먼 곳으로 나가 방랑하면서 마음을 시로 읊는 일을 중단한다. 그는 살고 있던 치악산 주변을 맴돌면서 방황의 심사, 방랑의 시심을 푼다.

원호의 저항문학

1. 역사의 변동과 저항적인 삶

역사의 변동기를 살아가는 인간은 대체로 다음 세 가지 모습으로 대응한다. 첫째는 역사의 변동에 적극 참여하는 모습이다. 역사의 변동을 주도하고, 거기에 적극 참여하는 것이다. 둘째는 역사의 변동에 저항하는 모습이다. 역사의 변동, 그 자체에 항거하는 것이다. 셋째는 역사의 변동에 순응하는 모습이다. 역사의 참여, 또는 저항에 순응하면서 일상적 삶을 영위한다(물론 여기서 말하는 역사의 변동은 역사의 도덕성을 전제로 하지 않는 역사의 변동 그 자체에 기준을 두는 것이다).

원호(元昊)가 살던 시대는 분명히 역사의 변동기였다. 조선 왕조가 건국되고 왕자의 난이 일어나 혼란이 없었던 것은 아니지만 세종 때에 이르면 정권의 안정이 이루어진다. 세종의 뒤를 이어 문종이 왕위를 잇게 된다. 그러나 문종의 뒤를 이어 왕위를 계승한 단종은 너무 어려서 나라를 다스릴 형편이 못된다. 단종의 숙부인 수양대군은 왕위 찬탈에 성공한다. 즉 세종 — 문종 — 단종으로 이어져야 할 왕위 계승이 수양대군의 왕위찬탈로 단종이 폐위되고 세조가 왕위에 오른다. 왕조시대에는 절대군주에 대한 혁명이 일어나면 그것 자체가 곧 역사의 변동이 된다. 이 같은 역사 변동기에 세조에 적극 협력했던 한명회(韓明澮)·권람(權擥) 등 37명의 계유정난(癸酉靖難) 공신이 바로 참여파들이었다. 여기에 저항한 사육신(死六臣), 생육신(生六臣) 등이 저항파들이다. "이런들 어떠하리 저런들 어떠하리" 시세의 흐름을 현실적으로 받아들이지 않을 수 없었던 당시의 백성들이 곧 순응파라 할 수 있다. 원호는 생육신의 한 사람으로서, 사육신의 행동파보다는 소극적인 생육신의 항거파로서 일생을 보냈다.

원호의 일생은 그러므로 저항적인 삶에서 진면목을 찾아볼 수 있다.

2. 집현전 직제학 벼슬을 버렸다

원호는 조선 왕조 태조 5년(1396) 4월 9일, 당시 병조참판이었던 원헌(元憲)의 둘째 아들로 지금의 원주시 개운동 송림에서 탄생했다. 15세에 이미 도학군자라는 칭찬을 받았으며, 26세 되던 해에 문과에 급제했다. 이때가 세종 5년(1423). 그는 행정가이기도 했지만 그보다는 학자로서 벼슬이 직제학(直提學)에 올랐다.

성삼문(成三問), 정인지(鄭麟趾) 등과 집현전(集賢殿) 학사로서 각종 편찬사업에 참여했다. 단종 초기에 세조의 세력이 날로 커가는 것을 보고 직제학을 사직하고 원주의 남송촌(南松村)으로 낙향하여 은둔생활을 시작했다.

원호는 계유정란(단종 1년 10월 10일)이 일어나지 않고, 김종서(金宗瑞)와 같은 인물이 죽음을 당하지 않고, 세조의 왕위 찬탈이 없었다면 벼슬길이 순탄했을 것으로 판단된다. 그러니까 선비로서 정상적으로 벼슬길로 나아가 높은 벼슬에 오르고, 또한 학문을 닦아서 큰 학자가 되었을 것으로 확신하기 어렵지 않다. 실제로 정난공신 37명처럼 세조에 협력할 수도 있었을 것이다. 후에 세조가

호조참의(戶曹參議) 벼슬로 원호를 불렀던 것이 그것을 증명한다. 보증되어 있는 벼슬길을 스스로 버리고 세상을 등졌다. 여기에서 우리는 원호의 선비정신을 엿볼 수 있다. 원호로서는 세조의 단종 폐위와 왕위 찬탈, 단종 유배, 그리고 죽이는 일을 결코 옳다고 생각하지 않았기 때문에 사육신처럼 단종 복위운동에 참여하지는 않았지만 단종을 섬기는 일념에서 생육신으로서의 선비정신을 견지했다.

3. 단종의 유배지에 관란정(觀瀾亭)을 짓다

원호는 계유정란에 이어 단종 폐위가 일어나자 벼슬을 버리고 원주 남송촌에 은거하는 것으로 선비정신을 지킬 수 있다고 생각하지 않았다. 원호는 위험을 무릅쓰고 영월 유배까지 따라갔다. 영월 청령포에 유배당하자 그 서쪽에 자리를 잡고 집을 지었다. 당호를 '관란정'이라 하고 흐르는 물에 시를 써 띄우고 슬피 읊었다. 문을 닫고 독서를 하기도 했다. 시를 짓고 독서하는데 몰두했으나 마음은 항상 단종이 유배되어 있는 곳에 쏟아졌다. 단종이 유배된 곳을 향하여 울면서 세월을 보냈다. 그것이 저항의 방식이었다.

당시는 뜻있는 선비들도 단종 유배지 가까이 접근할 수 없었다. 접근하려 해도 군사가 지키고 있어서 불가능했고, 접근한 것이 발각되면 목숨을 보전할 수 없었다. 원호는 그랬기 때문에 단종 유배지 가까이 집을 짓고 단종의 안전을 빌면서 근심했다. 끝내 단종은 죽음을 당하게 된다. 죽은 시신은 엄흥도(嚴興道)에 의해 비밀리 매장된다. 원호는 단종이 죽음을 당했다는 소식을 듣고 그날부터 3년 상을 입었다. 3년 상의 복이 끝날 때까지 원호는 관란정에서 기거했으며 관란정 밖을 나가지 않았다. 복을 끝내고서 원호는 원주 집으로 돌아왔다. 집으로 돌아왔으나 문 밖을 나오지 않았다. 그래서 사람들은 원호의 얼굴을 볼 수가 없었다. 그의 조카 원효연(元孝然)이 하인들을 데리고 오지 않고 문간에 이르러 뵙기를 청했지만 허락하지 않았다. 원호는 세상 보기와 사람 보기를 철저히 싫어했다. 단종의 유배지에 집을 짓고 단종을 먼발치에서 섬기려던 마음가짐, 몸가짐을 한 치도 흐트러뜨리지 않았다.

4. 월계도(月計圖)를 만든 애민사상

원호는 낙향할 때 포천 현감을 지낸 친우 권침(權琛)과 함께 내려왔다. 초옥(草屋)을 마련하고 종적을 감추니 그 부근은 항상 안개가 자욱했다. 마을사람들은 원호가 살던 안개 낀 마을이라 해서 무항리(霧巷里)라고 이름 지었다. 원호가 단종의 유배지 동쪽에 관란정을 짓고 살았으므로 호를 '관란'이라 했고, 이 무항리에 살았으므로 호를 또한 '무항'이라 했다. 원호의 호는 그래서 '관란·무항' 두 가지가 전한다.

원호가 낙향하여 세상을 등지고 살았던 것은 어디까지나 세조의 권력 편을 등진 것이었다. 권력으로부터의 초극이라 할 수 있다. 그러므로 세조와 그 권력의 추종자들을 못 본체 한 것이지 백성들을 못 본체 한 것은 아니다. 그러니까 원호의 은둔은 어디까지나 권력과 그 추종세력에 대한 은둔이었다. 백성과 민중에 대해서 숨어 사는 것은 아니었다.

원호는 오히려 그런 권력에 의해 잘못될 수도 있는 민중을 옹호하고 바른길로 인도하려는 것이었다. 여기에 원호의 실천적 애민사상이 깃들어 있다.

원호는 스스로 농사를 지어 식량을 구했다. 그러면서 농민들이 굶주리지 않고 살아갈 수 있도록 도왔다. 그래서 친구 권침과 함께 '월계도'를 만들었다.

농민들이 농사를 짓는데 있어서 흉년을 막고 풍년을 맞이하도록 하자면 어떻게 할 것인가? 흉년들고 풍년드는 것을 미리 알아서 거기에 대비하게 하려는 것이었다. 오곡이 잘되고 못되는 것을 미리 알게 하여 거기에 대비하려는 것이었다.

일 년 농사를 짓는데 천기(天氣)를 보아 흉년·풍년을 알게 하는 방안을 강구했다. 오늘날의 과학영농이 시도되었다. 음력 대보름날 떠오르는 대보름달을 보고, 달을 보는 지정돌에 월계의 6갑 40개 항에 맞추어 그에 '천기도'를 작성했다.

대보름 달맞이하는, 원주군 소초면 둔둔리 화전산의 고개 독바위골의 달뜨는 곳을 향해 달의 지름의 중심 원점에서 부합되는 6갑 40항의 항목을 보았다.

농사의 곡식별 풍년·흉년을 점쳤다. 흉년이 들 때는 미리 예방하는 방안을 강구하게 했다.

'월계도'를 만들어 사용케 한 것은 과학영농의 시도라 할 수 있다. 주먹구구식 농사가 아니라 천기를 보아 농사를 실시해 나가는 것이었다. 농민들을 사랑하지 않고서는 책만 읽는 일은 선비가 할 일이 아니었다. 또한 권력으로부터 초극하여 농사짓는 일이 자기 한 몸의 절의를 지키는 것이 아니라 백성을 권력의 횡포로부터 구하는 길이라고 생각했던 것으로 추측할 수 있다. 자기 자신을 구원하면서 백성을 또한 구원하는 애민사상의 실천적 제시였다.

원호의 절의를 지키는 일, 은둔하는 일은 애민사상과 연계되어 있음을 엿볼 수 있다. 단순한 권력에의 저항, 역사 변동의 항거가 아니었음을 확인할 수 있다.

5. 『원생몽유록』의 주인공이 되다

무항리는 원주의 강원관찰사가 있는 곳과 가까운 거리였다. 원호는 관부와 가까운 거리에 있으면 관리들의 왕래가 있을 것이므로 아예 관부와 먼 거리에 집을 옮겼다.

영월군 주천(酒泉) 산골 속으로 은거지를 옮겼다. 그는 여기에서 세조 10년(1464)에 세상을 떠났다. 그의 나이 64세였다. 원주 무항골 남송에 묻혔다.

임제(林悌)는 후에 그의 문집인 『백호집(白湖集)』에 원호를 등장시킨 한문 의인소설(擬人小說) 한 편을 남겼다. 그의 한문 의인소설이 「원생몽유록」이다. 후세에 와서 사육신, 생육신을 평가하는 모범이 되기도 했다.

원생, 즉 원호를 주인공으로 하여 소설화했다는 점에서 생육신의 한 사람인 원호를 당대 이후에 어떻게 평가했는가를 단적으로 보여 준다. 원호의 저항적 삶을 우리는 「원생몽유록」에서 다시 확인할 수 있다.

원생이라는 한 선비가 있었는데 그 뜻이 크고 강개심이 있었다. 세상에서 용납되지 못하고 관운이 없어 빈궁하게 보냈다. 낮에는 일하고 밤에는 독서로 지냈다. 어느 가을 저녁 깜빡 잠이 들었는데 자기 몸은 구름을 타고 어느 강가에 다다랐다. 그는 거기서 시 한 수를 읊었다. 시를 읊고 나니 한 남자가 야복(野服)에 복건을 쓰고 나타나 절을 하고는 임금이 부르시니 곧 가자는 것이었다. 그는 그 남자를 따라 높은 정자에 다다르니 임금을 모시고 다섯 사람(성삼문·박팽년·유성원·하위지·이개)이 앉아 있었다. 왕과 신하들은 원생을 반갑게 맞았다. 자리가 정해지자 고금의 국가 흥망에 대하여 담론을 시작하는 것이었다.

한참 뒤에 그를 안내한 자가 "요·순·탕·무왕"은 만고의 죄인인줄 압니다. 그들로 인해 후세에 임금 자리를 빼앗은 자가 양위를 빙자하고 신하로서 임금을 물리치고서 탕무(湯武)를 내세우니 세월이 천 년이 흘러도 이것을 구할 도리가 없습니다. 이 네 임금이야 말로 도재(盜財)의 효시입니다"라고 말했다. 왕은 이 말을 듣고 네 임금이 나쁜 것이 아니라 미명을 빙자한 자들이 나쁘다고 말하고는 술을 가져오라 하여 각기 술로서 원한을 풀고자 하였다.

왕이 먼저 왕위를 빼앗긴 한을 시로 읊고 신하들이 차례로 왕에게 드리는 충성을 담은 시를 짓고 원생도 끝으로 시 한 수를 지었다. 그리고 모두 처량하게 울었다. 그 때 한 무인(유응부)이 들어오더니 "썩은 선비들아, 그대들과 무슨 일을 같이 할 것인가?" 하고 칼을 뽑아 춤을 추며 노래를 부르는 것이었다. 그 춤이 끝나지도 않았을 때 하늘이 변하여 비가 오고 뇌성벽력이 내렸다. 놀라 깨니 꿈이었다. 원생은 후에 그 꿈 이야기를 '매월거사(梅月居士 : 金時習)'에게 말했더니 그는 탄식하고 강개적인 시를 지었다.

『원생몽유록』은 생육신에 대한 후세의 평가를 시사해 주고 있다. 원생, 즉 원호를 통해서 당대의 역사의식을 제시한다.

원호는 그러니까 역사 변동기의 저항적 삶을 통해서 조선시대의 선비정신을 높였다. 절의를 지키는 선비의 정신은 그러나 권력으로부터의 초극에는 철저하면서 백성을 바르게 사랑하는 데는 실천적인 면모를 보인 것이다. 『원생몽유록』의 주인공으로서 사육신, 생육신을 평가하는 역사의식의 모델이 되기도 했다.

『원생몽유록』이 원호의 선비정신을 찬양한 것이라면 이육(李陸)과 임효헌(林孝憲)의 「관란정제영(觀瀾亭題詠)」은 원호의 모습을 숭배한 것이라 할 수 있다.

明沙十里敵朱門　명사십리 아름다워라 주문보다 좋은 것을
柳暗花明自一村　버드나무 우거지고 꽃은 만발한데 한 마을 이루었
네
月上東溟波浩浩　동해에 달이 뜨니 물결도 넓고 큰데
風次西塞雨昏昏　바람 부는 서쪽 땅에 비는 어이 몰아치니
蓬萊未必三千隔　봉래 영주 신선 사는 곳 삼천세계 먼 곳 아닌데
雲夢猶能八九香　운몽 같은 큰 호수 몇 번이고 삼킬 수 있으리
回首日邊何處是　머리 돌려 바라보니 님 계신 곳 어데인가
只應端拱儼居尊　단정하게 안은 모습 뵐 듯도 하옵니다.
　　　　— (이육(李陸)의 「관란정제영〔觀瀾亭題詠〕」)

朝朝紅日朱三芉　아침에 뜬 붉은 해는 아직 높지 않은데
底事先生獨倚欄　선생님은 무슨 일로 홀로 난간에 기대어 있나
臣節正應必宗海　신하의 곧은 절개 오직 한 길 뿐이니
道心匪是爲觀瀾　의리를 가는 마음 물결 보기 위해서랴
當年能使漂娥感　그 옛날 그 모습 빨래하는 여인도 감동했는데
名樹猶存過客看　이름 높은 그 정자 지금도 남아있어
　　　　　　　　오가는 나그네 우러러 보네
風物不敢族復路　경치 구경 다 못하고 오던 길 돌아서니
緇衣朱墨愧微官　초라한 선비 미관말직인 이내 몸 부끄럽네.
　　　　— (임효헌(林孝憲)의 「관란정제영〔觀瀾亭題詠〕」)

　두 편의 「관란정제영(觀瀾亭題詠)」, 즉 관란정을 두고 읊은 시
편은 『원생몽유록』에서 보는 것처럼 원생의 선비정신을 흠모하
고 숭앙하던 당대 선비들의 생각과 의지, 그리고 실제를 보여주는
것이다.

6. 충절을 읊은 2편의 시조

원호는 2편의 시조를 남기고 있다. 하나는 수양대군이 왕위를 찬탈하여 왕위에 오른 후에, 벼슬을 버리고 영월로 내려가 단종의 유배지인 청령포로부터 먼발치에 머물면서 읊은 것이다. 다른 하나는 원주 남송촌에 은거했을 때의 심회를 읊은 것이다. 이 2편의 시조는 모두가 청빈하고 절의있는 선비의 한결같은 충절을 드러내고 있다.

> 간밤의 울던 여울 슬피 울어 지내여라
> 저 물이 거슬러 흐르고저 나도 우러 녀미다
> 이제야 생각하니 님이 울어 보내도다

위에 인용한 시조에 얽힌 이야기는 영월군 서면 사내평에 석실(石室)을 만들고 살 때 매일 음식물과 서신을 표주박에 담아 강물에 띄워 보내면 청령포 40리를 역류하여 단종이 받아보았고, 단종이 떠내려 보내면 원호가 표주박을 받았다는 전설 속에 깃들어 있다.

원호의 충절이 얼마나 지극했는가를 짐작케 하는 일화가 전설로 정착한 것이다. 이 같은 일화나 전설을 빌리지 않더라도 흐르는 강물은 단종의 울음이 흘러내리는 것이다. 그러니까 만약에 냇물이 거슬러 올라간다면 나의 이 슬픔과 눈물을 단종께서 알 것이다. 그 같은 사연을 이 시조는 담고 있다.

이 시조는 영월로 흐르는 강물과 청령포에 유배된 단종, 그리고 그 강물에 단종과 원호 자신의 이어지는 공통된 심정을 담아내고 있다. 위의 시조가 관란정에서 단종을 그리워하면서 그의 충절을 보여주는 시조라면 다음의 시조는 그가 원주 고향에 숨어 살면서 그의 자연에의 귀의를 읊고 있다.

> 자상리(紫桑里) 오류촌(五柳村)에 도처사(陶處士)의 몸이 되어
> 백학(白鶴)이 지음(知音)하는지 우즉우즉 하더라.
> 줄 없는 거문고를 소리 없이 집었으니

원호는 원주 남송촌에 은거한 후부터 거문고의 줄을 끊어 버렸다. 소리나는 거문고가 아니라 소리 나지 않는 거문고를 타고 있었다. 줄 없는 거문고를 타는 데도 백학은 원호의 거문고 소리를 듣는 것이었다. 원호의 거문고 소리는 자연의 소리가 되었으며, 자연의 소리는 원호의 거문고 소리가 되었던 것이다. 자연 속에서 얼굴을 드러내지 않고 살아가는 원호의 유유자적하는 삶이 이 시조에 무르녹아 있다.

손자 원숙강(元叔康)이 예종조(睿宗朝)에 사관으로서 화를 입었을 때 원호는 평생에 저술했던 글과 소장(疏章)을 모두 불태웠고, 또 경계하되 "다시 글을 읽어서 명리를 구하지 말라"고 했다. 사람들은 말하기를 김시습은 백이(伯夷)요, 원호는 오히려 6신보다 높다고 하기까지 했다.

원호의 2편의 시조는, 그러니까 모두 불태워진 문장 속에서 유일하게 세상에 전한 것이라 할 수 있다.

당시 사육신과 생육신이 남긴 시조는 15수에 달한다. 성삼문 2편, 박팽년 2편, 하위지 2편, 유성원 1편, 유응부 2편, 이개 2편과 원호 2편, 김시습 2편 등이 그것이다.

사육신은 모두 1편 이상 시조를 남겼으나 생육신 중 조려·성담수·남효온 등이 1편도 시조를 남기지 않았다. 그들의 문장력이나

시문을 즐긴 것으로 보아 시조를 지었을 것이나, 그들의 일생처럼 세상을 피해 살았기에 작품이 일실되었을 것으로 추측된다.

생육신과 사육신의 시조는 두 가지 특성을 지니는데 하나는 충절을 지키겠다는 것이요, 다른 하나는 자연 속에 묻혀 자연이 되겠다는 것이다. 원호의 2편의 시조 ─ 하나는 충절을 나타내고 다른 하나는 자연 속에 묻힌 생애를 나타낸 것과 궤를 같이 한다. 사육신의 충절을 읊은 시조와 자연을 읊은 시조는 그래서 원호의 2편의 시조와 대비된다.

이 몸이 주거가서 무어시 될고하니
봉래산 제일봉에 낙낙장송 되야이서
백설이 만건곤할제 독야청청 하리라

— (성삼문)

가마귀 눈비마자 희는듯 검노매라
것치 거믄들 속조차 거믈소냐
아마도 것희고 속검을슨 너뿐인가
하노라

— (박팽년)

간밤의 부던바람 눈서리 치단말가

낙낙장송이 다기우러 가노매라
하믈며 못다핀 꽃이야 닐러므슴 하
리오

— (유응부)

초당에 일이업서 거믄고를 베고누
어
태평성대를 꿈에나 보려타니
문전에 수성어적이 잠든 나를 깨
와라

— (유성원)

방안에 혔는촛불 눌과 이별 하여관
대
것트로 눈물흘리고 속타는줄 모르는고
져촛불 날과같트여 속타는줄 모르도
다

— (이 개)

전원엔 나믄흥을 젼나귀에 모도싯
고
계산 니근 길로 흥치며 도라와서
아해 금서(琴書)를 다스려라 나믄
해를 보내리라

— (하위지)

성삼문·박팽년·유응부·유성원·이개·하위지 등의 충절을 읊은 시조들은 한결같이 선비로서의 절개를 지키겠다는 의지를 표백하고 있다. 원호의 시조 또한 사육신의 그것과 의미를 같이 한다. 원호의 "간밤의 우던 여울…"과 사육신 모두의 시조는 생각과 뜻이 통하는 것이다.

시조의 정서가 통하고 있어 충절의 시조로서 한데 묶을 수 있다. 그러나 자연 속에서 자연으로 승화하는 모습을 그린 원호의 "자상리 오유촌에…"와 같은 자연을 읊은 시조는 유응부의 "엊그제 부던바람…" 정도가 상통성을 갖는다.

> 엊그제 부던바람 강호에도 부돗단가
> 산림에 드런지 오래니 소식몰라 하노라
> 만강홍자(滿江紅子)들이 어이구려 지내연고
>   — (유응부)

원호가 자연을 읊은 시조와 유응부가 자연을 읊은 시조는 같은 자연을 읊고 있지만 원호의 시조는 자연화 되어 있는 실상을 그린 것이고, 유응부의 시조는 자연 속에 살아가는 사람들의 무사함 여부를 묻고 있는 것이다.

사육신과 생육신이 읊은 15편의 시조를 편의상 충절의 시조와 자연의 시조로 분류했지만 본질적으로는 모두 충절과 관련을 가지는 것이다. 사육신, 생육신들의 시조를 한데 묶어서 그 논지와 정서를 말할 때 '충절의 시조'라고 이름붙일 수 있겠다.

충절의 시조는 정몽주·원천석·길재 등이 지은 시조의 전통을 잇는다. 정몽주·원천석·길재 등의 충절의 시조와 사육신·생육신의 충절의 시조를 한데 묶어서 충절의 시조로 분류할 수도 있다. 전자가 왕조사의 변동을 그 내용으로 한다면 후자는 왕실의 변동을 그 내용으로 한다. 충절의 시조가 저항의 시조로 재조명될 수도 있다.

시조문학, 나아가서 국문학상에 충절의 시조 — 저항의 시조라는 등식이 만들어진다. 원호의 시조가 사육신·생육신 중에서 완벽한 형식의 세련미를 나타내는 것이므로, 자연스럽게 충절의 시조하면 원호의 시조를 떠올리게 되는 것이다. 훤호의 시조는 충절의 시조라는 명칭으로 큰 산맥을 이루는 것이다.

한서 남궁억과 우국 시가

1. 일본 침략의 마수를 베는 선각자

조선 왕조 철종 14년(1863) 12월 27일, 한서(翰西) 남궁억(南宮檍)은 서울 정동 왜송(倭松)골에서 태어났다.

당시는 강화도령으로 알려진 철종이 죽고 12세의 나이어린 고종이 12월에 즉위하고, 대원군(大院君)의 정치가 시작되던 때였다. 왜송골은 임진왜란 때 왜장 가등청정(加藤淸正)이 말을 매던 소나무가 있었다고 해서 붙여진 지명으로, 일제 침략의 마수를 베던 남궁억의 항일민족운동의 일생과 우연치 않게 얽혀 있었다.

남궁억이 『사서삼경(四書三經)』을 떼며 서당에서 열심히 공부하고 있을 때 병인양요, 신미양요, 운양호 사건이 일어났다. 쇄국양이주의(鎖國攘夷主意)에 대한 열강의 침략주의가 밀어 닥쳤다.

고종 20년(1883) 9월, 21세의 남궁억은 한·영 수교를 기념하여 세워진 재동(齋洞) 외국어학교에 입학했다. 송달현(宋達顯), 주우남(朱雨南) 등 셋이서 서학(西學)인 영어를 배웠다. 9개월에 외국어학교를 수료, 독일인 묄헨도르프(P. G Von Mollendort, 穆麟德)의 추천으로 총해관(總海館)에 견습생으로 취직했다.

역관(譯官) 생활이 시작된 것이다.

남궁억은 고종의 통역관으로 발탁되어 내부주사(內部主事)로 관리가 된다. 고종 24년(1887) 전권대신(全權大臣) 조민희(趙民熙)의 통역관에 임명되어 유럽 각국 순방길에 나선다.

홍콩까지 갔으나 청국(淸國)의 간섭과 잘못 대응, 2년간 홍콩에 머물게 된다. 홍콩에서 유럽 문물과 변하는 중국을 본다. 고종 26년(1889) 1월 궁내부(宮內府) 별군직(別軍職)에 임명되어 4년간 고종황제를 시봉한다.

고종은 남궁억의 무인(武人)다운 기상을 치하하여 팔판동에 기와집을 하사했다. 경상도 칠곡 부사를 지내고, 내부 토목국장으로 발탁되자 탑골공원을 설립, 도시락을 싸들고 현장공사 감독을 했다. 광화문에서 남대문에 이르는 도로를 확장하고 도시를 정비했다. 이 때가 고종 32년(1895), 그의 나이 33세 되던 해였다.

낮에는 토목국장으로 일하고, 밤에는 민영환이 세운 홍화학교(興化學校)에 나가 영어와 국사를 가르쳤다. 이때 강원도 춘천에서 의병봉기(義兵蜂起)가 있자 선유사(宣諭使)로 파견된다.

칠곡 부사 때 동학군을 막는 순무사(巡撫使)로 임명되었던 것과 마찬가지로 관리로서의 한계이기는 하지만 남궁억의 전 생애에 일관된 서구 사회의 자유주의를 도입하고 한민족의 전통을 계승 발전시키려는 민족부흥운동을 손상하는 것은 아니었다.

일시 관직에서 물러나 있던 남궁억은 고종 33년(1896) 7월, 서재필(徐載弼) 등 30여 명과 함께 〈독립협회(獨立協會)〉를 조직하고, 독립관을 건립하고 《독립신문》, 《독립협회 회보》를 발간한다. 부정부패 관료 이용익의 중형을 주장하고 아관파천을 반대하며, 중추원을 민의원으로 만들 것을 주장한다.

황국협회(皇國協會)의 모함을 받아 〈독립협회〉는 해산 당한다. 독립협회의 핵심 간부로 활약하면서 고종 35년(1898) 9월 5일, 《황성신문(皇城新聞)》을 창간, 사장 겸 주필로 나선다.

고종 37년(1900) 7월 30일, 러·일 양국은 39도선으로 한국을 분할하려는 협상을 벌이자 이를 폭로했다. 고종 39년(1902)에는 러시아가 일본에게 한국의 이권을 양보하고, 일본은 러시아에 만주의 이권을 양보한다는 조약을 맺자 이것도 폭로한다. 남궁억은 검거되어 옥고를 치른다.

《황성신문》 사장직을 그만둔 남궁억은 성주 군수와 양양 군수를 지낸다. 성주 군수 때는 경상도 관찰사 이근택(李根澤)의 토색을 항의하다 사임했고, 양양 군수로 부임해서는 현산학교(峴山學校)를 세우고, 산업진흥, 임업 장려 등으로 농촌을 재편하려 했다. 양양 군수로 부임, 설악산에서 베풀어진 환영석상에서 읊은 자유시는 선각자 남궁억의 진솔한 면을 보여준다.

> 설악산 돌을 날라 독립기초 다져 놓고
> 청초호 자유수를 영넘어 실넘겨
> 민주의 자유강산을 이뤄놓고 보리라.
> ― 「자유강산」

양양군의 3.1운동이 가장 치열했던 것과 일제식민지배 하에서 가장 활발한 항일운동이 전개되었던 것은 남궁억의 자유・자유주의의 교화에 힘입었다.

우리 민족의 주체성 확립과 자유주의 근대화의 양측은 선각자 남궁억의 일관된 행동강령이었다. 1908년 《교육월보(敎育月報)》를 발간하고, 〈관동학회(關東學會)〉를 조직하여 민족문화 활동을 폈던 것 또한 선각자로서의 민족부흥운동으로 높이 평가된다.

2. 항일 민족운동을 지도하는 독립지사

남궁억은 1907년 11월, 〈대한협회(大韓協會)〉 회장으로 추대된다. 〈대한협회〉는 〈대한자강회〉의 후신이었지만 이미 친일단체로 변질되어 있었다. 일년 만에 회장직을 그만두고 1908년 4월 2일 〈관동학회〉를 조직하여 민족계몽운동, 신문화운동을 전개한 것이 1910년의 경술국치일 전까지의 선각자 모습이었다.

일제침략의 마수를 베고, 어떻게 하든 일본식민 지배를 막아 보려는 노력을 경주했다. 경술국치의 국권 침탈로 남궁억은 항일민족운동을 지도하는 독립지사로서의 생애를 다시 시작해야 했다.

경술국치가 있기 2년 전, 남궁억이 결성한 〈관동학회〉는 강원도 내에서 민족계몽운동을 전개하는 초석이 되었다. 서울에서 강습회를 열어 교수법을 가르치고 강원도 지역 신설학교로 교사를 파견하는 사업을 벌였다. 당시는 〈서북학회〉, 〈기호학회〉, 〈교남학회〉 등, 지역마다 학회가 설립되어 애국교육운동이 실시되었다. 강원도 지역의 〈관동학회〉를 남궁억이 담당했던 것이다. 철원에 〈관동학회〉 지회가 설립되고, 1909년 11월 15일에는 관동학생 친목총회를 열어 재경 유학생은 물론 강원도 내 우수학생을 모집, 선봉대로 훈련을 시켰다.

1910년, 남궁억은 기독교에 귀의하고 민족교육을 통해 민족의식과 독립정신을 불어넣어 주는 장기적인 광복운동에 진력하게 된다. 일제의 국권 침탈로 나라가 망하고 겨레가 압박을 당하고 있는데도 그는 절망하지 않고 1910년 11월에 배화학당 교사로 부임, 영문법 한글 붓글씨, 가정교육, 웅변법, 대한역사를 가르치기 시작했다.

장기적인 광복운동을 시작하기는 국치일로부터 채 3개월을 넘기지 않았다. 8개 성상 학생들에게 애국정신을 고취하면서 「무궁화 삼천리」, 「삼동주 태극기」를 수놓게 해서 학생들의 머리와 가슴 속에 조국과 민족을 수놓아지도록 지도했다.

그렇게 만들어진 자수 본은 해외동포들에게도 보내서 민족혼을 불타오르게 했다.

나라마다 그 나라를 나타내는 상징물이 있다. 국가 이미지를 통해 국가의 존재를 확인한다. 우리나라의 상징물은 한글·한복·태극기·무궁화·애국가·아리랑·백두산·금강산 등이었다. 국가 이미지를 나타내는 나라꽃 무궁화와 국기인 태극기를 청년의 가슴 속에 수놓게 함으로써 조국을 영원히 기억하도록 만들었다. 일제가 「무궁화 삼천리」, 「삼동주 태극기」를 압수하고, 제작하거나 가지고 있는 사람을 체포했던 것은 남궁억의 국가 이미지 제고 운동이 민족부흥, 독립운동임을 간파했기 때문이었다.

배화학당에서 민족교육을 실시하던 때 그것으로 멈추지 않고 야간에는 상동에 설립한 청년학원에서 애국청년운동을 전개했다. 심신의 과로로 건강이 악화되어 1918년 12월, 그의 선향인 강원도 홍천군 서면 모곡리(牟谷里)로 낙향하게 된다. 당시의 심회를 표현한 「기러기 노래」가 남궁억 자신의 모습, 나라 잃은 백성의 모습을 나타내주고 있다.

원산 석양(遠山夕陽) 넘어가고
찬이슬 올 때
구름 사이 호젓한 길
짝을 잃고 멀리 가
벽동(碧空)에 높이 한 소리 처량
저 포수의 뭇 총대는
너를 둘러 겨냥해

하늘 위에 한 분 계셔

내 길 인도 하신다
　　너 낙심 말고 목적지 가라
　　엄동 후엔 양춘(陽春)이요
　　고생 후엔 낙(樂)이다

　홍천군 모곡리, 보리울에서 병마와 싸우던 남궁억은 3.1운동 소식을 듣게 된다. 보리울은 심산유곡, 세상 소식이 두절되어 있었다. 남궁억이 병상에서 일어나 보리울에 무궁화동산을 건설하기 시작한 것은 1919년 9월이었다.

3. 홍천 보리울 무궁화동산 읊은 시가

　홍천 보리울에서 두 가지 목표를 세운다. 하나는 교회를 세워 민족정신을 고취하는 것이고, 다른 하나는 학교를 세워 민족계몽운동을 전개하는 것이었다. 춘천에 주재하는 미국인 선교사에게 전도인을 보내줄 것을 요청하고, 1919년 9월, 사재로 대지를 매입하고, 10간의 예배당을 건립했다. 1922년 찬송가(구 459, 합동 371)를 작사, 작곡했다.

　　삼천리 반도 금수강산
　　하나님 주신 동산
　　삼천리 반도 금수강산
　　하나님 주신 동산
　　이 강산에 할 일 많아
　　사방에 일꾼을 부르네
　　곧 이 날에 일 가려고
　　누구가 대답을 할까

(후렴) 일 하러 가세 일 하러가
삼천리강산 위해
하나님 명령 받았으니
반도강산에 일 하러 가세

삼천리 반도 금수강산
하나님 주신 동산
삼천리 반도 금수강산
하나님 주신 동산
봄 돌아와 밭갈 때니
사방에 일꾼을 부르네
곧 이 날에 일 가려고
누구가 대답을 할까

삼천리 반도 금수강산
하나님 주신 동산
삼천리 반도 금수강산
하나님 주신 동산
곡식 익어 거둘 때니
사방에 일꾼을 부르네
곧 이 날에 일 가려고
누구가 대답을 할까
— 「삼천리 반도 금수강산」

일제 말엽 기독교 탄압을 시작할 때 일제는 제일 먼저 남궁억의
찬송가 「삼천리 반도 금수강산」을 금지시켰다. 그는 아무리 혹
독한 일제의 지배를 당하더라도 변하지 않고 영육으로 감당할 수

있는 힘을 줄 것을 기도했다. 예배당은 기독교 신앙의 집이었지만 항일민족정신의 집이기도 했다.

모곡학교는 처음에 예배당을 이용하여 초등학교 정도의 과정을 가르쳤다. 모곡학교라는 간판을 걸고 4년제 제1회 졸업생을 낸 것은 1923년 3월이었다.

모곡학교의 소문이 전국으로 퍼지면서 전국 각지에서 선생들과 학생들이 모여 들었다. 학생들은 주체의식이 강한 자주독립의 인물로 양성하고 독립에 대한 확신과 인내, 인격과 지식을 겸비한 인재를 양성하는데 정성을 쏟았다. 새벽이면 유리봉에 올라 조국의 독립을 달라고 기도했다.

한국의 민족혼을 상징하는 무궁화 묘포를 만들기 시작했다. 무궁화 묘목을 길러 뽕나무 묘목과 함께 전국에 보급했다. 각 지방의 교회와 학교, 사회단체에 팔기도 하고, 기증하기도 했다. 보리울을 무궁화동산으로 만들고, 전국 방방곡곡을 무궁화동산으로 만들어 나라꽃 사랑의 마음을 북돋아 주었다.

학생들은 무궁화 묘목밭에 실업시간 김을 매고 거름을 주었다. 1923년 지은 「무궁화」 시는 보리울동산을 나타내 보인다.

금수강산 삼천리에
각색초목 번성하다
춘하추동 우호상설
성장성숙 치례로다

초목 중에 각기자랑
여러 말로 지껄인다.
복사 오얏 번화해도
편시 춘이 네 아닌가

더군다나 버찌꽃은
산과 들에 번화해도
열흘 안에 다 지고서
열매조차 희소하다

울밑 황국 자랑스러
서리 속에 꽃 핀다고
그러 하나 열매 있나
뿌리로만 싹이 난다

특별하다 무궁화는
자랑할 말 하도 많다
여름 가을 지나도록
무궁무진 꽃이 핀다

그 씨 번식하는 것이
씨 심어서 될뿐더러
접붙여도 살 수 있고
꺾꽂이도 성하로다

오늘 조선 삼천리에
이 꽃 희소 탄식마세
영원 번창 우리 꽃은
삼천리에 무궁화다

— 「무궁화」

일본의 국화인 '사꾸라'는 곧 지지만은 무궁화는 무궁무진할 것을 노래하고 있다. 1933년 11월 4일 '10자랑 사건'으로 일경에 체포되고, 치안유지법, 보안법 위반 명목으로 투옥된다.

"내가 죽거든 무덤을 만들지 말고 과목(果木) 밑에다 묻어서 거름이 되게 하라."

"나는 한국의 독립을 못보고 가나 너희는 볼 것이다."

라는 말을 남기고 1939년 4월 5일 77세로 서거했다.

남궁억은 경술국치 이전에는 일본침략의 마수를 꺾는데 전력을 다 했고, 이후에는 항일민족운동을 지도하는데 총력을 다 했다. 그는 민족의 선각자로서, 독립지도자로서 애국애족의 사상을 갈고 닦는 데 전 생애를 바쳤다. 또한 애국시인의 면모를 과시한다.

윤희순의 '의병가'와 여성 저항문학

1. 윤희순의 여성 의병운동

윤희순은 19세기 말에서 20세기 초두의 우리나라의 여성 의병으로서, 그리고 여성의 병가(노래)의 작가로서 의병운동사, 독립운동사, 민족 저항문학사에 빛나고 있다.

조선 왕조 제25대 철종 11년(1860)에 윤희순은 한양(서울)에서 출생했다. 윤익상(尹翼商)의 따님이며, 조부는 감역(監役) 윤기성(尹冀成), 증조부는 윤양원(尹陽元), 충무공(忠武公) 윤희평(尹熙平)의 후손이었다.

6세 되던 고종 3년(1866)에는 병인양요(丙寅洋擾)가 일어났으며, 11세 되던 고종 8년(1871)에는 신미양요(辛未洋擾)가 일어났다. 15세 되던 고종 12년(1875)에는 운양호사건(雲揚號事件)이 발생했다. 제국주의 침략의 마수가 뻗고 있을 때였다. 윤희순은 16 때인 고종 13년 (1876), 춘천 남면의 유제원(柳濟遠)과 결혼했다.

항재(恒齋) 유제원은 춘천 의병장 외당(畏堂) 유홍석(柳弘錫)의 장남이며, 팔도창의 대장 의암(毅菴) 유인석(柳麟錫)의 조카이고, 화서학파(華西學派) 제2대 종주인 성재(省齋) 유중교(柳重敎)의 종손이었다.

그러니까 윤희순은 척사위정의 학통을 이어받고 또, 의병 봉기의 선두에 섰던 고흥 유씨 가문의 며느리가 되었던 것이다. 성품이 활발하고, 씩씩하여 시부모를 봉양하고 가사를 처리하는데 모범이었으므로 자연스럽게 척사위정의 척양척왜를 부르짖는 의병운동에 참여하는 의식을 가지게 되었다.

고종 32년(을미년, 1895), 왜적에 의한 명성황후 시해사건이 일어나고 단발령이 내려졌다. 전자는 일본의 한국 침략 마수가 궁중까지 뻗쳤음을 실증한 사건이었고, 후자는 전통의식을 말살시키려는 의도가 표면화된 사건이었다. 이 두 가지 사건은 민족국가의 위기, 민족사회의 위기를 드러낸 것이었다. 국난을 극복하려는 구국항전의 기치가 전국에서 솟아올랐다. 전국에서 제일 먼저 대규모의 춘천 의병봉기가 있었다.

춘천 의병은 관찰사 조인승(曺寅承)을 처형하고 한양을 향하여 진군하다가 가평 벌업산(보납산 : 寶納山) 전투에서 실패했다. 윤희순의 시아버지 외당은 이 전투에 의병장으로 참전했으며, 실패로 끝난 후 제천으로 가서 유인석의 '제천의진'에 가담했다.

이 때에 윤희순은 36세, 그는 여성의병으로 가담할 것을 청하였다. 그러나 시아버지 외당은 전쟁터는 여자가 갈 곳이 아니며, 여자는 자녀들을 잘 가르치고 집안일을 돌보는 것이 더욱 중요하다고 일러준다. 윤희순은 그 날부터 뒷뜰에 단을 마련, 정화수를 떠놓고 의병이 반드시 승리하기를 빌었다. 의병가를 지어 의병을 독려하고 또 여성의 의병지원을 장려했다. 여성들은 합심하여 의병의 옷을 기워주고 빨래를 해주고, 밥을 해주고, 뒷바라지를 해주도록 인도했다.

을미의병 때의 의병 지원, 의병가 창작, 여성들의 의병활동 참여·독려가 윤희순의 첫 번째 의병활동의 중요한 내용이었다. 두 번째의 의병활동은 정미의병 때 전개되었다.

광무(光武) 9년(1905), 일본의 강압으로 을사조약이 체결되자 다시 각지에서 의병이 봉기하기 시작했고, 광무 11년에 해아밀사사건을 구실로 고종을 폐위하고, 한국 군대를 해산시키자 해산당한 한국군과 의병이 함께 봉기, 왜적을 이 땅에서 몰아내려고 싸웠다.

이 때 외당은 항와(恒窩) 유중악(柳重岳), 경와(敬窩) 유봉석(柳鳳錫) 등과 함께 주길리(珠吉里)에서 왜적과 싸웠다.

춘천시 남면 가정리(柯亭里) 여의내골에서 의병을 훈련시키고 화약과 탄환을 제조했다.

600여 명의 의병이 궐기했다. 주길리 싸움에서 외당은 적탄에 맞아 부상을 당했다. 윤희순이 두 번째 의병활동은 첫 번째보다 훨씬 적극적으로 추진된다. 군자금의 모급이라든가 화약과 탄환의 제조가 그것이다.

국내에서의 의병활동은 표면적으로 두 번의 참여로 종결된다. 1910년 국치를 당하자 외당은 만주로 이주했고, 윤희순의 가족도 외당을 따라 만주로 들어갔다. 물론 의병을 모집하고 독립운동을 전개하는 것이 만주로 가게 된 주목적이었다.

외당은 1913년 12월 만주에서 사망했고, 의암도 1915년 1월 사망했으며, 항제(윤희순의 남편)는 1915년 10월에 사망했다.

두 아들 돈상(敦相), 민상(敏相)이 독립단에 가입, 투쟁하다가 돈상은 1935년 5월, 왜병에게 체포되어 고문으로 7월에 죽었다. 윤희순은 그 10여 일 후인 1935년 8월 1일 한많은 일생을 만주에서 마치니 향년 76세. 만주 해성(海城)현 묘관시(苗官市) 북산(北山)에 장사지냈다. 그곳에 묻혀 있다가 1994년 10월 17일, 고국으로 봉환되어 20일 남면 관천리 선영에 묻혔다. 만주에서의 의병(독립단)의 뒷바라지를 한 때가 윤희순의 세 번째 의병활동(독립운동)이 된다.

1983년 대통령표창이 윤희순에게 추서되었다.

2. 윤희순의 한글 의병가

윤희순의 의병가(義兵歌)는 「병정노래」, 「의병군가·1」, 「의병군가·2」, 「병정가」, 「안사람 의병 노래」, 「애달픈 노래」, 「방어장」, 「안사람 의병가 노래」 등 8편이 전한다.

왜병에게 경고하고, 왜병을 규탄한 「신세타령」, 「왜놈대장 보거라」, 「경고한다. 오랑캐들에게」, 「왜놈 앞잡이들아」, 「금수들아 받아보거라」 등의 노래가 있고, 일생을 서한체로 가록한 「해주 윤씨 일생록」이 있으며, 군자금을 모금한 기록도 전하고 있다.

「방어장」에는 "을미년(乙未年) 12월 19일"에 지었다는 표기가 있고, 「병정노래」에는 "병신 춘작(丙申 春作)이라고 부기되어 있다. 또 「왜놈 앞잡이들아」에는 "병신년(丙申年) 7월 20일"이라는 표시가 되어 있다. 을미년은 서기 1895년이고, 병신년은 1896년이다. 그러니까 윤희순의 의병가와 의병에 관련된 경고문 등은 을미의병의 봉기가 있었던 전후에 창작되었음을 확인할 수가 있다.

윤희순의 시아버지 외당 유홍석의 의병가인 「고 병정가사(呱兵丁歌辭)」가 창작될 무렵이거나 그 후에 윤희순의 한글로 된 의병가들이 창작됨으로써 의병가의 맥을 잇고 있다. 또한 이 무렵에 유행한 「춘천 의병 아리랑」의 원류가 되고 있다. 즉 「고 병정가사」⇨「병정노래」⇨「춘천 의병 아리랑」의 연관관계를 가진다.

「춘천 의병 아리랑」은 춘천 의병 봉기의 실태를 노래하고 있으므로 발생 연대가 자연히 병신년 봄, 또는 그 이후가 될 것이기 때문이다.

이 시기에 순 한글로 된 의병가가 여성 의병인 윤희순에 의해서 창작되었다는 점에서 민족저항 문학사에 큰 의미가 있다.

유희순의 의병가 중에서 「방어장」을 "외당 선생께서 방어를 지어 곳곳에 붙이시던 글을 내가 써서 부쳐보고 내가 다시 지어 토 붙이던 글"이라고 한 것이라든가, 「안사람 의병가 노래」는 "외당 선생께서 지어서 부르시던 곡을 적어 보노라 윤희순"이라고 기록해 둔 것으로 보아 윤희순의 원작은 아니다. 외당의 「방문」이나 「의병가」를 윤희순이 기록하는 과정에서 윤희순의 창작 요소가 가미되었을 것으로 추측된다.

윤희순의 의병가는 최초의 한글 의병가이고, 또 「춘천 아리랑」의 원류가 되며, 왜적을 이 땅에서 쫓아내야 한다는 민족저항 시가라는 점에서 큰 뜻이 있다.

윤희순의 의병가는 부르는 대상이 둘이다. 「병정노래」·「의병군가」의 1, 2, 그리고 「병정가」·「애달픈 노래」·「방어장」 등은 남성 의병, 즉 당시의 일반 의병을 대상으로 창작되었고, 「안사람 의병가 노래」는 여성 의병인 일반여성을 대상으로 창작되었다.

우리나라 의병은 애국으로 뭉쳤고, 의를 지키기 위해 죽음으로 뭉쳤다고 선언한다. 의병은 오랑캐, 금수(짐승)를 잡는 문자 그대로 의로운 병사라는 것을 선언한다. 왜적을 원수요, 오랑캐요, 짐승이라고 단언한다.

나라와 임금과 조상을 살리는 임무를 의병은 지고 있으며, 나라와 임금과 조상을 침탈하는 왜놈을 잡아야만 의병의 진정한 만세 소리가 된다고 절규한다. 그러니까 "각도 열읍의 의기(義氣) 있는 청년들은 봉기해야 한다."고 강조한다.

오랑캐는 우리 의병 손에 반드시 죽을 것이고, 우리 대에 오랑캐를 잡지 못한다더라도 후대에 한을 풀겠다는 것이다.

그러니 부자간에, 형제간에, 부부간에 결코 내분이 있어서는 안
되고, 단결하여 의병대를 지원하는 일에 앞장서자고 외친다. 힘을
다해 너도나도 우리 청년 모두가 나서서 의병에 참여하자고 외친
다.

　　　　　우리나라 의병들은 애국으로 뭉쳤으니
　　　　　고혼이 된들 무엇이 서러우랴
　　　　　의로이 죽는 것은 대장부의 도리거늘
　　　　　죽음으로 뭉쳤으니 죽음으로 충신 되자.
　　　　　　　　　　　　　　　— (「병정노래」 일부)

　　　　　살 수 없다 한탄 말고 나라 찾아 살아보세
　　　　　전진하여 왜놈잡자
　　　　　만세만세 왜놈잡기 의병만세
　　　　　　　　　　　　　　　— (「의병군가·1」 일부)

　　　　　왜놈 잡아 인군 앞에 꾸러앉혀 우리 인군 분을 푸세
　　　　　우리조선 의병만세 만세만만세여
　　　　　　　　　　　　　　　— (「의병군가·2」 일부)

　　　　　너의 놈들 오랑캐야 노죽을 줄 모르고서 왜 왔느냐
　　　　　너의들을 우리 대에 못잡으면 후대에도 못잡으랴.
　　　　　　　　　　　　　　　— (「병정가」 일부)

　　　　　귀한 목숨 아무데나 버릴쏘냐
　　　　　나도나가 의병하세 의병대를 도와주세
　　　　　　　　　　　　　　　— (「애달픈 노래」 일부)

왜놈들을 잡아다가 살을 갈고 뼈를 갈아도 한이 안 풀리는데
우리 청년들이 가만 있을쏘냐
나가보세 의병하러

— (「방어장」 일부)

위에 인용한 의병가에서 불의한 것은 반드시 망하며, 불의한 것을 반드시 멸망시켜야 한다는 당위성을 내세우고 있다. 그 불의한 것은 '오랑캐, 금수(짐승), 왜놈, 원수'라고 단정한다.

그 원수를 멸망시키기 위해서 청년들은 일어나서 의병봉기를 해야 하며, 의병을 지원해야 한다고 노래한다. 이것이 당대를 사는 조선(한국)사람의 삶이라고 노래한다. 여기에 산을 노래하고, 강을 노래하는 한가한 시적 정서가 어떻게 끼어들 수 있겠는가.

"우리 조선 사람을 농락하며 안사람을 농락하고/민비를 시해하니 우리인들 살 수 있나" 하고 위기의식을 고하는 마당에 청풍농월의 정서가 끼어들 겨를이 없었던 것이다. 그러므로 윤희순의 의병가에서는 문학성(예술성) 운운할 게재가 안 되며, 또 저항의 고동을 순화할 상황이 못 된다. 왜적을 물리쳐서 생존하겠다는 구국의 소리만이 분출한다.

윤희순의 의병가는 저항시, 전쟁시의 가장 원초적인 힘을 구사한다. 시가는 사물을 움직이는 힘을 가지고 있음을 입증한다.

여성을 대상으로, 여성 의병에 참여를 독려하는 「안사람 의병 노래」, 「안사람 의병가 노래」는 먼저 여성들도 의병으로 나서야 한다는 것을 강조하고 있다. 남녀가 분별되어 있는 당대의 시 대상이라곤 하지만 적을 물리치는 일에 남녀가 따로 있을 수 없는 것은 당연하다. 그러니까 여성 의병으로 나서서, 나서지 못하면 뒤에서 의병을 밀어주고 지원해 주자고 노래한다.

남녀칠세 부동석이라는 봉건적 굴레에 묶여있는 그 시대에 윤희순은 그런 구별을 떨쳐버리고 구국전선에 나가자고 읊었던 것이다. 특히 의병으로 나서는 의병을 도와 여성들은 의병의 뒷바라지를 하자고 장려한다. 여성들이 집밖으로 나다니는 것이 금기로되어 있던 시대에 의병으로 나서고, 의병을 돕고 하여 나라를 찾는데 발 벗고 나서자고 한 것은 그것 자체가 구국운동, 저항운동인 것은 물론이지만 여성해방, 여성 지위향상의 전열을 가다듬는 결과를 가져왔던 것이다.

> 아무리 여자인들 나라사랑 모를쏘냐
> 아무리 남녀가 분별한들 나라 없이 소용있나
> 우리도 나가 의병하러 나가보세 의병대를 도와주세
> — (「안사람 의병 노래」 일부)

> 의복버선 손질하여 만져주세
> 의병들이 오시거든 따뜻하고 아늑하게 만져주세
> 우리 조선 아낙네도 나라 없이 어이 살며 힘을 모아 도와주세
> — (「안사람 의병가」 일부)

그러면서 "우리 안사람 만세 만만세로다" "우리들은 무얼 할까, 의병들을 도와주세"라고 외친다. 여성의 시대적 사명, 여성의 민족적 사명을 말하고, 여성의 자아발견을 말한다. 여성(안사람)의 만세를 부르자고 한 것에서 여성운동의 선구자적인 여성의식을 확인하게 된다.

여성 의병가는 나라의 독립과 여성의 독립을 동시에 성취하는 것을 의식화하고 있다.

3. 국난 극복, 구원의 여성상

윤희순은 을미의병, 정미의병 때 의병의 사기를 진작시키고, 의병을 지원하고, 화약과 탄약을 제조하고, 또 군자금을 모금하는 등, 대단한 의병 활동을 전개했다. 의병 활동의 이념과 주장을 내세우기 위해 의병가를 지었으며, 여성 의병가(「안사람 의병가」)를 창작했다.

그 노래를 직접 가르치고, 보급하면서 의병 봉기의 당위성과 절실함, 그리고 짐승보다도 못한 왜적을 멸망시키고자 했다. 실로 국난 극복의 귀감이 되는 여성상(女性像)이라 할 수 있다.

우리나라 역사상 국난을 극복하기 위해서 목숨을 버린 논개와 같은 여성이 없었던 것은 아니지만 용의주도하게 의병에 참여하고, 의병을 지원하는 조직적인 투쟁을 한 예는 별로 찾아볼 수 없다. 의병 봉기를 독려하는 의병가를 창작함으로써 민족 저항시가의 부피를 더 두텁게 했던 예는 더더구나 없었다. 왜적에게 경고장을 보낸 것을 보면 더욱 그렇다.

"오랑캐들아, 경고한다. 오랑캐 원수놈들아. 남의 나라 침범하여 무엇을 바라면서 의기양양한단 말이냐. 짐승같은 왜놈 원수들아, 남의 나라 침범 말고 네 나라나 보살펴 가지 않고 남의 나라 침범하여 너의 나라 잘될쏘냐. 언제라도 너의 나라 망할 것이니 후회할 날이 올 것이다. 너의 인종 죽여가며 남의 나라 침범하여 너의 나라 먼저 망할 것이다. 후회 말고 가거라. 우리나라 역사 있어 너의 나라 망해 가는 것마는, 무슨 일로 심심하면 괴롭히며 온단 말이냐. 우리나라 사람들은 대대로 너의 나라 원수 삼아 갈 것이다. 좋은 말로 달랠 적에 너의 나라로 가서 너의 부모에게 가족 데리고 살아가며 너의 나라를 잘 보살펴 살도록 하여라. 조선 안사람이 대표로 경고한다. 조선 선비의 아내 윤희순."

여기에서 윤희순은 우리나라 여성 의병의 대표성을 확보한다. "조선 안사람이 대표로 경고한다"고 왜적(놈)에게 경고한다고 선언한 것이 바로 그것이다. 스스로 조선 여성(안사람)의 대표라고 선언한 것이 여성 의병의 대표성이 되는 것이다.

여성 의병의 대표성은 윤희순이 창작한 의병가의 사상성이며, 현실성이다. 국난 극복의 대표적인 여성상이기도 하다.

윤희순은 1935년 8월 1일, 만주에서 사망하기 직전 「해주 윤씨 일생록(海州 尹氏 一生錄)」을 써 놓았다. 여기에 "할미는 공부가 없어서 잘 쓰질 못한다."고 말했다. 그러나 윤희순의 식견은 척사위정 국난 극복 독립사상, 저항정신으로 다져져 있다.

말하는 대로, 소리나는 대로 문어체가 아닌 구어체의 문장을 구사하는데 박진감이 넘치고 진솔함을 보여준다. 그렇기 때문에 서투른 문체이지만 성품을 있는 그대로 드러내 준다.

윤희순의 의병가는 4·4조의 운문체로 되어 있으나 4·4조에 얽매인 것도 아니다. 말하고자 하는 바의 뜻이 간절한 때에는 길게 풀어서 사설을 늘어놓고 있다. 이 점이 파격적이다.

윤희순의 의병가는 또한 순수한 한글로 되어 있다. 한글 의병가를 지어서 청년들에게 의병 봉기를 장려했다. 민족의 문자를 사용함으로써 의병가의 민족주의의 저변을 넓혔다. 그녀가 문자(한문)를 배우지 못했다고 변명하고 있지만, 시아버지 외당이 지은 「의병가」와 「방어장 방문」 등을 한글로 옮겨 일반 민중이 읽을 수 있도록 한 것도 또한 높이 사야 할 일이다.

윤희순의 의병가는 의병의 사기를 북돋우고, 왜적에게 경고하고, 규탄하고, 성토하고, 회유한다. 우리의 열혈 청년들에게 의병 봉기에 참여할 것을 독려한다. 윤희순 의병가의 사상성은 저항정신에 있는 것이며, 민족문학에의 한 몫을 단단히 한다. 즉, 19세기 말에서 20세기 초두에 걸친 우리의 저항시가(抵抗詩歌)의 선구적인 족적을 남긴다.

당시 의병들의 한문으로 된 시가와 국한문 혼용의 의병가가(義兵歌辭)가 창작되었다. 한글로 의병가사를 창작했던 것이 민족문학과 연계된다.

여성의 의병 참여를 노래한 것에서 민족문학의 공간을 확대시킨다. 여성이 민족의 구성원으로서 의병 봉기에 참여함으로써 인간의 지위를 회복한다. 여성의 저항정신, 여성 저항문학(抵抗文學)의 태동을 보게 된다.

이효석 문학 생각

1. 「취화선」, 칸 영화제 감독상에

프랑스 칸 영화제 메인 상영관인 뤼미에르극장에서 2002
년 5월 27일, 칸 영화제 심사위원장인 데이비드 린치 감독은,
　"임권택 포 취화선 프롬 코리아!"
라고 외쳤다. 한국의 임권택 감독을 향해 환호성과 박수가 터져
나왔다.

　「만다라(1981년)」·「씨받이(1987년)」·「아다다(1988년)」·
「아제아제　바라아제(1989년)」·「서편제(1993년)」·「춘향전
(2000년)」에 이어 「취화선(2002년)」에 이르기까지 임권택 감독
은 한국적 가치와 정서를 세계의 그것으로 만드는 데 정성을 쏟았
다. 한국적인 것이 세계적인 것이라는 진실이 작품마다 배어 있었
다.

　"미국의 아류에서 벗어나 '한국영화'를 해내고 싶었지요. 그것이
　내가 감독으로 살아남는 방법이라고 생각했고, 그 과정에서 시
　행착오도 적잖이 겪었어요."

　임권택 감독의 말이 저간의 사정을 웅변해 주고 있다. 한 화가
(장승업)의 '고독한 예술혼'을 '한국적 아름다움'을 배경으로 펼쳐
보인 영화 「취화선(醉畵仙)」은 칸 영화제에서 비평가들의 찬사
를 받았고, 심사위원들은 ,

"한 컷에 완벽을 기했다."

"이번 영화제에서 가장 아름다운 영화!"

라고 갈채를 받았다. 칸 영화제에서 임권택 감독의 작품 「취화선」이 아낌없이 찬사를 받고, 감독상을 받은 사건은 여러 가지 시사하는 바가 많다.

한국적인 미, 한국적인 정서, 한국적인 사상, 한국적인 배경이 곧 세계적인 그것이 되는 가치를 확인하게 되는 것이다.

가산(可山) 이효석(李孝石)의 소설에서도 가장 한국적인 미와 가장 한국적인 정서, 그리고 가장 한국적인 소설의 가치를 다시금 발견하게 된다.

필자는 1987년 9월, 강원도 평창군 봉평면 창동 일대의 '이효석 문학기행'을 하고 돌아와 「이효석 문학 생각」을 메모로 남긴 일이 있다. 지금 그 「이효석 문학 생각」을 정리, 그 때의 내 생각이 지금도 변함이 없음을 확인한다.

「취화선」의 주인공 장승업(張承業)은 조선 왕조 헌종 9년(1843)에 태어나서 광무 1년(1897)에 사망했다. 호를 오원(五園)이라 했던 그는, 조선 왕조 초기의 안견(安堅)과 후기의 단원(檀園)과 함께 3대 거장으로 일컬어졌다. 글 한 자 배우지 못하고 심부름꾼으로 어깨너머로 그림을 배웠다. 천재화가였으나 왕명일지라도 마음에 맞지 않으면 그림을 그리지 않았다.

장인정신(匠人精神)의 표상인 장승업과 이효석 소설에 등장하는 허생원은 물론 비교할 바가 아니다. 그러나 장돌뱅이의 생애를 산 허생원도 장승업처럼 토속성(土俗性)을 결코 떨쳐버릴 수 없는 인물이다.

장승업과 허생원의 이 토속성이 승화되면 그 자체로서 한국인의 정체성을 표상한다.

2. 봉평의 메밀꽃 필 무렵

　수만 년 전 중앙아시아 들판에 자생하던 메밀꽃, 시베리아의 바이칼호반, 만주의 아무르 강변에서 한반도로 이동하던 한국인들의 옷깃에 묻어와 백두대간 깊숙한 골짜기에 야생화로 자라는 메밀꽃. 추운 땅이건 메마른 땅이건 그 씨앗은 싹을 틔운다. 가뭄이 심한 해에 우리 조상들은 메밀을 대체작물로 재배, 그 열매를 구황식품(救荒食品)으로 활용했다. 정작 메밀꽃은 벌꿀의 밀원이며, 열매는 녹말의 공급원이었지만 메밀묵, 메밀국수 정도로 우리네 토속식품에 끼워주는 것이 고작이었다.

　그처럼 천대(?)받던 메밀꽃은 이효석의 단편소설 「메밀꽃 필 무렵」이 발표된 이후부터 일약 한국적인 것의 모든 것, 향토적인 것의 전부를 머금은 사랑받는 한국인의 꽃이 되었다. 지금은 가을철이면 으레 TV영상으로 메밀꽃이 등장해야 그림다운 그림이 된다. 「메밀꽃 필 무렵」 하면 한국인은 누구나,

　"아! 소설가 이효석…"

하고 감탄하다.

　"이효석…"

하면,

　"아! 그 메밀꽃 필 무렵의 작가…"

하고 연상한다. 물론 이때 누구나 평창과 봉평을 떠올린다. 봉평에서는 지금도 '모밀' '모밀꽃"이라 발음한다.

　실제로 이효석이 1936년 《조광(朝光)》지 10월호에 단편소설을 발표하면서 붙인 제목도 「모밀꽃 필 무렵」이었다. 안석영(安夕影)이 그린 중절모에 신사복을 입은 남자와 치마저고리를 입은 여

자가 나란히 서 있는 삽화도 인상적이었다.

그 무렵 봉평지방에서 생산되던 메밀은 2~3천 가마, 지금은 생산량이 줄어 2~3백 가마가 채 되지 않을 것이라고 한다.

3. 장돌뱅이 허생원의 사랑

장돌뱅이 허생원과 조선달은 봉평 장날 전을 거두고 장터 술집 충주집으로 간다. 어물장수·땜장이·엿장수·생선장수도 전을 거둔 후였다. 허생원이 은근히 마음에 둔 충주집 주모와 애송이 장돌뱅이 동이가 농탕치고 있다. 눈에 불이 확 붙은 허생원은, "머리에 피도 안 마른 녀석!" "장돌뱅이 망신시킬 녀석!"이라고 호통을 쳐 쫓아버린다. 충주집 주모에게 "애송이를 빨면 죄 된다"고 법석을 떨면서.

그런 소동이 언제 있었느냐는 듯이 그날 밤 허생원·조선달·동이 셋은 당나귀를 몰고 밤길을 걸어 대화(大和) 장터로 이동한다. 그들은 메밀꽃이 하얗게 핀 산길을 걷는다.

허생원은 봉평 장날 메밀꽃이 하얗게 핀 달밤에 개울가 물레방앗간에서 성서방네 처녀와 첫날밤이자 마지막 밤을 같이 새운 젊었던 때의 이야기를 한다. 동이는 의붓아버지 밑에서 고생을 하다가 집을 뛰쳐나왔다는 것, 그리고 어머니의 친정은 봉평이라는 것, 아버지가 누구인지 모른다는 것을 이야기한다.

허생원은 냇물을 건너다가 발을 헛디뎌 물에 풍덩 빠진다. 동이가 허생원을 업고 건너는데 동이가 자기처럼 왼손잡이라는 것을 알고 허생원은 가슴이 두근거린다. 허생원은 물방앗간에서 만났던 처녀, 동이 어머니를 만날 수 있다는 기대에 부풀어 그녀가 살고 있다는 제천에 마음은 벌써 가 있었다.

곰보인데다가 왼손잡이이며 장돌뱅이인 소설의 주인공 허생원이 하늘을 날을 것 같이 득의하는 이 마지막 장면으로 이효석의 단편소설 「모밀꽃 필 무렵」은 유감없이 해피엔딩으로 돌입한다.

4. 진희 미용실이 된 충주집

가는 날이 장날이라 했다든가. 마침 봉평장이 섰다. 지금도 봉평에서는 2일, 7일 장이 선다. 「모밀꽃 필 무렵」의 주인공 허생원이 전을 펼쳐 놓았던 때의 풍경은 전연 아니다. 사람도 다르고 사고파는 상품의 종류도 다르다. 모두가 달라졌다. 그러나 허생원이 드나들던 충주집만은 모양새를 바꾸고 그 자리에 남아 있었다.

10여 년 전에 '희 미장원'이라고 간판을 달았던 충주집에 지금은 반을 갈라 서편이 '진희 미용실', 동편이 '대건중기'의 간판이 매달렸다. 고데, 파마, 신부화장, 나이아가라, 아놀드 파마, 트위스트, 틴닝 컷트 등의 요란한 광고 문구가 유리창에도 나붙었다. 충주집 가운데 기둥에는 '전주 이씨 대동종약원 봉평면 분회'의 묵직한 간판이 걸렸고, 주인 이창호(李昌鎬)의 문패는 그 옆에 매달려 있다.

마침 장에 나왔던 평창군 정화위원장 박동락(朴東洛) 씨를 만났다. 이효석의 생가, 창동리 남안동 안골 무이리(武夷里)에 사는 그는 '이효석 기념사업'에 정열을 쏟는다.

충주집의 지금 주인이 오십 이삼 세는 되었을 것이라고 일러준다. 허생원의 첫사랑이 꽃피었던 물방앗간 터로 동행한다.

장터 골목길에서 서쪽으로 꼬부라지면 수백 년 묵은 돌배나무, 물푸레나무 아래에 서낭당이 서 있다. 제방너머로 흥정천이 흘러내린다. 옛날에는 징검다리가 놓였지만 지금은 콘크리트 다리가 놓여 대형 차량도 통과한다. 다리에서 남쪽 옥수수밭 너머로 50여 평 남짓한 공지가 있다. 이 공터가 물방앗간 자리이다. 허생원과 성서방네 처녀가 몸을 섞었다던 물방앗간은 흔적도 없다. 소금을 뿌린 듯이 하얗다던 메밀밭도 찾아볼 수 없다. 들리는 것은 홍정천의 맑은 물소리 뿐이며, 보이는 것은 태기산 위로 떠도는 흰 구름뿐이다.

홍정천변에 '봉석공원'을 조성하려는 것이 봉평사람들의 꿈이다. 봉평의 봉자와 이효석의 석자를 합친 '봉석공원'을 어느 때엔가 조성할 때면 허생원의 사랑이 꽃 핀 토속서정의 물방앗간도 복원하겠단다.

5. 태기산 정기를 받고 태어나

봉평면 창동리 장터에서 홍정교를 건너면 서쪽으로 긴 골짜기가 뻗어 있다. 여기가 창동 4리, 태기산 아래 남안동 마을이다.

이효석은 평창군 봉평면 창동 4리 남안동 마을 681번지에서 1907년 2월 23일 태어났다. 아버지는 한성사범학교를 나와 진부면장을 10년 동안이나 지낸 이시후(李始厚)였고, 어머니는 인제군 기린면 진동리 출신인 강홍경(姜洪卿).

이효석은 1남 3녀 중에 장남이었다. 그가 하진부리 142번지에서 태어난 것으로 전해지기도 하는데 그것은 1920년경에 만든 호적에 진부로 기재되었기 때문에 와전된 것이다. 그는 남안동 생가에서 살다가 4세 때 어머니와 함께 서울로 올라갔다. 아버지가 서울에서 교편을 잡고 있었기 때문이다. 그의 아버지는 1911년 6월 20일 프랑클린의 전기를 편한 『부란극림전(富蘭克林傳)』을 출판한 바도 있었다. 효석의 문재는 그의 아버지로부터 받았을 것으로 추측된다.

남안동 마을에서 서편에 태기산(泰岐山)이 아스라이 보인다. 남안동이 태기산의 정기가 서린 마을이라고 봉평사람들은 믿고 있다. 춘천에 있던 고대왕국 '맥국(貊國)'의 태기왕이 군사를 이끌고 봉평까지 진출했다가 강릉에 있던 고대왕국 '예국(濊國)'의 군사와 태기산에서 싸워 패하자 봉평 백옥포에서 투신 자살했다는 전설이 전해 내려온다. 그래서 태기산이라는 이름이 생겼고, 봉평에는 지금도 태기산 산신령굿이 민속으로 전수되고 있다.

이효석도 태기산 정기를 받고 태어났다는 이야기가 태기산 전설 속에 보태져 내려온다. 이효석의 생가는 52년 전에 헐리었다. 그 터에 52년 전 새 집을 지어 홍재철(洪在鐵, 65세) 씨가 지금까지 살고 있다. 홍재철 씨는 피나무로 만든 높이 2m, 지름 1m의 통나무 뒤주가 이효석 생가 때부터 남겨진 유일한 유물이라고 증언한다.

6. 이효석 생가의 방명록

이효석 생가 터전의 주인이 된 홍재철 씨는 7~8년 전부터 이효석 생가를 찾는 사람들이 가물에 콩 나듯 있더니 최근에는 방문객이 부쩍 늘어났다고 희색이 만면이었다. 이효석 생가를 방문하는 사람들의 기록을 남길 요량으로 홍재철 씨는 1981년 5월 24일부터 '이효석 생가 방명록'을 만들었다. 처음에는 봉평중고교에서 기증한 누런 종이의 대학노트를 사용하다가 새로 기증해 준 2권의 두툼한 방명록을 사용하고 있다.

"가산 이효석 생가를 찾아서…"

"메밀꽃 필 무렵을 생각하며…"

등의 문구에 깨알처럼 촘촘히 긴 사연을 적은 것도 있었다. 한국인 모두로부터 사랑받는 작가 이효석을 사랑하지 않을 수 없게 되는 이유를 설득력 있게 설명해 주는 명문으로 가득차 있었다.

이효석 생가 방명록이 시작되던 첫해인 1981년 9월 16일의 방명록에 필자의 서명도 끼어 있어 두 번째의 이효석 생가 방문이 한결 흐뭇했다.

그는 요람이요, 그의 작품의 요람이었던 고향으로 가족과 함께 다시 내려온 것이 6세(1912) 때였다. 고향에서 서당에 다니며 한문 공부를 시작했다. 이때의 일을 「나의 수업시대 – 작가의 올챙이 때 이야기」라는 글에서 회고하고 있다.

"일곱살 전후하여 가정과 사숙에서 소학을 배울 때 여름 한철이면 운문을 읽으며, 오언절구를 짓느라고 애를 썼다. 즉경(卽景)의 제목을 가지고 오로지 경물(景物)을 묘사할 적당한 문자를 고르기에만 골몰하였으니 시적 감흥이라는 것보다는 식자(植字)에 여념이 없었던 셈이다." 이어서 "열 살 남짓해서 신소설 『추월색』을 읽었고, 그것도 어머니와 나란히 누워 『추월색』을 번갈아 가며 되풀이하여 읽었다. 건너방 벽장 속에는 『사씨남정기』, 『가인기우』 등속의 가지가지 소설책도 많았다."고 회상한다. 그의 추억은,

"어머니에게서 가지가지의 이야기를 듣는 동안에 마음속에 아름다운 꿈의 보금자리가 잡히게 되었으며, 그 꿈의 보금자리에 『추월색』의 아름다운 이야기가 들어와서 말할 수 없는 낭만적 동경을 싹트게 한 것인 듯 하다."고 거듭 회상하고 있다.

고향마을에서 신동이라고 칭찬받던 그는 어머니에게서 이야기꾼, 소설가의 재능을 이어받았다.

이효석은 고향에 살았던 일들을 "여나믄 살까지의 들에 뛰놀던 시절과 보통학교 시절과 철든 후 서울서 가끔 내려가 한 철씩 지낸 때의 일"이 전부라고 「영서(嶺西)의 기억」이라는 글에서 말한다. 그러니까 그는 8세(1914)되던 4월에 평창의 평창공립보통학교에 입학하여 14세(1920)되던 3월 23일 평창공립보통학교를 졸업하고, 그해 4월 10일 경성제일고보(현 경기고)에 무시험으로 입학하기까지의 기간과 이따금 방학 때 고향에 와서 지내던 때의 고향과 고향사람들을 그의 소설 속에 재생해 놓았던 것이다.

7. 고향을 재현한 소설세계

이효석은 경성제일고보에서 일 년 선배인 유진오(兪鎭午)를 만났다. 그들 둘은 천재로 통했다. 4~5학년 때 벌써 체홉 토마스 만 맨스필드 아일랜드의 심미적인 작품들을 읽으면서 문학수업을 한다.

19세(1925)되던 해에 시 「봄」과 콩트 「여인(旅人)」을 발표했고, 같은 해 경성제국대학 예과에 입학했다. 그러나 작가로서 주목을 받은 것은 22세(1928) 때 「도시와 유령」을 《조선지광》지에 발표한 후였다. 이 후 「노령근해」, 「오리온과 능금」, 「돈」, 「성화」, 「개살구」, 「장미 병들다」, 「해바라기」, 「창공」, 장편소설 「화분」 등을 발표하여 낙양의 지가를 올렸다.

그리하여 유진오는 '소설의 형식을 가지고 시를 읊은 작가"라 했고, 김동리(金東里)는 "소설을 배반한 소설가"라 했으며, 정한모(鄭漢模)는 "향수적(鄕愁的) 심미의 문학"이라 평한다.

그는 고향에 대한 향수와 현대문명에의 향수와 인간의 원형적인 것에서 향수를 심미적으로 표현한다. 그가 향토주의, 심미주의, 인간주의의 기수가 된 것도 따지고 보면 고향에의 향수에서 비롯되었다.

"산협(山峽) 약수터를 가는 사람도 뜸해 지고 늦가을 볕이 쨍쨍할 때면 오대산 월정사(月精寺) 부근에서 여름내 아름드리 박달나무를 베어내 깎아 만든 목기류(木器類)의 행상의 떼가 나온다. 함지, 이남박을 두어 길 길이로나 겹쳐 쌓아 그 길고 높은 짐을 진 사람의 꼴이란 기막힌 장사가 있어, 그에게 피사탑을 지우면 흡사 그렇게 보일 듯도 한 꼴이다. 산삼을 얻으려고 철 내내 산에 잠겨 치성을 드리고 헤매고 하던 타관 사람이 삼 뿌리나 캐었는지 못했는지 홀아비살림 그릇을 짊어지고 돌아오는 것도 이때이다."

이효석은 고향의 생활을 회상하면서 노루가 지나다니는 산 속으로 들어가 익은 머루와 다래를 따고, 꿀통을 뒤지다가 캄캄한 밤중에야 소녀와 돌아왔던 이야기도 고백한다. 오대산 방아다리약수로 가는 길이나 월정사로 가는 아스팔트길에 이제는 승용차와 택시, 그리고 관광버스가 씽씽 달린다. 강산은 변하였지만 이효석이 묘사했던 고향의 정취는 모든 도시인의 메마른 마음을 적셔준다.

8. 문학비 위엔 흰 구름만 떠돌고

둔내 터널(영동 제1 터널)을 빠져 나왔는가 하면 봉평 터널(영동 제2 터널)을 빠져 나오는 영동고속도로로 내리막 굽이길, 태기산 산록에 '가산 이효석 문학비(可山 李孝石文學碑)'가 서 있다.

유진오 박사의 글씨. 1980년 11월 22일 강원도와 평창군과 재경 강원도민의 후원으로 '강원 문우회'가 세웠다고 기명되어 있다. 그 기념비 위로 태기산의 구름이 떠돈다.

이윽고 봉평으로 들어가는 입구, 장평 인터체인지, 평창경찰서 장평 검문소에서 세운 '가산 이효석 묘 입구'라는 자연석 푯말이 정다움을 느끼게 한다. 한국도로공사에서 잘 가꾸어 놓은 잔디밭은 주변을 한결 아늑하게 한다. 남향한 얕은 언덕 솔밭 속에 「모밀꽃 필 무렵」의 작가 이효석은 누워 있다.

1942년 5월 25일, 뇌막염으로 평양애서 사망한 이효석은 그의 부친의 손으로 진부면 하진부리 논골에 매장되었다. 그러나 1973년 4월 영동고속도로 개설공사로 장평리 영동고속도로변으로 이장했었다. '가산 이효석 묘, 배 이경원 부좌(配李敬媛附左)'의 묘비명은 유진오 박사가 썼고, 아들 우현(禹絃), 딸 나미(奈美), 유미(溜美)와 손자, 외손자 이름과 1976년 7월 18일 제(題)라고 기록했다.

학창시절의 글벗이었으며, 한국 문단을 빛냈던 두 거성이 이효석의 무덤에까지 나란히 그 이름을 같이 했다. 이효석의 무덤 앞에 흐르는 장평천(속사천)과 허생원이 동이의 등에 업혀 건넜다는 노루목 고개가 보인다.

'봉평까지는 이십 리요, 대화까지는 삼십 리요, 진부까지는 오십 리의 지점'에 노루목 고개 늪이 있었다고, 이효석은 「늪의 신비(神秘)」라는 짧막한 글에서 회상했다. 이제는 없어진 노루목 고개 늪을 바라보면서 이효석은 고향의 하늘을 이고 누워 있다.

이제 모든 상황은 변했다. 이효석의 묘지는 어디론가(?) 사라졌고, 봉평에는 '효석공원' 조성사업이 진행되고 있다.

김유정 소설과 '브·나로드 운동'

1. 20세기, 한국 농민은 누구인가

20세기의 첫 해인 1900년의 우리나라 총인구는 5백 60만 8,151명이었으며, 호수는 1백 37만 9,630호. 1906년의 총인구는 1천 3백 2,309명이었으며, 호수는 2백 76만 5,878호였다. 1909년의 총인구는 1천 3백 9만 865명이었고, 호수는 2백 78만 7,891호였다.

1994년 통계청에서 발행한 『통계로 본 개화기의 경제·사회상』에 집계된 인구수의 기록은 20세기 초 10년간의 인구 변동이 8백만여 명 이상 증가한 것을 보여주고 있다.

19세기 말의 10년간은 우리나라 인구가 6백 50여만 명으로, 20세기 초기보다 더 많은 것으로 나타나고 있다. 1930년대에 이르면 우리나라 인구는 2천만여 명에 육박하게 된다. 정확히 1930년에 우리나라 총인구는 1천 9백 67만 명이었다.

1935년에 우리나라 인구는 비로소 2천 1백 24만 8,864명이 되었다. 당시 '2천만 고려족(高麗族)'이라고 일컬었던 것은 이 같은 인구 증가 추세를 반영하는 것이다. 1930년 총인구 2천여만 명 중에서 도시 인구는 5.6%, 농촌 인구는 94.4%였다. 1935년 총인구는 2천 1백만여 명이었을 때 도시 인구는 7.1%, 농촌 인구는 92.2%였다.

농촌 인구가 94.4%였을 때 이광수(李光洙)의 장편소설 「흙」이 발표되었고, 농촌 인구 92.2%였을 때 심훈(沈熏)의 장편소설 「상록수(常綠樹)」가 발표되었다. 김유정(金裕貞)의 단편소설 「소낙비」가 신춘문예에 당선된 때는 1935년이었다.

20세기 초 10년에서 30년에 이르는 기간 우리나라 전체 인구의 90% 이상이 도시 인구가 아닌 농촌 인구였음을 확인할 수 있다. 농촌 인구가 90% 이상을 차지하고 있다는 것은 당시의 한민족(韓民族) 대부분이 농민이었음을 증명해 주는 것이다. 환언하면 '한민족 = 농민'이라는 등식이 성립되며, 한민족 문제는 바로 농민의 문제라는 사실을 환기시켜 준다.

1930년 우리나라 전체 인구 1천 9백 69만 명 중에서 약 80%인 1천 5백 56만 명이 농업 인구라는 다른 통계도 있다. 농업 인구를 80%로 치부하더라도 '한국인 = 농민'이라는 등식이 결코 흔들리지 않는다.

농촌에서 유래되어 도시에서 토막민(土幕民)으로 전락한 인구와, 도시의 공사장 막일꾼으로 전락한 인구까지 합치면 농민의 수는 80%를 훨씬 넘어서기 때문이다. 여기서 농민의 문제, 농촌의 문제는 한민족의 문제, 한국의 문제였음을 직시할 수 있다.

당시 우리나라 농촌은 자작농이 감소하고 소작농이 증가일로에 있었다. 1910년대에는 순 소작농보다 자 소작 농가가 더 많았으며, 자작 농가와 자 소작 농가를 합치면 그 비율이 전체 농가의 60%를 넘었다. 그러나 1920년에는 26%로 떨어진 것이다.

일본의 식민지 지배 농업정책이 농촌을 착취하고 농민을 빈민화(貧民化) 시켰다. 당시 조선 인구 2천만여 명 중에서 1천 7백만여 명이 문맹(文盲) 상태에 있었다. 가난과 문맹이 겹쳐 농민은 천민(賤民)으로 전락할 수밖에 없었다.

1910년 일본에 의해 국권을 침탈당한 이후 우리 민족은 1919년

'3.1운동', 1929년 '광주학생운동'에 이르기까지 민족독립운동을 전개했다. 여기에 이어서 '물자보급운동'·'브·나로드 운동'으로 '민족계몽운동'을 전개하여 나아갔다. 이 '민족계몽운동'이 '농촌계몽운동'이며, '농촌상록운동'으로 부르는 것이다.

2. 한국적 '브·나로드 운동' 전개

나로드니키(narodniki)는 19세기 후반 러시아혁명운동에서 주도적 역할을 한 인텔리비겐차를 가리킨다. 나오(narod : 인민)에서 유래하며, 인민주의자로 번역된다. 그들은 전제(專制)와 농노제를 비판했고, 또 자본주의화를 반대했다. 농촌공동체를 기반으로 하는 농민사회주의 실현을 주장했다. 그들은 '브·나로드(인민 속으로)'에 호응, 수천 명의 청년 남녀가 인민(농민) 속으로 들어갔다.

러시아 이상사회를 건설하기 위해서는 민중(농민)을 깨우쳐야 하며, 1874년 러시아 청년학생들이 농촌으로 들어가 계몽운동을 전개했다. 이후부터 계몽운동의 별칭으로 '브·나로드(농민 속으로)' 라는 말을 사용했다.

일제의 식민통치에 저항하여 전개한 농촌계몽운동을 우리나라에서는 '브·나로드 운동'으로 불렀다. 특히 1931년부터 1934년까지 《동아일보》가 제4회에 걸쳐 전국 규모로 농촌에서 '문맹퇴치운동'을 전개하면서 '브·나로드 운동'으로 명명했다.

제3회까지는 '브·나로드 운동'으로 불렀고, 제4회에는 '계몽운동'으로 고쳐서 불렀다. 《조선일보》는 1929년 7월 14일부터 전국 규모의 '귀향남녀학생문자보급운동', 즉 '농민계몽운동'을 전개하면서 "아는 것이 힘, 배워야 산다"는 표어를 내걸었다. 《조선일보》의 이 표어와 '민중(농민) 속으로'라는 《동아일보》의 표어는

'농촌계몽운동'의 대명사가 되었다.

《동아일보》는 1928년 '브·나로드 운동'을 시작하려 했으나 일제의 탄압으로 무산되었다. 1931년에 시작, 1934년까지 4차례 '브·나로드 운동'을 전개하여 문맹 타파와 한글 보급운동을 벌였다.

'브·나로드 운동'은 한글 강습 외에 위생 강연, 학술 강연 등 광범위했으나, 주축은 문맹타파였다. 1931년 실시된 '브·나로드 운동'은 3개 대(隊)로 나누어 진행되었다.

① 학생계몽대(중학교 4~5학년생에 한하여 조선문 강습, 숫자
   강습)
② 학생강연대(전문학교 학생에 한하여 위생 강연, 학술 강연)
③ 학생기자대(기행, 일기, 척서[滌署], 풍경, 고향통신, 생활체
   험)

로 짜여졌으며, 교재와 대본은 《동아일보》에서 제공했다.

학생이 아닌 일반인들도 참여할 수 있게 하여 '별동대'를 편성했다. 제2회부터는 별동대도 모집, 종교단체, 수양단체, 문화단체(서당 포함)가 참가할 수 있도록 했다. 《동아일보사》가 1933년 7월 1일 발행한 한글학자 이윤재 지음의 『한글공부』의 예문을 보면 다음과 같다.

[역사]
동명성왕은 고구려 나라의 시조요, 온조왕은 백제 나라의 시조요, 박혁거세는 신라 나라의 시조올시다.
박제상은 신라의 충신이요, 을지문덕은 고구려의 명장입니다.
대조영은 조국 고구려를 회복하여 발해 나라를 세웠고, 왕건은 삼국을 통일하야 고려를 세웠습니다.
최영은 고려의 명장이요, 정몽주는 고려의 충신입니다.

세종대왕은 한글을 만드신 어른이요, 이순신은 거북선을 지으신 어른입니다.

《동아일보사》에서 발간한 학생계몽 대용 『일용계수법(日用計數法)』을 1933년 6월 20일 백남규 지음으로 3판을 펴냈는데, 그 '머리말'과 「수노래」에서 당시의 계몽운동의 내용을 알아볼 수 있다.

[머리말]
여러분 다음에 보인 것이 무엇입니까? 21058305 명. 이것은 우리 조선 인구 수(朝鮮人口數)랍니다. 이중에 한문으로서 이것을 보시고도 얼마나 되는 줄을 모르신다면 될 수 있습니까! 그러므로 우리는 이것을 만들어서 여러분께 드리는 것입니다. 우리도 남과 같이 알아 나갑시다. 15,7,1931(저자)

[수노래]
① 1234 5678 90의 숫자
이것을 모든 것을 셀 수 있다네
아아, 이것을 알아야 한단다!

② 보태기나 빼는 것은 가감법이며,
곱치거나 쪽내는 것은 승제법이네
아아, 이것이 계산법이란다!

③ '메돌'자대 '리돌'되와 '그람'의
저울은 세상의 사람들이 써 나간다네
아아, 우리도 세계인이란다!

한들의 시, 박경호의 곡으로 되어 있는 「수노래」는 일상생활에서 일용할 수 있는 계수법을 익히도록 한 것이다. "연습으로 '메돌', '그람'은 무엇입니까. 당신의 키는 몇 메돌쯤 됩니까. 《동아일보》에서 '하기농촌계몽(브·나로드)운동'을 발표하던 신문에 00호나 쓰였으니 처음부터 지금까지 몇 째란 뜻입니까." 등의 문제를 내놓고 있다.

학생 계몽대(啓蒙隊)용의 『한글공부』 말미에는 이갑의 「문맹타파가」도 소개되어 있다.

> 귀 있고도 못 들으면 귀먹어리요
> 입 가지고 말 못하면 벙어리라지
> 눈 뜨고도 못 보는 글의 소경은
> 소경에도 귀먹어리 또 벙어리라.

「문맹타파가」는 단순한 개인의 문맹을 넘어서 민족의 문맹이 가져올 사태까지도 암시하고 있다. 당시의 '브·나로드 운동'의 실상을 「문맹타파가」가 그대로 보여준다.

러시아의 '브·나로드 운동'은 외세의 침략과 관계없이 러시아 내부의 봉건제도, 농노제도를 없애고 러시아를 이상향으로 만들려는 것이었다. 그러나 한국의 당시 '브·나로드 운동'은 일제 식민 지배를 극복하고 민족(농민) 갱생을 그 목표로 했다. 바로 여기에서 한국적 '브·나로드 운동'이 시작된다.

3. 춘천 실레마을의 〈브· 나로드 운동〉

《동아일보》 '브·나로드 운동'의 통계자료는 미처 챙기지 못했다. 그러나 1929년 "아는 것이 힘, 배워야 산다!" "가르치자! 나아는 대로!"라는 구호로, 《조선일보》 '문자보급운동'에 참여한 학생들의 수는 490명, 여름방학에 문맹을 퇴치한 수는 2,849명으로 집계되어 있다. 그러나 보고되지 않은 문맹 퇴치자 수는 1만 명에 이르렀을 것으로 추측되고 있다.

1930년 '문자보급운동'에 참여한 수는 900명, 참가한 학교 수는 46개교였다. 남학교 중에서는 휘문고보·양정고보·중동고보·배제고보·경신고보 학생이 많이 참가했고, 여학교 중에서는 진명여고·이화여고·숭의학교 여학생들이 많이 참여했다.

1929년 휘문고보를 졸업했던 김유정은, 휘문고보 학생들의 '문자보급운동(문맹퇴치운동)', '촌계몽운동'에 대해서 알고 있었다. 1930년 연희전무학교에 입학했다가 자퇴하고, 1931년 보성전문학교에 입학했다가 역시 자퇴한 김유정은 고향 춘천 실레마을로 내려와 야학당(夜學堂)을 열었다. 농우회·노인회·부인회도 조직하고, 농우가(農友歌)를 지어 부르게 했다. 그는 《동아일보》의 '브·나로드 운동' 교재를 사용했지만 실레마을에 알맞게 독창적으로 야학을 진행했다.

1931년, 처음에 김유정의 집 앞과 과수원에 움막을 지어 야학당으로 사용했다. 후에 움막 야학당에 불이 나서 폐쇄하고, 함(咸)씨네 사랑방을 이용했다. 1932년 금병의숙(金屛義塾, 지금의 마을회관)을 건립하고, 간이학교로 인가를 받았으며, 느티나무를 심었다. 이때는 《동아일보사》의 '브·나로드 운동'이 열기가 한창 달아오를 때였다. 김유정의 실레마을 〈브·나로드 운동〉은 조카 김영수(金永壽)와 마을 청년지도자 조명희(趙明熙)가 함께 도왔다. 실레마을 '농촌계몽(상록)운동'은 세 사람이 힘을 합했으므로 마을의 '공동체운동'이 어렵지 않게 이루어졌다.

김유정은 야학당에 모이는 학생들과 청년들을 모아 농우회를 조직했다. 또한 노인회, 부인회를 조직해서 '농촌생활개선운동'도 함께 폈다. 농우회를 활성화하기 위해서 「농우회가(農友會歌)」를 지었고, 함께 부르도록 했다. 김유정의 작사로, 곡은 러·인·아일랜드 후렴의 한 소절을 원용했다.

김영수가 증언한 「농우회가」는 다음과 같다.

① 거룩하도다. 우리의 집 농우회
손에 손 잡고 장벽 굳게 모이었네.

② 흙은 주인을 기다린다
나시나 호미를 들고.

그리고 조문희는 「농우회가」를 다음과 같이 기억했다.

거룩하도다 우리의 집 농우회
손에 손잡고 장벽 굳게 모였네

흙은 우리를 기다린다 나서라
머리를 들어라 그 호미를 밀으며

금병의숙의 제자였던 김태섭(金泰燮)은 「농우회가」를 거의 완벽하게 기억했다.

거룩하도다 우리의 집 농우회
손에 손잡고 장벽 굳게 모이었네

흙은 주인을 기다린다
나서라 호미를 들고

지난 엿새 동안에 힘 다해 공부하고
오늘 일요일 또 합하니 즐거워라

삼삼오오 작반하여 교외산보를 나가
산수 좋은 곳을 찾아 시원히 씻어 보세.

김유정은 또 학생들에게 이런 노래도 가르쳤다.

금병산이 반락인데
붉은 안개 돌아들고
장사고지 완연한데
용마무덤 적적하라

녹수청산 깊은 곳에
잔잔한 물결은
태평양을 목적하고
주야로 스르네

청년들아 하나씩 둘씩

청수 성대하는 성공 너에게 있도다

강남제비 돌아와서 봄은 왔건만
임은 어이 이 봄 온줄 모르니는지
꽃이 피고 새가 울면 오시마 하더니

꽃이 지고 새가 가도 왜 아니 오시나

　김유정의 제자들이었던 조문희·김태섭·김만세 등이, 1978년 2월에 그때를 회고 노래의 가사를 들려주었다. 그때 야학에서 공부하던 방식도 기억해 냈다.
　이를테면, "그너드러 아야어여, 내리꽂는 소리 ㄱ(기역), 반작 듣는 소리 ㅇ(이응)" 하는 식으로 가르쳤다는 것이다. 실레마을의 '브·나로드 운동'은 김유정에 의해서 주도되었고, 1931년부터 1932년까지 고향 실레마을 계몽에 정성을 쏟았다.

4. 농촌 상록운동에 대한 증언

　김유정의 실레마을 '상록운동'에 대한 증언은 김유정 자신과, 조카 심영수와 친구인 소설가 안회남(安懷南)의 증언에서 그 실상을 확인할 수 있다. 김유정의 단편소설 「솥」은 '상록운동'에서 모티브를 찾았다.

> 　오늘밤이 농민회 총회임을 고만 정신이 나빠서 깜빡 잊었언 것이다. 한번 회에 안 가는데 궐전이 오전, 뿐만 아니라 공연한 부역까지 안담이 씌우은 것이 이 동리의 전례이었다.(중략)

> 　하지만 농민회가 동리에 청년들을 말끔 다 쓸어간 그것만은 여간 고마운 일이 아니었다.
> 　오늘 밤에는 술집에 가서 저 혼자 들병이를 차지하고 놀 수 있으리라.
> 　　　　　　　　　　　　　　　　　　　　　　　－ (「솥」 일부)

김영수는 「김유정의 생애」에서 김유정의 '상록운동'을 구체적으로 증언하고 있다.

　　곧이어 노인회와 부인회를 조직해 회합마다 농우회가를 부르게 하고, 마을사람들의 민주사상 계몽에 전력을 경주하였습니다. 이 사업을 중년층의 절대적인 협조를 얻어 순조롭게 진행되었습니다.

　　겨울에는 공회당 건축기성회가 동민을 동원하여 설중(雪中) 벌목을 시작했습니다. 그에 소요되는 일체의 재목은 그(유정)가 제공한다는 조건으로였습니다. 꽤 많은 재목을 소비했는데 형(유근)에 대하여 일언반사 불평을 하지 않은 것은 특기할 만한 일입니다. 열성으로 나선 그(유정)를 그(유정)와 조카(영수)와 협력자 조병희의 노력으로 늦여름에 낙성되었습니다.

　　그렇게 되니 농민들이 그의 의도하는 바를 짐작하고 동조하였습니다. 농우회가 목적하는바 도박과 음주를 금하고 기풍을 진작하여 상호 협조하는 정신을 함양하도록 하였습니다.

　　　　　　　　　　　　－ (김영수의 「김유정이 생애」 일부)

휘문고보에서 같이 배우고, 소설가로 등단하여 당시 크게 활약했던 안회남은 「겸허 － 김유정전」에서 김유정의 '상록운동'을 또한 증언하고 있다.

　　유정이 고향 춘천에서 동리에다 강당을 지어놓고 마을의 빈한한 집 아이를 수십 명을 모집하여 글을 가르친 일이 있었다. 월사금을 받지 않고 오히려 아이들에게 책값과 학용품대를 주어 공부를 시킨 것으로 물론 강당도 유정이 제 돈을 들여 지었다.

춘천 실레마을에서의 김유정의 '상록(계몽)운동'은 고향을 살리려는 마음, 고향을 살찌게 하려는 마음, 궁극적으로는 식민지시대

민족갱생의 거름이 되고자한데서 비롯되었다. 농촌을 갱생시키는 것이 나라를 갱생시키는 것이며, 농민을 갱생시키는 것이 민족을 갱생시키는 것이라 믿었다. 김유정은 소설가가 되기 이전에 농촌계몽운동가가 되었으며, 그것은 「김유정의 생애」에서 증언되고 있다.

> 그래서 마을 술집에는 손님이 없고, 싸움하는 자가 줄었습니다. 특히 이웃 간에 억지 쓰는 자가 있으면 회(농우회)의 압력을 받게 되어 자연히 그 버릇이 없어졌습니다. 집을 지어 곁방살이를 입주시켰습니다. 동네 공동자금으로 저리 금융토록 했습니다. 성냥, 빨래비누, 석유 등, 생활필수품을 공동구입하여 염가로 공급했습니다. 전답을 공동 경작하여 단체성을 체득케 했습니다.

김유정이 실레마을에서 벌였던 '브·나로드 운동', '농촌상록(계몽)운동'에서 우리는 '조국근대화운동'의 근간이 되었던 '새마을운동'의 전신을 본다. 농촌계몽운동, 새마을운동의 선구자였다. 김유정의 '브·나로드 운동'은 그의 농촌소설, 농민소설의 모티브가 되었다.

김유정 소설 「동백꽃」의 미학

1. 청평산 고려정원의 동백꽃

춘천군 신북면 청평리 청평산(淸平山) 계곡에 고려정원(高麗庭園)이 조성된 것은 고려 선종 6년(1089)이었다. 고려 광종 23년(973) 청평산 계곡에 백암선원이 창건되었고, 문종 23년(1069)에는 백암선원 터에 보현원이 재창되었다.

이 보현원을 중수하여 문수원(文殊院)이라 했고, 이때 청평산 계곡에 고려정원이 조성되었던 것이다. 중국 송(宋)나라 사신으로 고려에 왔던 서긍(徐兢)이 『고려도경』에서 "돌을 쌓아 산을 만들고 앞마당에 물을 끌어들여 연못을 만든다(疊石成山庭除之際引水爲沼)"라고, 고려시대의 정원의 특색을 말했다. 그 같은 고려정원이 청평산 계곡에 조성되었다. 고려정원은 한국 정원의 전통을 이었고, 한국 조경예술의 극치를 이루었다.

청평산의 야외정원, 고려정원 영지(影池)를 중심으로 250m 정도의 길이로 조성되었으며, 넓은 곳이 50m 내외, 좁은 부분이 20m 정도이다. 지형에 따라 축석(築石)을 했으나, 대체로 자연지형을 그대로 살려 변화 있고 교묘한 경관을 꾸며 놓았다.

자연 그대로의 돌을 지형과 어울리도록 짝을 지어가면서 평면적으로 배치하여 아름다운 자연경관을 구성하는 한국적인 야외정원 조성법을 살렸다. 신라 안압지의 자연석을 앉히는 수법이 고려 청평산 계곡의 고려정원에서 정교하게 발달했었다.

청평산 계곡의 고려정원 수법은 200년 후에 일본으로 건너가 가라센수이(枯山水)라고 불리는 정원 조성법이 되었다. 초기 가라센수이에 의해 꾸며진 것이 일본 경도(京都) 서방사(西芳寺)의 축조된 정원으로 알려지고 있다.

우리나라 야외정원의 전통미를 계승 발전시킨 청평산 계곡의 고려정원에는 계곡 상류의 물을 막아 물길을 자연스럽게 내었다. 끌어들인 물로 연못을 만들었고, 연못에 3개의 큰 돌을 앉히고 사이에 갈대를 심어 단순하면서도 오묘한 한국정원의 전형을 살려 놓았다.

물길이 약하게 흐르도록 자연석을 쌓았고 주변에는 석실(石室)도 만들었다. 그 주변에는 또 동백꽃 군락지를 조성했다. 이 고려정원의 동백꽃 군락지는 야외정원에 동백꽃으로 경관을 조성한 최초의 기록이다. 동백꽃 군락지가 조성됨으로써 청평산 계곡의 고려정원은, 비로소 야외정원의 향토성 토착성을 동백꽃으로 표상하는 최초의 우리나라 정원이 되었다. 한국적 야외정원의 자연사상과 조경예술이 노란[黃梅] 동백꽃과 어우러지게 된 것이다.

2. 이자현과 동백꽃의 토착정서

청평산에 문수원과 고려정원을 조성한 이자현(李資玄)은, 우리나라 역사상 권력으로부터 도피했던 인물의 모델이 되고 있다.

이자현은, 사촌인 이자의(李資義)와 이자겸(李資謙)이 권세를 전횡할 때 마음만 먹었다면 권력의 정상에 오를 수 있었다.

그러나 그는 권력의 중심에서 탈출하여 청평산에 숨어버렸다. 처음에 그가 숨은 산의 이름이 경운산(慶雲山)이었는데 청평산으로 고쳐버린 것에서도 권력으로부터의 도피의지가 어떠했는가를 유추할 수 있다.

이자현의 권력으로부터의 도피에 대해 청평산을 지나던 이퇴계(李退溪)는 이렇게 비평했다.

"자현은 큰 공신의 가문에서 자라나 풍류가 그 당시에 가장 뛰어났었고, 또 일찍이 벼슬하여 빛나고 중한 자리에 올랐었다. 그가 부귀를 구하고 청자(靑紫)를 취하기는 마치 땅에서 떨어진 지푸라기를 줍는 것과 같이 쉬웠는 데도 불구하고 능히 영화를 하직하고 지위를 피하여, 탁하고 더러운 속세를 매미가 껍질을 벗듯이 멀리 떠나, 고결하게 만물의 밖에서 놀아 이 산에서 37년 동안이나 오래 머물렀다. 임금이 겸손한 말과 후한 예로 불렀으나 그 절개를 굽히지 못하였고, 천사(千嗣)와 만종(万鐘)도 그 마음을 움직이지 못하였으니, 그 마음에 즐거워하는 바가 없는 사람으로서 어찌 그럴 수가 있겠는가."

이퇴계는 『동국통감(東國通鑑)』을 읽다가 느꼈던 바, 이자현에 대한 숭배와 찬사를 기록했다. 이것이 이자현의 권력으로부터의 도피에 대한 역사의 실상이다. 권력으로부터 도피했던 터, 고려 정원에 노란 동백꽃 군락지를 앉혔다. 노란 동백꽃은 권력으로부터의 도피라는 상징적인(?) 꽃이 되었다. 이자현과 연계된 동백꽃의 토착정서는 1천여 년간 이 땅에 스며들었다.

노란 동백꽃은 본래 생강나무라고 부른다. 가지를 꺾으면 생강 냄새가 난다. 시골에서는 생강나무를 잘게 깎아서 이쑤시개로 쓴다. 이때도 물론 생강 냄새가 난다. 이 생강 냄새가 난다고 해서 생강나무라고 하는 것이다. 전국의 산야에 자생하는 활엽관목이다. 생강나무의 키는 3m 정도, 표고 100~1,600m 사이에 널리 분포되어 있다.

추위에도 강하고 건조한 기후에도 강하다. 소금기에도 강해서 동해안 바닷가에서도 잘 자란다. 특히 계곡이나 바위 틈에서 잘 자란다. 그러나 옮겨 심으면 잘 자라지 않는다.

진달래꽃이 우리의 산하를 붉게 물들일 때 노란 동백꽃, 생강나무는 진달래보다 키가 두 배나 큰 가지 위에 노란 꽃망울을 맺었다가 활짝 피운다. 노란색 꽃은 앙상한 가지에 마치 수를 놓은 듯 아름다우며, 달걀형으로 뭉쳤다가 공처럼 둥글게 꽃잎을 두루뭉수리로 펴놓는다.

잎보다 먼저 피는 노란 동백꽃의 열매는 처음에는 녹색이었다가 점차 노랗게 변하고, 다시 빨갛게 변하고, 또다시 흑색으로 익는다. 이 까만 열매를 따서 기름을 내면 머릿기름이 된다. 남쪽지방에서 붉게 피는 동백처럼 그 열매를 머릿기름으로 이용하기 때문에 동백나무라는 이름이 따로 붙었다. 우리나라 중부지역에서는 그래서 생강나무를 동백꽃이라고 부르고, 동백꽃을 생강나무라고 부른다.

붉은 동백꽃은 전혀 중부지역의 향토성과 토속성과는 무관하다. 생강나무 동백꽃은 노란 색깔이므로 한자로 그 이름을 표기할 때는 황매(黃梅), 황매목(黃梅木), 단향매(檀香梅)로 적는다. 생강나무 ⇨ 동백꽃 ⇨ 황매가 노란 동백꽃 이름이 정착해온 과정이고 또한 동백꽃의 토착정서이다.

노란 동백꽃의 토착정서는 이자현으로부터 비롯되고, 김유정의 소설 「동백꽃」에서 구체적으로 형상화된다. 환언하면 춘천지방의 동백꽃의 토착정서는 이자현으로부터 시작되어 김유정에 이르러 완성된다. 그곳이 구체적으로 형상화된 것이 김유정의 소설 「동백꽃」이다.

3. 노란 동백꽃의 형상화

「동백꽃」은 1936년 《조광(朝光)》지 5월호에 발표된 김유정의 대표적인 단편소설 중의 하나이다. 실제로 「동백꽃」이 탈고된 것은 1936년 3월 24일이었다(* 김유정은 대부분의 작품에 탈고 연월일을 기록해 두었다).

「동백꽃」의 제목 앞에는 농촌소설이라는 표식을 해두었다. 「동백꽃」의 실제 무대는 김유정의 고향 실레마을이었고, 실레마을 앞 동쪽에 우뚝 솟은 금병산이었다. 김유정은 어렸을 때 금병산 산자락의 땅 냄새를 맡으며 금병산 골짜기를 돌아다녔다. 야학당 '금병의숙'을 세울 때 금병산에서 베어온 나무를 재목(材木)으로 사용했다. 금병산은 김유정의 요람이었고 보금자리였다.

그리하여 금병산이 모든 것은 그의 것이 되었다. 김유정의 농촌을 무대로 한 소설들은 그 무대가 바로 실레마을이었고, 금병산이었다. 금병산의 골짜기였고, 앞뒤로 펼쳐진 들판이었다.

그의 작품 속의 무대가 되는 피폐한 농촌- 그 농촌은 바로 금병산 산자락에 늘려 있었다. 그런데 그 실레마을 금병산 산자락에 진달래꽃이 지천으로 피었고, 동백꽃도 지천으로 피었다. 실레마을 금병산의 동백꽃은 김유정의 소설 「동백꽃」이 되었다. 김유정의 소설 「동백꽃」으로 변용된 것이다.

「동백꽃」은, 지주 집 딸 '점순이'가 어떻게 소작농의 아들 '나'를 정감이 넘치게 사랑의 포로가 되게 했는가를 이야기의 줄거리로 하고 있다. 나와 점순이는 열일곱 살의 동갑내기이지만 나는 소작농의 아들이고 점순인 지주의 딸이다.

점순이는 곤란한 일만 골라가면서 나를 골탕먹인다. 그런 점순이, 나에게 구운 감자를 넘겨준다. 내가 거절한다. 거절한 후부터 점순이는 더욱 나를 골탕먹인다. 점순이는 나의 집 수탉을 잡아다가 자기 집 수탉과 싸움을 붙여 반죽음까지 시켜놓는다. 나는 초죽음이 된 수탉을 찾아다가 고추장을 먹여 힘을 내게 한다. 어느 날 산(금병산)에서 나무를 해가지고 내려오는 길이었다. 그 길목에서 다 큰 처녀인 점순이가 퍼질러 앉아서 호드기를 불고 있는 것이다. 거기에는 동백꽃이 노랗게 피어 있었다. 싸움에 진 수탉, 고추장을 먹여서 겨우 힘을 내게 한 그 수탉을 붙잡아다가 놓고 싸움을 시킨 것이다. 이제 정말로 수탉이 죽게 되었다. 나는 달려들어 점순이네 수탉을 때려 죽여 버렸다. 그때 점순이가 나에게 달려든다. 점순이가 복장을 때리니 나는 벌렁 자빠졌다. 그러면서 생각한다. 이제 소작농의 땅이 떨어져나가고 집도 내쫓기고. 나는 '엉' 하고 울어버린다. 그 때 점순이가 '안 그럴 테냐'고 족친다. 나는 무슨 영문인지도 모르고 '안 그럴 터이다'고 대답한다. 점순이는 나에게로 쓰러지면서 둘이 함께 노란 동백꽃 속으로 파묻힌다. 알싸한, 그리고 향긋한 그(동백꽃) 냄새에 땅이 꺼지는 듯이 온 정신이 그만 아찔하였다.

지주의 딸 점순이가 적극적이고 저돌적인 여성형이라면, 소작농의 아들인 나는 소극적이고 우둔한 남성형이다. 김유정 소설에 등장하는 맹렬여성, 즉 생존에 적극적인 여성, 사랑에 적극적인 여성형이다. 점순이는 소극적이고 우둔한 소작농의 아들인 나로부터 어떻게 하든지 사랑을 확인케 하려하고 사랑하도록 유혹한다. 나의 입장에서 보면 고약한 처녀의 행패이다. 그러나 처녀인 점순의 입장에서는 행패가 아니라 내가 너를 사랑하는 것을 왜 몰라주느냐? 이런 식이다. 점순이의 행패는 웃음을 머금게 하고 나의 어수룩함에 대해서도 웃음을 머금게 된다. 그래서 점순이의 사랑의 행패(?)에서 전연 악의가 느껴지지 않으며, 나의 우둔함에서 미움을 느끼지 않는다. 그러니 점순이의 행동에서 미소를 금치 못하게 되며 익살을 느끼게 되고, 해학미를 발견하게 된다. 우둔하게 당하는 나의 행동에서도 미소가 절로 나오며, 익살스럽게 느끼게 되고 독특한 해학을 읽게 된다. 점순이와 나의 사춘기적 사랑이 웃음을 자아내게 한다.

일제 식민지 하의 피폐한 농촌, 궁핍한 농촌에서도 사랑은 솟아나고 생명은 솟아난다. 그 분위기를 만들어내는 상징기호가 노란 동백꽃이며, 또 알싸한 동백꽃 냄새이다. 그래서 동백꽃은 사랑의 꽃으로, 동백꽃 기름은 사랑의 유약으로, 생강나무 냄새는 사랑의 향기로 그 상징기호를 만들어낸다. 노란 동백꽃이 만들어내는 사랑의 상징기호가 탁월한 토착어의 감각으로, 빈틈없는 문장으로, 독특하나 정감이 넘치는 해학으로 형상화된다. 그것이 김유정이 창조한 '동백꽃'의 세계이다.

만약에 김유정의 소설 「동백꽃」에 '알싸하고 그리고 향긋한 그 냄새'가 존재하지 않았더라면 어떻게 되었을까. 어떤 결과를 가져왔을 것인가. 향토성의 정감, 토착어의 정서는 메마를 수밖에 없었을 것이다. 촉촉하게 녹아드는 토착적인 것이 사라지고 드라이한 도시적인 것이 판을 쳤을 것이다. 사랑과 화해는 공허한 것이 되고 말았을 것이다. 노란 동백꽃의 색깔과 알싸하고 향긋한 냄새는 사랑과 화해를 약속하는 상징기호이다. 여기에 봄이라는 계절이 동백꽃의 노란 색깔과 알싸하고 향긋한 냄새와 삼위일체를 이룬다.

독자는 내가 점순이의 사랑을 알아차리지 못하고 끝까지 싸움을 거는 행동을 들여다보고 웃음을 머금게 된다. 점순이의 비속어가 쏟아지고 반어가 쏟아지는 말투가 사랑의 역설적인 표현이라는 것을 알아차리지 못한 나의 우둔함이 웃음을 자아내게 한다. 이 반어에서 오는 웃음을 독자는 즐겁게 느낄 수 있다.

이런 비속어와 해학이 자칫 말장난이나 흥미 본위로 떨어질 요소가 없지 않다. 그러나 김유정은 노란 동백꽃이라는 토착어의 정서를 배경에 깔고, 피폐한 농촌, 궁핍한 농촌의 지주와 소작농이라는, 절실하고 무거운 문제를 배경에 깔고 있기 때문에 해학정신이 결코 손상을 입지 않는다.

이자현이 청평산 고려정원에 심었던 노란 동백꽃의 토착정서가 김유정의 실레마을 금병산의 동백꽃으로 형상화되면서 소월의 진달래꽃처럼 동백꽃은 탁월한 토착어의 감각을 획득하게 된다. 그것이 빨간 동백꽃이 아니라 노란 동백꽃이라는 것도 새로운 지적 영역으로 확대된다. 독특하고 정감이 넘치는 해학이 동백꽃의 분위기를 감싸고 있다.

제3부
국토와 문학

화랑도와 금강산 문학

1. 금강산 순례의 통과의례

화랑도의 금강산 문학은 두 가지로 분류할 수 있다. 하나는 화랑도들이 직접 금강산을 읊고 표현한 문학이며, 다른 하나는 화랑도들의 금강산 순례와 그 현장과 관련된 사건들을 고려, 조선 왕조를 거치면서 끊임없이 표현되었던 문학이다.

전자는 융천사의 「혜성가」에서 요원랑(僥元郎) 등의 「현금포곡(玄琴抱曲)」에 이르기까지 작품 수는 그렇게 많지 않으나 금강산이 그 모티브가 되며, 또 배경이 되었던 사실이 명료하게 그려져 있다. 후자는 이곡(李穀)의 「동유기(東遊記)」에서 최익현(崔益鉉)의 「사선정차판상운(四仙亭次板上韻)」에 이르기까지 다양하고 수많은 사람들의 시가와 기행문으로 그려져 있다.

화랑도의 금강산 문학은 화랑도의 금강산 순례 통과의례(通過儀禮)가 그 배경이 되고 있다. 화랑도의 통과의례로 베풀어졌던 금강산 순례의 배경은 「삼국사기」 신라 본기 제4 진흥 왕조의 화랑도 발생 기록과 「삼국사기」 제47, 열전 제7의 김흠운(金歆運)조에 구체적으로 제시되어 있다.

진흥왕 37년(576) 봄에 비로소 원화(源花)를 받들었다. 처음에 임금과 신하들이 인물을 알아볼 수 없음을 근심하여 무리들이 모여서 떼지어 놀게 하여, 그 행실을 본 후에 뽑아 쓰고자 하여, 마침내 아름다운 여자 두 사람을 뽑았다. 한 사람은 남모(南毛)라 하고, 한 사람은 준정(俊貞)이라 했는데, 모인 무리는 3백여 명이었다. 그러나 두 여인은 아름다움을 다투다 서로 질투하게 되어, 준정이 남모를 제 집으로 유인해 와서 굳이 술을 권하여 취하게 되자 끌어다가 강물에 던져서 죽여 버렸다. 그래서 준정은 사형에 처해지고, 무리들은 화목을 잃고 흩어지고 말았다. 그 후에 다시 얼굴이 아름다운 사내를 뽑아 이를 곱게 꾸며서 화랑(花郎)이라 이름하여 받들게 했는데, 무리들이 구름처럼 모여들었다. 그들은 혹 도덕과 의리로써 서로 연마하고, 혹 노래와 음악으로써 서로 즐겼으며, 산과 물에서 노닐고 즐겨 멀리 가보지 않은 곳이 없었다. 이로 말미암아 그 사람들의 간사함과 정직함을 알게 되어 착한 이를 뽑아서 그들을 조정에 추천했던 것이다. 그러므로 김대문(金大問)의 「화랑세기(花郎世記)」에는 "어진 보필(輔弼)과 충성스러운 신하가 여기에서 나오게 된다."고 했고, 최치원의 「난랑비 서문(鸞郎碑序文)」에는 "나라에 심오하고 미묘한 도(道)가 있는데 풍류(風流)라 한다."고 했다.①

신라 사람들은 인재를 알지 못함을 근심하여 사람들에게 떼 지어 모여 놀게 하여, 그 행실을 잘 관찰한 후에 이들을 천거하여 쓰려고 했다. 마침내 용모가 아름다운 남자를 뽑아 겉모습을 꾸며서 화랑이라 명칭 하여 받들게 했더니 무리들이 많이 모여들었다. 혹은 도의를 서로 갈고 닦으며 혹은 노래와 음악을 서로 즐기고, 산수를 유람하여 먼 곳에도 이르지 않는 데가 없었다. 이로 말미암아 그 사람의 사곡(邪曲)함과 정직함을 알아내어 뽑아서 조정에 천거하게 되었다. 때문에 김대문은 "어진 재상과 충성스러운 신하가 여기에서 뽑혀 나오고, 훌륭한 장수나 용맹스런 군사가 이에서 생겨 나온다."고 한 말은 이를 이름이다. 신라 역대의 화랑은 무려 2백여 명이나 되었는데, 빛나는 이름과 아름다운 사적은 상세함이 그 전기에 나타남과 같다. ②

진흥왕 조의 화랑도 발생기록 ①과 김흠운 조의 화랑도 규번기록 ②에서 세 가지 통과의례를 확인할 수 있다.

첫째, 화랑도들은 도덕과 의리를 서로 연마했다. 상마이도의(相磨以道義)가 그것이다. 둘째, 화랑도들은 노래와 음악으로써 서로 즐겼다. 상열이가락(相悅以歌樂)이 그것이다. 셋째, 화랑도들은 산과 물에서 노닐고 즐겨 멀리 가보지 않은 곳이 없었다. 유오산수무원부지(遊娛山水 無遠不至)가 그것이다.

도덕과 의리를 서로 연마하면 자연스럽게 사회와 국가가 요구하는 충군(忠君)·애국(愛國)·효도(孝道)·우정(友情) 등의 신의(信義)를 갖추게 된다. 노래와 음악으로써 서로 즐기게 되면 자연스럽게 문학예술 등의 소양을 갖추게 된다. 산과 물에서 노닐고 즐기게 되면 자연스럽게 자연사랑, 국토 사랑, 나라 사랑의 체험을 갖게 된다. 화랑도와 금강산 문학은 통과의례 중의 하나인 산과 물에서 노닐고 즐겨 멀리 가보지 않은 곳이 없었다는 사례에서 비롯된다.

화랑도의 '산수유오(山水遊娛)'는 신체단련, 극기훈련, 국토여행과 같은 것에 의례(儀禮)적이고, 종교(宗敎)적인 의미도 포함되었을 것으로 볼 수 있다. 신라에서는 '오악삼산(五嶽三山)'의 신(神)을 숭배했다. 산을 신성시하는 산신신앙(山神信仰)이 민간신앙에서 국가신앙으로 거행되었다. 산천을 신성스럽게 숭배했으므로 화랑도의 산천순례를 성스러운 화랑도 통과의례의 조건으로 삼았던 것이다.

금간산 순례는 화랑도의 통과의례로서 충실히 행해졌다.

「금강산 문학, 민족문학의 요람」에서 제시한 신라 융천사의 「혜성가」와 금강산 순례, 부예랑과 안상의 금강산 순례가 그 사례이다. 일연(一然)의 「삼국유사(三國遺事)」 기이(起異) 제2

'48대 경문대왕(景文大王) 조의 국선(國仙:화랑) 요원랑·예흔랑(譽昕郎)·계원(桂元)·숙종랑(淑宗郎) 이야기에 '금강산 순례와 금강산 시가(詩歌)에 대한 구체적 사례가 또한 제시되어 있다.

"국선·요원랑·계원·숙종랑 등이 금란(金蘭, 강원도 통천)을 유람할 때 은근히 임금을 위하여 치국(治國)의 뜻을 가졌다. 그래서 노래 3수를 짓고 다시 심필사지(心弼舍知, 신라 관등) 제[도위]를 시켜 침권(針權, 공책)을 주어 대거화상(大炬和尙)에게 보내어 노래 3수를 짓게 하니, 첫째는 현금포곡(玄琴抱曲)이요, 둘째는 대도곡(大道曲)이요, 셋째는 문군곡(問群曲)이었다. 돌아가 왕께 아뢰니 왕이 크게 기뻐하여 칭찬하고 상을 주었다. 노래는 미상이다."

부예랑과 안상 등이 지금의 원산만 지역까지 순례하고 요원랑과 예흔랑, 그리고 계원과 숙종랑 등이 지금의 통천지역까지 순례했다는 역사적 사실이 확인됨으로써 화랑도의 금강산 순례는 떼려야 뗄 수 없는 통과의례로 자리 잡았음을 보여주는 것이다.

2. 「혜성가」에서 「현금포곡」까지

신라 화랑 거열랑(居烈郎) 등 세 화랑이 낭도들을 이끌고 풍악(楓岳 금강산) 순례의 길을 떠나려고 하는데 혜성이 나타나므로 융천사가 향가 「혜성가」를 지어 부르니 혜성이 사라졌다. 세 화랑은 금강산을 순례했다.

신라 화랑 부예랑은 안상과 함께 무리 1천여 명을 이끌고 금란(통천)을 지나 북명(원산지역)까지 갔다가 협적(挾賊)에게 붙잡혔다. 신적(神笛)인 만만파파식적(萬萬波波息笛)의 힘으로 서울(경주)에 돌아왔다. 부예랑은 대각간(現 : 국무총리)이 되었다.

신라 화랑 요원랑과 예흔랑·계원·숙종랑은 금강산 순례길에서 「현금포곡」·「대도곡」·「문군곡」을 지었다. 그들이 지은 노래는 미상이지만 창작 조건으로 보아 충성심, 애국심 등 화랑 5계와 관련된 내용이었을 것으로 추론할 수 있다.

태종왕 대에 시인(詩人)이 지은 「양산가(陽山歌)」, 효소왕 대에 득오(得烏)가 지은 「모죽지랑가(慕竹旨郎歌)」, 경덕왕 대에 월명사(月明師)가 지은 「도솔가(兜率歌)」, 경덕왕 대에 충담사(忠談師)가 지은「찬기파랑가(讚耆婆郎歌)」 등은 화랑과 관계된 시가들이다.

금강산 순례와는 무관하지만 화랑도의 통과의례 및 생활상 활약상을 엿볼 수 있는 내용을 담고 있다. 화랑도의 금강산 순례를 통해서 지은 문학작품은 얼마 남아 있지 않다. 그러나 금강산을 순례한 화랑도들과 그들이 순례한 금강산에 대해서 수많은 문학작품이 제작된 것에서 금강산 문학의 실제를 더듬어 볼 수 있다.

3. 사선 문학의 공간과 시간

사선문학(四仙文學)은 금강산을 순례했던 화랑인 술랑(述郞)·남랑(南郞)·영랑(永郞)·안상(安詳) 등과 관련된 문학이다. 사선문학의 공간은 금강산을 중심으로 통천·고성·간성·양양·강릉 등 동해안 지역이 그 대상이며, 시간은 고려시대부터 조선 왕조시대와 현대까지 그 영역이 되어 있다.

사선랑(四仙郞)에 대한 기록은 많지만, 구체적 사항은 역사상의 실재를 파악할 수 있는 정도를 크게 벗어나지 않는다.

"삼일포(三日浦)가 고성 북쪽 7~8리에 있는데 밖으로는 중첩한 봉우리들이 둘러싸고 있으며 그 안에 36 봉이 있다. 동학(洞壑)이 맑고 그윽하며 소나무와 돌이 기이하고 옛되다. 물 가운데 작은 섬이 있고, 푸른 돌이 평평하니 옛날 네 신선(神仙)이 여기에 놀며 3일간이나 돌아가지 않았다고 하여 이렇게 이름한 것이다. 물 남쪽 또 작은 봉우리가 있고, 봉우리 위에 돌 감실이 있으며, 봉우리의 북쪽 벼랑 벽에 단서(丹書) 여섯 자가 있으니 영랑도남석행(永郞徒南石行)이라 하였다. 작은 섬에 옛날에는 정자가 없었는데 존무사(存撫使) 박공(朴公)이 그 위에 지으니 곧 사선정(四仙亭)이다. ③

"이른바 사선봉(四仙峰)이란 것은 그 돌이 묶여 서 있고, 그 줄기가 네모반듯하고 곧은 것이 대개 국도(國島)와 같은데, 다만 그 빛이 붉고 그 석벽의 돌이 울퉁불퉁 가지런하지 않을 뿐이다. 그 위에서 내려다보매 네 봉이 따로따로 우뚝 솟아 있고, 절벽이 깎아지른 듯 솟아 동으로 바다가 만 리는 닿아 있고, 서쪽으로는 신봉우리가 천 겹 구멍을 마주하였으니, 실로 관동(關東)의 장관이다. 옛날 비(碑)가 석벽 위에 있었다 하나 지금은 유적만 보일 뿐이다. 또 동봉(東峰)에는 옛 비갈(碑碣)이 있는데 비면(碑面)이 떨어지고 닳아져 한 자도 알아볼 수 없으니, 어느 시대에 세운 것인지 알지 못하겠다. 사람들이 말하기를 "신라 때에 영랑·술랑 등 네 선동(仙童)이 그의 무리 3천 명과 함께 해상(海上)에서 놀았다고 하니 이 비갈은 그 무리가 세운 것일까, 역시 상고할 수 없다. 사선봉에 다다르니 작은 정자가 있기에 그 위에서 술자리를 베풀고 해가 늦어서야 통주(금란현)에 이르러 잤다."④

"신라 때의 사선, 곧 술랑·남랑·영랑·안상은 모두 영남사람, 또는 영동사람이라고 한다. 그들이 함께 고성(高城)에서 노닐면서 3일 동안 돌아오지 않았으므로 그곳의 지명을 삼일포(三日浦)라 하였다. 삼일포 남쪽에 작은 산봉우리들이 있는데, 그 봉우리 위에 돌로 만든 감실(龕室)이 있다. 봉우리 북쪽 산비탈에 있는 바위 표면에 붉은 글씨로 영랑도남석행(永郎徒南石行)이란 여섯 글자가 쓰여 있다. 이른바 남석행이란 곧 남랑이 아닌가 한다.

작은 섬에 옛날에는 정자가 없었는데 존무사 박공이 그 위에 정자를 지었으니 곧 사선정이다. 또 군 남쪽으로 10리쯤 되는 곳에 단혈(丹穴)이 있다. 또 통천(通川)에 사선봉이 있는데 이 모두 사선이 노닐던 곳이다. 또 간성(杆城)에 선유담(仙遊潭)과 영랑호(永郎湖)가 있고, 금강산에 영랑봉(永郎峰)이 있다. 영랑 등 선도(仙徒)가 일찍기 그곳에 놀았기 때문에 그런 이름이 붙게 된 것이다. 그리고 또 장연(長淵)에 아랑포(阿郎浦)가 있고, 강릉에 한송정(寒松亭)이 있는데, 정자 옆에 차샘(茶泉)과 돌 아궁이, 돌절구 등이 있어 이 역시 사선이 노닐던 곳이다. 미수(眉叟) 이인노(李仁老)의 시에 "사선은 신라 때 사람으로 대낮에 변화하여 승천하였네/천 년 동안 남긴 자취 따라가니 삼산에 약초만이 여전하네(四仙羅代客 白日化飛昇)"라고 하였다. 또 동은(峒隱) 이의건(李義健)의 문집에 "일찌기 이율곡에게 경포에 살던 사람이 '때때로 달밤이면 구름 사이에서 아득하게 통소 소리가 들린다.'고 한다는 말을 들었으니 이상한 일이다." 하고 다음과 같은 시를 읊었다. "네 신선은 바다 가운데 산에 자취를 남기고/ 깃 덮개를 한 수레를 타고 가서 돌아오지 않네// 호숫가엔 지금도 밝은 달밤이며/흰구름 사이에서 옥통소 소리가 들리네.(四仙遺蹟海中山/ 羽蓋芝輪去不返/ 湖上至今明月夜/ 玉簫聲在白雲間)"⑤

「신증동국여지승람」의 고성편 삼일포에 전하는 안축(安軸, 1282~1348)의 기문 ③에서 화랑인 술랑·영랑·안상 등의 금강산 해금강 삼일포 지역 순례가 확인된다. 이곡(李穀, 1298~1351)의 「동유기(東遊記)」 ④에서 화랑 국선 술랑·남랑·영랑·안상 등의 금강산 통천 총석정지역 순례가 확인된다.

홍만종(洪萬宗, 조선 왕조 효종 때 사람)의 「해동이적(海東異

蹟)」 사선편(四仙編) ⑤에서 금강산을 중심으로 동해안을 두루 순례한 사실을 증언해 주고 있다.

이로써 사선(四仙 : 술랑·남랑·영랑·안상)을 주제로 산 사선 문학(四仙文學)의 명칭이 가능하게 된다. 여기서 사선은 신선이 아니라 화랑으로 이해되고 있음도 환가되어야 한다. 이수광(李晬光, 1563~1628)의 「지봉유설(芝峰類說)」 제18권 외도부편(外道部編) 선도(仙道) 조에 사선이 화랑도임을 확인한다.

"신라 때의 사선은 곧 술랑·남랑·영랑·안상이다. 이들이 함께 고성에서 놀다 사흘 동안 돌아오지 않은 때문에 그곳을 삼일포라고 한다. 남랑이란 아마도 단서(丹書)에 이른바 남석행(南石行)이 이것이다. 이를 선(仙)이라고 한 것은 대체로 낭도(郎徒)들을 국선(國仙)이라고 부른 때문에 이렇게 말한 것이요, 정말 신선은 아니다."

화랑(국선)인 사선을 주제로 한 한시(漢詩)는 이인노(1152~1220), 이의건(1533~1621) 등에서 이미 접했다. 안축·정추(鄭樞, ?~1383)·한상경(韓尙敬, 1360~1423)·김구용(金九容, 1338~1384)·이달충(李達忠, ?~1385)·채련(蔡璉, 14세기)·이곡·홍귀달(洪貴達, 1438~1504)·이달(李達, 조선 중기)·이식(李植, 1584~1647)·휴정(休靜, 1520~1604)·최익현(崔益鉉, 1833~1906) 등 고려시대부터 조선 왕조 때에 이르기까지 수많은 시인 묵객들이 다양하게 읊고 있다.

경기체가(景幾體歌)의 「관동별곡(關東別曲)」을 지은 안축의 「삼일포(三日浦)」와 학당파(學唐派) 시인 이달의 「삼일포」, 그리고 서산대사(西山大師)로 잘 알려진 휴정의 「사선정(四仙亭)」, 배일 의병(排日義兵) 봉기에 앞장섰던 최익현의 「사선정」 시를 읽으면 사선문학의 실상을 확인할 수 있다.

신선들 학을 타고
떠나간 여기
높은 산 넓은 바다
천만 겹인데

동강난 옛 비석은
모래 덮이고
붉은 글씨 필적만이
남아 있어라

배를 몰아 맑은 향기
맡으려 해도
신선의 그 자취
찾을 길 없네
　　　　　　　— (안축의 「삼일포」 일부)

닻 걸고 배를 몰아
호수 복판 다달으니
물결은 백로주를
예로부터 돌고 도네

서른여섯 봉우리에
굽이는 아흔굽이
내 몰라라 네 신선
어데서 놀았던고
　　　　　　　— (이달의 「삼일포」)

인간의 한평생을
돌이켜 보면
신라의 팔백 년도
잠깐이여라

저 바다 마를 때면
솔도 늙으리
학은 가고 구름만
피어나누나

달빛 아래 신선은
보이지 않고
서른여섯 봉우리에
가을 짙었네
　　　　　　— (휴정의 「사선정」 일부)

반생을 벼르다가
바다에 배 띄웠네
산천은 굽이 많고
오솔길 끝없어라

사흘 놀던 네 신선은
그 어디에 갔다더냐
달빛 밝은 삼일포에
가을이 깊었구나
　　　　　　— (최익현의 「사선정」)

사선문학의 공간은 금강산을 중심으로 한 동해안 전역으로 펼쳐져 있으며, 그 시간은 화랑 사선 이후부터 고려·조선 왕조에 이르는 전 기간을 그 영역으로 하고 있다. 답사기와 시가에서 다양한 전개를 나타낸다.

특히 「신증동국여지승람」 편찬자들은 사선문학에 대한 독특한 이해를 갖고 있었다.

4. 신증동국여지승람과 사선문학

「신증동국여지승람(新增東國輿地勝覽)」은 조선 왕조 중종 25년(1530)에 간행되었다. 각도의 연혁·풍속·묘사(廟社)·능침·궁궐·관부(官府)·학교·토산품·효자, 열녀·성곽·산천·누정·사사(寺社)·역원(驛院)·교량·명현·제영(題詠)까지 수록했다.

관찬 지리서인 「신증동국여지승람」의 모든 항목에 필요하다고 판단되면 시(詩)를 싣고, 특히 시인의 제영까지 실었다. 당대 이전 사람들이 국토에 대해 어떤 생각을 갖고 있었으며, 시로 명승지를 충실히 표현하는 방식을 통해 국토 이해, 국토 사랑이 어떠했는가를 극명하게 보여주고 있다.

금강산(외금강과 해금강) 지역인 고성군 편의 산천(山川) 조에 삼일포를 순례하던 사선에 대한 기록이 집대성되어 있다. 당대 이전의 시가인 한시에 그것이 반영되어 있다. 「신증동국여지승람」과 사선문학에서 화랑도의 금강산 순례와 그들의 행적을 읊은 시가의 독특한 면면을 보여준다. 「신증동국여지승람」의 통천군편 강릉대도호부편에도 사선문학은 잘 반영되어 있다.

정추의 시에,

"한 호수의 좋은 경치 하늘이 만든 것이, 36봉우리 가을에 다시 맑구나. 중류에 배 띄워 가지 않으면, 남석(南石)의 글자 볼 수 있으리. 정자 앞에 비가 지나니 우는 모래(鳴沙) 메아리치고, 포구에 가을이 깊으니 낙엽 소리 들리네. 안상(安詳)의 그날 일 자세히 물으니, 신선이 역시 풍정(風情)이 많았네." 하였다.

홍귀달의 시에,

"옛날에 삼일포 좋단 말 들었는데, 지금 사선정에 올라 왔네. 물은 흰 은소반을 치고, 산은 푸른 오풍경을 둘렀네. 하늘이 비었으니 채색 구름 일어나고, 돌이 늙었으니 가을 빛 맑구나. 신선은 간지 벌써 오랜데, 옛 정자엔 지금 기둥도 없구나, 그 당시 유희하던 곳, 구름 밖에서 풍악소리요, 천년 지난 지금 우리들에게로 여섯 글자는 보기에 분명하네. 바람은 영랑호(永郎湖)에 불고, 달은 안상정(安詳亭)에 떴네. 외로운 술항아리로 배 대인 곳, 여기가 원래 봉래(蓬萊) 영주(瀛洲)라네." 하였다.

한상경의 시에,

"한 구역의 좋은 경치 그림으로도 그리기 어려운 것이, 점점이 기이한 봉우리가 물에 비쳐 맑구나. 여섯 글자의 단서는 부서져 떨어졌지만 네 신선이 놀던 자취는 지금도 분명하네. 화려한 정자에는 풍악치는 모임이 상상되고, 절간에서는 아직도 범패소리 들리누나. 더구나 신선 고장에서 모골이 상쾌하니, 세간의 무슨 일을 다시 마음 두리." 하였다.

사선문학이 신선문학의 모습을 띄고, 신비한 시적 체험을 읊고 있지만 그 근본은 화랑(국선)에 대한 것임이 확실하다. 사선문학의 실제를 체득함으로써 화랑도와 금강산 문학의 실제를 집어 볼 수 있다. 사선문학의 천착이 곧 금강산 문학의 천착이 된다.

사선문학에 등장하는 금강산의 명칭은 풍악(楓岳)과 개골(皆骨)로 통칭되어 있다. 당대 이전에는 금강산 명칭이 금강산보다 풍악

또는 개골로 더 많이 불리어졌음도 상기시켜 준다.

금강산이라는 명칭이 화랑의 금강산 문학에서는 아직도 불안정했다고 볼 수 있다.

화랑도와 금강산 문학은 자연 사랑과 국토 사랑, 그리고 명산을 숭배했던 기록들로 가득 차 있다. 국토 사랑, 자연 사랑의 전형이 형성되는데 크게 이바지했다. 특히 금강산 문학에서 사선문학이 차지하는 비중이 높다. 사선문학이 집대성되면 한국인의 금강산 생각과 사선 생각을 통해서 자연 사랑, 국토 사랑의 한국적인 문학 논리가 정립될 수 있을 것이다.

금강산 기행 수필론

한국인은 금강산을 신산(神山), 영산(靈山)으로 생각한다. 그래서 금강산을 숭배하고 그리워한다. 금강산 지향의 의지는 금강산 지향의 미의식을 낳았다. 현대에도 변함없이 그렇다.

한국인은 그 옛날에도 그랬던 것처럼 지금도 금강산을 순례한다. 한국인의 금강산 순례(巡禮)길은 전 생애를 담보하는 것과 같은 중대한 의미를 지닌다. 금강산 기행 수필은 이러한 한국인의 소망과 행동과 행복의 미학을 담고 있다.

이곡(李穀)의 「동유기(東遊記)」, 남효온(南孝溫)의 「유금강산기(遊金剛山記)」, 홍인우(洪仁祐)의 「관동일록(關東日錄)」, 이정구(李廷龜)의 「유금강산기(遊金剛山記)」, 정엽(鄭曄)의 「금강록(金剛錄)」, 정곤수(鄭崑壽)의 「금강록(金剛錄)」, 이명한(李明漢)의 「유풍악기(遊楓嶽記)」, 박종(朴琮)의 「백두산유록(白頭山遊錄)」, 이상수(李象秀)의 「동행산수기(東行山水記)」, 김창협(金昌協)의 「동유기(東遊記)」 등은 고려 후기에서 조선 왕조 후기에 쓰여진 금강산 기행문들이다.

현대에 쓰여진 금강산 기행문은 헤아릴 수 없이 많다. 1998년 11월 18일, 동해항에서 금강산 여행길이 열린 이후에 쓰여진 금상산 기행문 또한 헤아릴 수 없이 많다.

이곡의 금강산 기행문 「동유기」를 금강산 기행 수필의 모델로 선택한 것은 금강산 기행문의 초기에 쓰여졌고, 또 여행 일정과 코스가 구체적이며, 후에 쓰여진 금강산 기행문의 모범이 되었기 때문이다.

1. 고려인들의 금강산 여행 풍속도

고려인들은 금강산을 한번이라도 보면 죽어서 악도(惡道)에 떨어지지 않는다고 믿었다. 그래서 위로는 공경(公卿)으로부터 아래로는 사(士), 서인(庶人)에 이르기까지 아내를 데리고 자식을 이끌고 다투어 가서 예배를 했다. 고려 충숙왕 때의 문학자 최해(崔瀣)가 당대 금강산 숭배와 여행의 풍속을 증언한 것이다.

금강산 여행이 고려인들 일생의 소망이었던 만큼 금강산 여행기록은 많을 법하다. 그러나 실제로는 금강산 여행기록이 그렇게 많이 남아 있지 않다. 그런 중에서도 이곡(李穀, 1298~1351)의 「동유기」는 금강산의 내금강과 해금강의 당대 여행 코스와 상황을 엿볼 수 있게 한다. 이곡의 「동유기」로부터 고려 후기 금강산 여행문학이 탄생한다.

「동유기」는 고려 충정왕 1년(1349) 가을, 음력 8월 14일, 송도(개성)를 출발하여 8월 21일 마천령을 넘어 장양현에 도착하고, 22일에는 절재를 넘어 표훈사 정양암 장안사에 도착한다. 8월 23일에는 장안사·천마서령(단발령)을 넘어 통구에 도착한다.

24일에는 철령관을 넘어 등주(영흥)에 도착한다. 8월 30일에 등주의 국도와 학포의 운수래를 관람하고, 9월 1일에는 통천 총석정을 구경한다. 9월 2일에는 금란굴을 구경한다. 당시 외산(外山)이라 부르는 외금강을 구경하지 않고 9월 4일 삼일포를 구경한다.

9월 8일 영랑호, 9월 10일 관란정, 9월 12일 경포대, 9월 13일 등명사, 일출대, 9월 14일 삼척 죽서루, 9월 21일 울진 석류굴을 구경한다.

평해 월송정을 구경했으나 그 남쪽은 일찍이 다녀온 곳이므로 기록하지 않는다고 했다. 8월 14일부터 9월 21일까지 38일간의 동해안과 금강산을 여행한 「동유기」는 지금으로부터 651년 전 금강산의 내금강과 해금강을 과장하지 않고 소박하게 그려 놓았다. 송도(개성)를 출발하여 내금강 장안사에 도착하는 과정의 기록에서부터 그 같은 여행기 분위기가 감돈다.

가을 8월 14일 : 금강산을 구경하고자 송도를 출발하였다. 8월 21일 : 천마령을 넘어 산아래 장양현헤서 묵었다. 금강산과는 30여 리 떨어져 있다. 8월 22일 : 새벽에 식사를 마친 후 산에 오르니 구름과 안개가 자욱하여 어두웠다. 장양현 사람들이 말하길, "풍악산을 유람하는 사람들이 구름과 안개 때문에 보지 못하고 돌아가는 일이 자주 있다"고 하여 동행한 사람들이 모두 걱정하는 빛이 있었으며, 말없이 기도하였다. 산과 5리쯤 떨어진 곳에 이르자, 짙은 구름이 조금 옅어지고 햇빛이 새어나왔다. 절재[拜岾]에 오르자 하늘이 개고 날씨가 맑아져서 산이 칼로 깎아낸 것처럼 선명하여, 소위 1만 2천 봉우리를 역력히 셀 만하였다. 금강산에 들어가려면 반드시 이 고개를 넘어야 하는데, 절재에 오르면 산이 보이고, 산을 보면 자기 자신도 모르게 고개를 숙이는 까닭에 절재라 부른다. 절재에 옛날에는 집이 없었고, 돌을 쌓아 대(臺)를 만들어 쉬도록 하였다. 충목왕 3년(1347)에 지금의 자정원사(資政院使) 강금강(姜金剛)이 천자(원나라 황제)의 명을 받들어 와서 큰 종을 주조하고는 고개 위에 종각을 지어 매달아 놓고 그 곁에 절을 지어 종치는 일을 주관하게 하였다. 우뚝 솟아있는 고운 빛이 설산(雪山)에 비치니 또한 산문(山門)의 일대 장관이다. 정오가 못되어 표훈사에 도착하여 조금 쉬었다. 한 사미승이 인도하여 산에 올랐다.

사미가 말하기를 "동쪽에 보덕굴(普德窟), 관음국(觀音窟)이 있는

데 사람들이 즐기고자 하면 반드시 먼저 그곳에 갑니다. 그러나 길이 깊고 험합니다. 서북쪽에는 정양암(正陽庵)이 있는데, 이곳은 우리 태조(왕건)께서 창건하였으며, 법기보살(法起菩薩)의 존상(尊相)을 모신 곳입니다. 비록 조금 높기는 하지만 비교적 가까워서 올라갈 만합니다. 또 암자에 오르면 풍악산의 여러 봉우리가 한눈에 들어옵니다." 하였다. 내가 말하기를 "관음보살이 어느 곳엔들 계시지 않겠는가? 내가 이곳에 온 것은 대개 이 산의 빼어난 경치를 보기 위함이라. 어찌 먼저 가 보지 않겠는가." 하였다. 이에 붙들고 기어서 올라가니 과연 사미가 말한 것과 같아서 마음이 매우 흡족하였다. 보덕굴에 가보고 싶었지만 날이 이미 저물고 또 산중에 머무를 수 없어 드디어 신림암(新林庵), 삼불암(三佛庵) 등 여러 암자를 거쳐 계곡을 따라 내려왔다. 저녁에 장안사에 도착하여 묵었다.

송도를 출발하여 금강산에 들어와서 장안사까지 구경하는 여정은 네 가지로 요약된다. 첫째는 절재를 넘어 칼로 깎아낸 것처럼 하늘을 향해 솟은 1만 2천 봉을 보는 것이다 둘째는 절재에 원나라 황제의 명을 받들어 큰 종을 주조해서 종을 치게 하는 것을 보는 것이고, 셋째는 법기보살의 존장을 모신 정양암을 보는 것이며, 넷째는 금강산에 들어온 것은 금강산의 빼어난 경치를 구경하기 위함이라는 이곡 자신의 속내를 드러내 보인 것이다.

이곡은 충렬왕 24년(1298)에 태어나서 충정왕 3년(1351)에 53세로 사망했다. 자를 중부(中父)라 했으며, 호는 가정(稼亭), 시호는 문효(文孝), 이자성(李自成)의 아들이며, 목은(牧隱) 이색(李穡)의 아버지이다.

일찍이 원(元)나라 제과(制科)에 급제, 원나라 한림국사원(翰林國史院)의 검열관이 되어 원나라 학자들과는 넓은 교유를 했다. 귀국하여서는 정당문학(政堂文學) 도첨의찬성사(都僉議贊成事)를 거쳐 한산군(韓山君)에 봉해졌다. 이제현(李齊賢)과 함께 편년강목(編年綱目)을 중수하고, 충렬(忠烈)·충선(忠宣)·충숙(忠肅) 3조의 실록(實錄)을 편찬했다.

원나라에서 벼슬하는 동안 원제(元帝)에 건의하여 고려로부터 처녀를 징발하는 악풍을 중지하도록 요청, 실현시키기도 했다. 그러한 역사적 체험을 통해 충목왕 3년(1347) 원나라 황제의 명을 받든 관리가 와서 큰 종을 주조하고, 종각에 매달아 놓고 치게 했으며, 또 절을 지어 종치는 일을 주관케 했다는 사실을 증언했다. 금강산에도 원나라의 세력이 뻗쳤으며, 종도 주조하고 절도 지었다는 사실을 증언함으로써 당시 고려와 원나라의 관계를 엿볼 수 있게 했다.

일찍이 장안사의 법당과 불전과 불상을 원나라 기술자들이 제작했으며, 이곡은 비문을 지었다. 그 비문에도 장안사가 원나라 황실의 원찰(願刹)이었음을 확인하고 있다.

착하신 천자가 즉위한 지 7년에 황후 기씨(奇氏, 고려 여성)는 원비(元妃)로서 황자(皇子)를 낳았다. 이미 황후가 되어 홍성지궁(興聖之宮)에 거처하게 되자 내시를 돌아보고 말하기를, "내가 전생의 인연으로 황제의 은혜를 입음이 이에 이르렀다. 이제 황제의 태자(太子)를 위하여 긴 명(命)을 하늘에 빌고자 한다. 부처의 힘에 의탁하지 않으면 어찌 하리요." 하고 무릇 복리(福利)가 된다고 이르는 것은 거행하지 않는 것이 없었다. 그 즈음에 금강산 장안사가 가장 뛰어나게 좋다함을 듣고, "복을 빌어 위에 보답하는 데는 이만한 곳이 없겠다." 하고 지정(至正) 3년(1343)에 내탕(內帑) 저폐(楮幣) 1천 정(錠)을 내주어 절을 중흥하는 자금으로 쓰게 하여, 영구히 중의 공양에 사용하게 했다. 다음 해에 '또 이와 같게 하고, 또 다음 해에도 같게 하였다. 그 무리 5백 명을 모아서 옷과 발우를 주고 법회(法

會)를 열어 낙성식을 올리게 하였다.

이에 궁관(宮官) 자정원사(資政院使) 신(臣), 용봉(龍鳳)에게 명령하여 전말을 돌에 새기게 하여 장래에 전하라 하며, 드디어 신 곡(穀)에게 명하여 비문을 짓게 하였다. 삼가 상고하건대, 금강산은 고려의 동쪽에 있어서 서울(개성)과의 거리는 5백 리이다. 이 산은 뛰어남은 홀로 천하에 이름이 있을 뿐만 아니라, 실로 불경(佛經)에 실려 있다. 그 화엄경(華嚴經)에 말하기를 "동북방의 바다 한가운데 금강산이 있으니 담무갈보살(曇無竭菩薩)이 1만 2천의 보살들과 더불어 항상 반야심경(般若心經)을 설법하는 곳이라." 하였다. 옛날에는 우리나라 사람들이 아직 이것을 알지 못하고 신선(神仙)의 산이라 지칭하였다.

몽골군의 고려 침공과 원나라의 화친, 그리고 고려의 원나라 부마국(駙馬國) 전락을 차치하고서라도 당시 세계국가인 원나라에서까지 금강산 숭배가 널리 행해졌었다는 것은 놀라운 사실이다. 이곡의 「동유기」에서 간과할 수 없는 것은 원나라 왕실이 금강산의 숭고미를 발견했던 역사적 사실을 증언하고 있는 것이다.

2. 내금강, 천마서령을 넘어서 여행

천마서령(天磨西嶺)은 단발령(斷髮嶺), 발단령(髮斷嶺)이라고도 부른다. 이곡은 금강산의 내금강을 여행하면서 한시 2 수를 지었다. 「장안사에서 묵다(宿長安寺)」와 「정양암에 올라(登正陽庵)」가 그것이다.

남북이 분단된 후 갈 수 없었던 금강산을 1998년 11월 18일부터 바닷길로 관광할 수 있게 되었다. 그러나 외금강의 일부와 해금강의 일부만이 개방되고 있다. 내금강을 여행할 수 있는 통로는 바

늘구멍만큼의 틈도 열리지 않았다. 이 열리지 않고 있는 내금강의
단발령을 이곡의 「동유기」는 열어 제치고 보여준다.

　8월 23일 : 아침 일찍 산에서 나왔다. 철원에서 풍악산까지는 3백
리 거리이니 개경과는 실제로 5백여 리 떨어져 있게 된다. 그러난
강이 거듭 있고, 봉우리가 중첩되어 있으며 깊고 험절하니, 이 산에
출입하는 것 또한 어려움이 있다. 일찍이 들으니 이 산의 이름은 불
경에 나타나 있고 천하에 널리 알려져 비록 건축(乾竺, 인도)과 같
이 까마득히 멀리 떨어져 있는 곳에 사는 사람들도 때로 와서 구경
한다. 일반적으로 보는 것이 소문보다 못한 법이다. 우리나라 사람
가운데 서촉(西蜀)의 아미산(峨嵋山)과 남월(南越)의 보타산(補陀山)
을 유람한 사람들이 있는데, 모두 말하기를 소문보다 못하더라 하
였다. 내 비록 아미산과 보타산을 보지 못하였지만, 이 산을 보니
실로 소문보다 나았다. 비록 화가의 교묘한 재주와 시인의 능란한
솜씨가 있다 해도 도저히 그 모습을 똑같이 그려 낼 수 없을 것이
다. 오늘은 장안사에서 출발하여 천마서령을 넘어 통구(通構)에 도
착하여 잤다. 금강산에 들어가는 사람들은 천마령 두 고개를 넘어
야 하는데, 고개에 오르면 산이 바라보이기 때문에 고개를 넘어 산
에 들어가는 사람들은 처음에는 험절한 것을 걱정하지 않는다. 그
러나 산에서 고개를 넘어본 연후에는 그 험난한 것을 알게 된다. 천
마서령은 조금 낮은데, 오르내리는 길이 30여 리이고, 절벽이 깎아
지른 듯하여 발단령(단발령)이라고 부른다.

　「신증동국여지승람」에는 회양도호부 단발령 조에 단발령은
천마산(天磨山)에 있다. 회양부와의 거리는 154 리이다. 세상에서
말하기를, "속인이 이 영(嶺)에 올라 금강산을 본 자는 머리를 깎
고 중이 되고자 한다"고 했다. 그런 까닭에 단발령이라고 이름 한
것이라고 했다.

절벽이 깎아지른 듯하여 단발령이라고 부르게 되었다는 이곡의 견문과 다르다. 지명유래의 다양함을 보여준다.

아미산과 보타산은 중국인들이 중국의 4대 명산으로 치부한다. 중국 사천성 아미현 서쪽에 있는 아미산과 절강성 주산열도에 있는 보타산은 불경에도 나온다. 보타산은 보타낙가산(補陀洛伽山)을 지칭한다.

이 산을 보고 온 고려인들이 소문보다 실제 경치가 못하더라고 하더라는 것이다. 금상산은 소문보다 훨씬 나았다는 것이다. 금강산이 아미산과 보타산보다 훨씬 나았을 것이라고 단정한다.

시인과 화가도 금강산을 제대로 표현하고 그리지 못한다는 주장이 그것을 뒷받침한다. 당시 중국이 세계국가였던 원나라의 지배 하에 있었던 만큼 중국에서 천하제일로 자랑하던 아미산, 보타산보다 금강산이 더 아름답고 뛰어났다고 하는 것은 금강산 세계제일주의, 우리 국토의 세계 제일주의를 과시한 것이라 할 수 있다. 이곡의 금강산 여행 수필은 국토의 아름다움을 증언하는 문장으로 가득 차 있다.

3. 해금강, 삼일포서 화랑을 만나

철령은 우리나라 동쪽의 요해처로서 한 사람이 관(關)을 막으면 만 명의 사람도 열 수 없다고 했다. 철령관(鐵嶺關) 동쪽의 강릉 등 여러 주를 관동(關東)이라 부른다.

이곡은 8월 26일 이 철령관을 넘고 8월 30일에 강원도 통천군 흡곡면 지역에 있는 학포(鶴浦)에 이르고, 바다의 국도(國島)를 구경한다. 9월 1일 총석정을 구경하고 9월 2일에는 금란굴을 구경한다. 9월 4일에 삼일포를 구경한다. 총석정·금란굴·삼일포에 이르는 해금강의 자연과 역사와 인사(人事)를 그리고 있다.

사선봉이라는 것은 그 돌이 묶여 서 있고, 그 기둥은 네모지고 곧바른 것이 대체로 국도와 비슷하였다. 다만 그 빛이 검붉고 절벽의 돌이 삐죽삐죽하여 가지런하지 않았다. 그 위에서 내려다보니 네 봉우리가 각각 우뚝 솟아 있고, 절벽이 깎아지른 듯 동쪽 바다 만 리를 바라보고 서쪽 산 천 겹을 마주 대하니 진실로 관동의 장관이라. 옛날에는 비가 절벽 위에 있었는데, 지금은 보이지 않고 귀부만 남아 있을 뿐이라. 또 동봉(東峰)에는 옛 비갈(碑碣)이 있는데 비석이 떨어지고 마멸되어 한 글자도 알아볼 수 없으니 어느 때 세운 것인지 알지 못하겠다. 사람들이 말하기를 "신라 때에 영랑·술랑 등 네 화랑이 그의 무리 3천 명과 함께 해상에서 놀았다" 하니 이 비갈은 아마도 그 무리가 세운 것인가 보다.

배를 타고 해안을 따라 굴 속에 들어가서 우러러보니 관음보살의 형상이 희미하게 서 있는 것처럼 보였다. 그 굴이 깊고 좁아 들어갈 수 없었다. 뱃사공이 다음과 같이 말했다.

"제가 이곳에 산 지가 오래 되었습니다. 원나라 조정의 사신과 우리나라(고려)의 경사(卿士)들, 방백(方伯)과 수령들, 아래로는 유람하는 사람들에 이르기까지 귀천을 막론하고 반드시 와보고자 하여 매번 저로 하여금 배를 저어 인도하게 하므로 제가 실로 귀찮았습니다. 일찍이 조그마한 나무배를 타고 혼자 굴 속에 들어가 끝까지 보았습니다. 별달리 보이는 것은 없고 손으로 더듬어 보니 한 면이 이끼로 뒤덮인 돌이었습니다. 그러나 나와서 되돌아보니 또 관음보살의 모습과 똑같았습니다. 아! 저의 정성이 지극하지 못해서 그런 것입니까? 아니면 늘 생각하기에 상상으로 빚은 것입니까?"

삼일포는 고성 북쪽으로 5리쯤에 있다. 배를 타고 서남쪽 조그마한 섬에 이르니, 활 모양의 둥그런 큰 돌이라. 꼭대기에 돌로 된 감실이 있고, 그 안에 석불이 있는데 사람들이 미륵당이라고 부른다. 절벽 동북 면에 붉은 색으로 6자가 새겨져 있어서 가보니 3자씩 2줄로 '술랑도남석행(述浪徒南石行)'이라고 새겨져 있다. 술랑과 남석의 4자는 매우 또렷한데 밑의 2자는 희미하여 잘 알아볼 수 없다. 옛날 고을 사람들이 유람하러 오는 사람들에게 탁본을 공급하는 것이 괴로워서 글자를 쪼아 없애고자 하였으나 깊이가 5치쯤 되어서 자획이 없어지지 않았다고 한다. 지금 2자가 분명하지 않은 것은 대개 그 때문인가 보다. (중략)

사람들이 말하기를, "이 호수가 4명의 화랑이 놀고 간 곳이며, 36개 봉우리에 각각 비석이 있었는데 호종단(胡宗旦)이 모두 가져가 물속에 집어넣어 지금은 귀부만 남아 있다."고 한다. 호종단이라는 놈은 이승(李昇)이 세운 송나라 사람이라. 우리나라에 와서 벼슬하며 5도(道)를 순찰하며 이르는 곳마다 비석들을 가져다가 그 글자를 긁어 없애버리고 혹은 잘게 부수고 혹은 물 속에 집어넣었다. 종(鍾)과 경쇠[磬] 가운데 유명한 것들도 가져다 쇠를 녹여 틀어막아 소리를 내지 못하게 하였다. 예를 들자면 한송정(寒松亭), 청석정, 삼일포의 비석과 계림부(경주)에 있는 봉덕사(奉德寺) 종들이 그러하다.

총석정과 금란굴, 그리고 삼일포를 구경하면서 그 경치의 장관을 찬양한다. 뛰어난 해금강의 경치를 이루 말할 수 없다고 했다. 언어로 표현할 수 없는 해금강의 경치를 찬양하는 것은 내금강의 그것을 찬양할 때와 같다. 금란굴에서 뱃사공의 말을 빌려 관음보살과 똑같았다는 표현을 하게 한 것은 해금강의 경치를 불성(당시의 신성스런 뜻을 내포)에 비유한 것이라 할 수 있다.

4. 국토 읽기, 역사 읽기의 현장성

이곡의 금강산 기행 수필에서 두드러진 두 가지 요소는 천하제
일의 경치를 찬양하는 것과 역사를 바로잡는 것이다. 해금강 여행
에서 역사를 바로잡는 요소를 또 두 가지로 제시하고 있다.

하나는 화랑도의 유오산수(遊娛山水) 발길이 해금강 지역까지
뻗쳤음을 증언하는 것이고, 다른 하나는 중국 송나라인 호종단이
역사적 기념물을 부수고 없애버린 사실을 고발하고 있다. 화랑도
는 심신단련, 극기훈련을 위해 명승지를 순례했다.

화랑 술랑(述浪)·남랑(南浪)·영랑(永浪)·안상(安詳) 등이 낭도
3천을 이끌고 총석정, 삼일포를 순례한다. 총석정에 화랑도들이
순례 행적을 새겨놓은 비석이 부서져 떨어지고 마멸되어 그 유래
를 알 수 없었다고 기록했다. 그 내용은 알 수 없지만 화랑도의
순례 족적을 확인함으로써 역사를 바로 알게 하고 있다.

삼일포에서 절벽에 붉은 글씨로 새겨놓은 화랑도의 족적이 고
려 후기에도 보존되고 있었음을 확인한다. 삼일포 36개 봉우리에
세워져 있던 비석을 중국인(송나라 사람)이 부수고 없애고 물 속
에 집어넣었던 역사 말살사건을 단죄하고 있다.

호종단은 송나라 복주인(福主人)으로 상선을 타고 고려에 들어
와 귀화(歸化)하여 고려 예종의 후대를 받았던 귀화인이다. 호종단
의 우리나라 역사 말살 행위는 일제 강점하에 일본인들이, 명산에
쇠말뚝을 박아 지맥을 끊고 역사 유적을 파괴하고 역사서를 불태
우던 우리 역사 말살정책의 원초적인 행동이었다.

해금강, 삼일포에는 신라시대 화랑들의 비석을 하나도 찾아볼
수 없다. 역사 말살의 죄악이 해금강 삼일포에 널려 있었다.

이곡의 금강산 여행 문학의 문장 행간에서 역사의 파괴와 말살

을 읽으면서 한국인은 20세기 일본 침략이 역사의 반역임을 반추
할 수 있게 한다.

금강산 기행 수필에서 호종단의 행적을 고발한 것은 임진왜란
때 왜군이 지령(地靈)을 끊고, 원군으로 온 명군(明軍)이 또한 지
령을 끊는 만행을 자행했다는 전설을 사실로 느끼게 하는 마력을
일으킨다. 이곡은「동유기」에 금강산의 아름다운 경치를 보기 위
해서 금강산 여행을 하게 되었다고 술회한다. 물론 금강산의 뛰어
난 경치가 세계 제일이라는 점을 강조한다.

세계 제일의 경치가 세계인의 금강산으로 향하게 하는 금강산
지향을 낳기도 하지만, 금강산 지배와 파괴의 질곡을 낳기도 한다
는 사실을 증언하고 있다. 고려 후기 이곡의 금강산 기행 수필은
국토 읽기, 역사 읽기의 현장성을 피부로 느끼게 한다.

여성주의 수필론

– 김유정의 「조선의 집시」

1. 에비타, 나를 위해 울지 말아요

나이트클럽 댄서에서 퍼스트레이디까지 오른 에바 페론의 생애를 그린 초대형 화제작 영화 「에비타」가 영화계·음악계·패션계·출판계를 강타하고 있다. 「나를 위해 울지 말아요」의 노래가 격동의 세월을 일러준다.

전설적 뮤지컬 「에비타」는 이미 1978년 런던에서 초연된 이후 전 세계에 전파되었다. 뮤지컬 「에비타」는 그 자체가 신화처럼 되었다.

알란 파커 감독에 마돈나, 안토니오 반데라스, 조나단 프라이스가 주연한 뮤지컬, 영화 「에비타」는 에바 페론의 생애를 다시금 우리들의 가슴에 각인시켜 주고 있다.

에바 마리아 두아르떼는 시골 가난한 농부의 사생아이다. 그녀는 부에노스아이레스로 진출, 나이트클럽의 댄서가 된다. 라디오 성우로 변신하고, 영화배우로 변신한다. 그녀의 자기 혁명은 전연 끝나지 않을 것처럼 타오른다.

난민 구제 모금기관에서 노동부장관 후안 페론을 만난다. 후안 페론과의 만남으로 에바는 운명을 바꾼다. 후안 페론이 체포되었다가 석방되면서 민중혁명이 일어나 그는 대통령이 된다. 에바는 천한 농부의 사생아에서 아르헨티나의 퍼스트레이디가 된다. 그녀의 지위는 최하위에서 최상으로 뛰어오른다.

에바 페론이 된 에바 마리아 두아르떼는 여기에서 멈추지 않고 아르헨티나 민중 속으로 뛰어든다. 멸시받고 소외당하고 가난하며 불행한 사람들을 위해 농부와 노동자들을 위해 헌신적으로 일한다.

헐벗은 사람들을 돕는 기금을 모으고, 아르헨티나에 만연되어 있는 불평등을 없애기 위해서 물불을 가리지 않고 뛴다. 에바의 헌신적 노력에 감동한 국민들은 그녀를 부통령으로 추대한다.

부통령 후보를 사퇴한 에바는 암 말기의 투병으로 들어간다. 그녀는 33세이 젊은 나이로 세상을 떠난다. 아르헨티나 국민들은 통곡 속에 에바 페론을 보낸다. 그러나 그녀는 죽었지만 그녀의 모습은 아르헨티나 사람들의 가슴 속에 영원히 자리잡고 있다.

나이트클럽 댄서에서 퍼스트레이디까지, 농부의 사생아에서 아르헨티나 국민들의 성녀가 되기까지의 자기혁명은 여성주의의 극치를 보여준다.

에바 마리아 두아르떼가 에바 페론이 되기까지의 이야기를 여기에서 장황하게 서술하는 것은 다른 데 있는 것이 아니다. 에바 마리아 두아르떼가 태어났던 1919년부터 부에노스아이레스로 나와 나이트클럽의 댄서로 야망을 키워가고 있던 1934년 무렵, 우리나라에는 주목할 만한 여성주의 수필이 발표되었기 때문이다.

에바 마리아 두아르떼는 자신을 도시의 밑바닥 인생으로 전락시키는 세상에 도전한다. 그것이 여성주의로 비쳐지는 것은 하등의 비난을 받지 않는다. 일제 침략의 마수가 이 땅을 짓밟고 있을 때 김유정(金裕貞)은 「조선(朝鮮)의 집시(1935년)」·「강원도 여성(1937년)」을 발표했다.

한국의 여성주의가 자기혁명을 시도할 만한 야망을 결코 가질 수 없었던 절망적 상황을 그리고 있다. 생존 그것에 급급할 수밖에 없었던 억압된 여성주의를 그리고 있다. 에바 마리아 두아르떼의 생애는 「조선의 집시」가 발표된 연대에 대비할 만하다는 데서 이 글은 출발한다.

2. 조선의 집시- 들병이 철학

「조선의 집시 - 들병이 철학」은 1935년 10월 《每日申報》에 발표되었다. 김유정은 「앞이 푸르러 가시든 님이」·「나와 귀뚜라미」·「오월의 산골짜기」·「어떠한 부인을 마지할까」·「전차가 희극을 낳아」·「길」·「행복을 등진 정열」·「밤이 조금만 짤럿드면」·「병상영춘기」·「네가 봄이런가」 등 12편의 수필을 발표했다. 그 중에서 「조선의 집시 - 들병이 철학」·「강원도 여성」이 여성주의 수필로 주목을 받는다.

「조선의 집시 - 들병이 철학」은 그 누구도 형상화하지 않았던 한국의 민속적 여성상이다. 들병이는 집시에 비유할 수 있다. 들병이는 병술을 가지고 다니면서 술을 파는 들병장수를 지칭한다. 「조선의 집시」는 들병이에 대한 사전적 의미를 넘어서 들병이 행태에 대한 민속적 행태를 형상화를 시도한다.

안해를 구경거리로 개방할 의사가, 혹은 그만한 용기가 있는가, 나는 이렇게 가끔 묻고 싶은 충동을 느낀다. 물론 사교계에 용납한다는 의미는 아니다. 안해의 출세와 행복을 바라지 않는 자 누구냐.― 그러나 내가 하는 말은 자기의 안해를 대중의 구경거리로 던질 수 있는가, 그것이다. 그야 일부러 물자를 들여가며 이혼을 소송하는 부부도 없지는 않다마는 극진히 애지중지하는 자기의 안해를 대중에게 봉사하겠는가 말이다.

밥! 밥! 이렇게 부르짖고 보면 대뜸 신성치 못한 아귀를 연상케 된다. 밥을 먹는다는 것이 따는 그리 신성치 못한가 보다. 마치 이 사회에서 구명도생하는 호구가 그리 신성치 못한 것과 같이 ─ 거기에는 몰지각적 복종이 필요하다. 파렴치적 허세가 필요하다. 그리고 매춘부적 애교 아첨도 필요할는지 모른다. 그렇지 않고야 어디 제가 감히 사회적 지위를 농단하고 생활해 나갈 도리가 있겠는가.─

그러나 이것은 그런 모든 가면 허식을 벗어난 각성적 행동이다. 안해를 내놓고 그리고 먹는 것이다. 애교를 판다는 것도 근자에 이르러서는 완전히 노동화 하였다. 노동하여 생활하는 여기에 아무도 이의가 없을 것이다.

이것이, 즉 들병이다.

「조선의 집시」 서두에서 보듯이 들병이는 남편 아내가 한 가족 구성원을 이룬다. 여기에 어린아이가 딸리면 금상첨화가 된다. 그들은 땅을 파던 농군이었다.

그러나 농군이 지주와 빚쟁이에게 수확물을 대부분 내주고 나면 한겨울에 밥걱정을 하게 된다. 그들은 굶어 죽지 않고 살아남기 위해서 들병이로 나서는 것이다.

아내에게 노래를 가르친다. 유행가도 가르치고, 아리랑으로부터 양산도, 방아타령, 신고산타령, 배따라기도 가르친다. 아내를 단장시키고 아내의 등에 자식을 업혀가지고 남편이 데리고 나간다.

이들이 들병이 가족이다. 들병이 가족은 가을에 결사적으로 들병이 영업을 개시한다. 들병이 영업은 가을 농촌의 술집에서 이루어진다.

촌의 술집에서는 어데고 들병이를 환영한다. 아무개 집에 들병이 들었다 하면 그날 밤으로 젊은 축들은 몰려든다. 소리 조금만 먼저 해보라는 놈, 통성명만으로 낼 밤의 밀회를 약속하는 놈, 혹은 데리고 철야하는 놈… 하여튼 음산하던 술집이 이렇게 담박 활기를 띤다.

술집 주인으로 보면 두 가지 이득을 보는 것이다. 들병이에게 술을 팔고 밥을 팔고 ―

들병이가 보통 작부와 같은 점이 여기다. 그들은 남의 술을 팔고 보수를 바라는 것이 아니라 주막 주인에게 막걸리를 뒷술로 사면 팔 때에는 잔술로 환산한다. 막걸리 한 되의 원가가 가령 십칠전이라면 그것을 이십여전에 맡는다. 그리고 손님에게 잔으로 풀어 열 잔이 낫다치면 오십전, 다시 말하면 탁주 일승의 순이익이 삼십전이라 할 것이다.

들병이 두 내외는 이런 장사를 이 마을 저 마을로 옮겨 다니면서 벌린다. 들병이는 지주댁 사랑으로 찾아가기도 한다. 그러니까 들병이는 장사가 될 만한 곳이면 어디든지 찾아간다. 그러다가 춘궁 때가 돌아오면 들병이 가족은 고향으로 돌아가 옛집에 칩거한다. 농민생활로 다시 귀화한다. 들병이가 마을에 들었을 때의 풍경이나, 매춘이 이루어졌을 때의 풍경, 또는 들병이를 따르는 연애지상주의자가 생겼을 때의 풍경도 우리가 전에 어디서도 체험할 수 없었던 해학을 담고 있다.

들병이가 들면 그날 밤부터 동리의 청년들은 떼난봉이 난다. 그렇다고 무모히 산재를 한다든가 탈선은 아니한다. 아무쪼록 염가로 향락하도록 강구하는 것이 그들의 버릇이다. 여섯이고 몇이고 작당하고 출염을 모여 술을 먹는다. 한 사람이 오십전씩을 낸다면 도합 삼원 ― 그 삼원을 가지고 제각기 삼원어치 권세를 표방하며 거기에 부수되는 염태를 요구한다. 만약 들병이가 이 가치를 무시한다든가, 혹은 공평치 못한 애욕람비가 있다든가, 하는 때에는 담박 분란이 일어난다. 다같이 돈을 냈는데 어째서 나만 떼놓느냐, 하고 시비조로 덤비면 큰 두통거릴 뿐만 아니라 돈도 못받고 따귀만 털리는 봉변도 없지 않다.①

들병이를 처음 만나면 우선 남편이 있느냐고 묻는 것이 술꾼의 상투적인 인사다. 그러면 그 대답은 대개 전일에는 금슬이 좋았으나 생활난으로 말미암아 이혼했다 한다.

들병이는 남편이 없다는 이것이 유일의 자본이다. 부부생활이 얼마나 무미건조하였든가를 역력히 해몽함으로써 그들은 술꾼을 매혹케 한다.

그러나 들병이에게는 언제나 남편이 수행하고 있는 것이다. 안해가 술을 팔고 있으면 남정은 그 근처에서 배회하고 있다.②

남편이 간혹 야심하야 안해의 처소를 습격하는 경우가 있다. 이때에는 방에 들어가 등잔의 불을 내려놓고 한구석에 묵묵히 앉았다. 강박하거나 공갈은 안한다. 들병이니까 그럴 염치는 하기야, 없기도 하거니와 ─ 얼마 후에야 남편은 겨우 뒤통수를 긁으며,

"머리를 깎아야 할텐데 ─"

이렇게 이발료가 없음을 장탄하리라.

그러면 이것이 들병이의 남편임을 비몽사몽간에 깨닫게 된다. 실상은 죄가 못되나 순박한 농군이라 남편이라는 위력에 압도되어 대경실색하는 것이 상례이다. 그러나 놀랄 건 없고 몇 십전 희사하면 그 뿐이다. 만일 현금이 없을 때에는 내일 아침 집으로 오라 하여도 좋다. 그러면 남편은 무언으로 그 자리를 사양하되 아무 주저도 없으리라. 여기에 들병이 남편으로써의 독특한 예의가 있는 것이다. 절대로 현장을 교란하거나 가해하는 행동은 안한다.③

①은 들병이가 술을 팔고 술꾼이 그 술을 사먹는 풍속도를 그린 것이고, ②는 술꾼과 들병이가 남편이 있음을 다 알면서도 없다고 잡아떼는 풍속도를 묘사한 것이다. ③은 들병이가 매춘할 때 남편이 나타나 돈을 받고 묵인하는 풍속도를 그리고 있다.

①의 상황과 ②의 상황, 그리고 ③의 상황은 해학적이다. 더욱 해학적인 상황은 들병이 남편과 들병이를 따르는 자와의 위치가 뒤바뀔 때이다. 이같은 상황이 도덕적 가치를 제외시키고 원초적 가치를 체현한다. 밥을 먹고 생존해야 한다는 본능적인 상황만을 나타낸다. 그러니까 들병이의 매춘은 결코 비난할 것이 못된다.

> 들병이에게 철저히 열광되면 그들 부부 틈에 끼어 같이 표박하는 친구도 있다. 이별은 아깝고, 동거는 어렵고, 그런 이유로 결국 은자로써 추종하는 고행이었다. 이런 때에는 들병이의 남편도 이 연애지상주의자의 정성을 박대하지 않는다. 의좋게 동행하면 심복같이 잔심부름이나 시켜먹고 한다. 이렇게 되면 누가 본남편인지 분간하기 어렵고 자칫하면 종말에 주객이 전도되는 상외의 사실도 없는 것이 아니다.

원초적 모계사회의 성을 공유하는 잔영을 사실대로 그리고 있다. 원초적, 본능적 성의 공유라는 들병이 풍속도를 통해서 여성주의를 천착한다. 여기에 도덕적인 것을 배제함으로써 해학적인 것으로 반전되는 묘미를 획득한다.

「조선의 집시」는 김유정의 소설에서 빛나는 문체나 구성을 반영하지 못하고 있다. 그럼에도 불구하고 누구도 형상화하지 않은 들병이의 여성상을 천착하고 있다는 점에서 여성주의 수필의 한 원형으로 치부한다.

3. 현대문명이 침투하지 않은 강원도 여성

「조선의 집시」가 현대문명이 침투하지 않은 본능적 여성주의의 특수성의 한 모델로 들병이를 천착했다면 「강원도 여성」은 역시 현대문명의 손이 뻗치지 못한 민속적 여성주의의 보편성의 한 모델로 산골의 여성을 천착하고 있다.

김유정이 「강원도 여성」을 발표한 것은 1937년이었다. 당시의 우리나라 인구 90%는 농민이었다. 그러니까 한국인 = 농민이라는 등식이 통용되었다 해도 과언이 아니다. 「강원도 여성」은 월간지 《여성(女性)》에서 13도 여성순례를 기획, 강원도 편으로 집필, 발표되었다.

1930년대 우리나라 여성상을 그린 글이다. 「강원도 여성」은 '한국 여성' '농촌 여성'의 보편적 모습을 담았다. 현대문명의 손이 뻗지 않은 자연미 그대로의 여성상이 그려져 있다. 1930년대 우리나라 여성주의의 한 모델을 여기에서 발견할 수 있다.

교통이 불편하면 할수록 문화의 손이 감히 뻗지를 못합니다. 그리고 문화의 손에 농락되지 않는 곳에는 생활의 과장이라든가 또는 허식이라든가 이런 유령이 감히 나타나질 못합니다.

뿐만 아니라 타고난 그 인물까지도 오묘한 기교니, 근대식 화장이니 뭐니 하는 인공적 협잡이 전혀 없습니다. 선천적으로 타고난 그대로 톱틉하고도 질긴 동갈색 바닥에 근실한 이목구비가 번듯번듯이 서로 의좋게 놓여 있습니다.

다시 말씀하면 싱싱하고도 실팍한 원시적 인물입니다.

문명에 물들지 않은 자연미로 드러나는 원시적 인물은 어떤 모습일까. 「강원도 여성」에서는 그 모습의 단면을 보여준다. 그러므로 원시적 여성주의의 실체에 미학적 윤리적 논리는 전연 가미되지 않는다. 「강원도 여성」에서의 미덕은 교양 같은 것으로 꾸미지 않는데 있다.

교양이라는 놈과 인연이 먼만치 무뚝뚝한 그들에게는 예의가 알배 없습니다. 우선 길을 가시다 구갈이 나시거든 우물두덩에서 물을 푸고 있는 아낙네에게 물 한 그릇을 청해 보십시오. 그는 고개도 돌려보는 법 없이 물 한 바가지 뚝 떠서 무심히 내밀 것입니다. 그건 고만두고 물을 도로 내놔 보십시오. 역시 그는 아무 대답도 없이 바가지를 턱 받아 제 물만 푸기가 쉽습니다.

그렇다 하더라도 예의를 모르는 식충이라 속단하셔서는 도리어 봉변하시고 맙니다. 입에 붙은 인사치레로만 간실간실 살아가는 간배에 비한다면 무뚝뚝하고 냉담하여 보이는 그들과 우리는 정이 들기가 쉬울 겝니다. 목마른 사람들에게 물을 떠주고, 먹고, 하는 것은 의례히 또는 마땅히 있을 일, 그 무에가 고맙겠는가, 하는 그 태도입니다.

그건 새로이 남편이 먼 길에서 돌아와 보십시오, 그래도 인사 한마디 탐탁히 없는 그들입니다.

이 땅의 여인들이 가진 유연한 자연미, 혹은 천의무봉의 순진미를 간직하고 있다. 그들에게도 에바 마리아 두아르떼가 부에노스아이레스로 진출하고 싶어 하던 그런 야망이 없는 것은 아니다. 그들도 넓은 세상으로 나가고 싶다는 욕망을 표백한다.

동백꽃이 필라치면 한겨울 동안 방에 갇혀 있던 처녀들이 하나 둘나물을 나옵니다. 그러면 그들은 꾸미꾸미 외따른 곳에 한덩어리가되어 쑥덕공론입니다. 혹은 저희끼리만 들을만치 나직나직한 음성으로 노래를 부르기도 합니다. 그 노래라는 것이 대개 잘 살고 못사는 건 내 분복이니, 버덩의 서방님이 그립다는 이런 음미의 장탄입니다. 우리가 바닷가에 외로이 섰을 때 바다 너머 저편에는 까닭없이 큰 기쁨이 있는 듯싶고 다스로운 애정이 자기를 기다리는 것만 같아 안타깝게도 대구 그립니다. 그와 마찬가지로 산골의 아낙네들은 넓은 버덩에는 그 무엇이 자기네를 기다리는 것만 같아 그렇게도 동경하여 마지않는 것입니다.

넓은 버덩은 넓은 세계를 상징한다. 에바 마리아 두아르떼가 부에노스아이레스로 진출하려는 의지 같은 것이 여기서는 산골 아낙네들의 버덩 – 넓은 세계, 즉 도시로의 아지랑이 같은 동경으로 묘사되고 있다.

1930년대 농촌 여성의 삶과 생애를 천착한 「강원도 여성」과 모계사회의 성과 매춘의 민속을 천착한 들병이 가족의 삶을 그린 「조선의 집시」는 여성주의 수필의 한 전범이 되고 있다. 우리나라 여성주의 수필론에서 「조선의 집시」는 독특한 여성체험의 영역을 가지고 있다.

'금' 모티브의 수필

1. '금'에 대한 두 가지 뉴스

20세기를 10일 남겨둔 1999년 12월 22일, 에이피(AP)통신은 금값이 폭등하고 있다고 타전했다. 금은 런던 시장에서 온스당 278.90 달러에 거래돼 전날 오후의 282.75 달러에서 크게 뛰었다고 전했다.

가격 폭등은 네덜란드 중앙은행이 향후 5년간 300톤의 금을 매각할 것이라고 발표한 후 그 일환으로 13.5t을 처분한 것과 때를 같이 했다. 시장전문가들은 네덜란드 조치가 예견된 것이었기 때문에 가격 변동에 영향을 주지 못했다고 분석했다. 금속시장 전문가는 연말에 금 거래가 줄어든 것이 이번 폭등과 관계가 있다고 말했다. 연말연시가 지나고 컴퓨터의 2000년 인식오류(Y2K) 문제가 어떻게 될 것인지, 그 이후에 가야 내년의 금값 추이를 가늠할 수 있을 것이라 했다.

AP통신의 금값 폭등 타전은 전 세계에서 20게기를 끝내는 시점인데도 금값이 뉴스의 초점이 되고 있음을 보여주는 것이다. 21세기에도 금값은 사람들의 관심사항이고, 뉴스의 초점이 되리라는 점을 시사해 준다. 그것은 런던 뿐만 아니라 인간이 사는 모든 도시의 성향이 되고 있다. AP통신의 금값 폭등 뉴스는 금에 대한 인간의 생각과 행동을 성찰해 보는 모티브가 되고 있다.

우리나라가 국제통화기금(IMF) 체제로 들어갔던 1997년 11월, 한국경제가 나락으로 떨어지는 듯한 충격을 한국인 모두에게 안겨 주었다. 우리나라는 IMF 가맹 14조국으로,

① 경상지급에 대한 외환 규제 철폐
② 차별적 통화정책의 폐지
③ 통화의 자유 호환성 보장

등의 의무를 지켜야 했다. IMF 위기상황을 극복하기 위해 나라 경제 살리기 금모으기운동이 전개되었다. 당시 강원도 양양지역에서의 금 모으기 상황을 《강원일보》는 다음과 같이 전하고 있다.

금·고철 모으기 등, 나라경제살리기운동이 양양지역 사회단체로 확산되고 있다. 양양군이 지난 12일부터 오는 24일까지 범국민 금모으기운동을 벌이고 있는 가운데 바르게살기운동 양양군협의회를 비롯, 해외 참전전우회 양양군지부 등 사회단체들이 동참하고 나섰다.

바르게살기운동 양양군협의회는 읍·면지회 별로 회의를 열고 오는 20일부터 23일까지 금모으기운동과 함께 경제살리기 주민서명운동을 전개하기로 했다. 또 16일 오후에는 군청 소회의실에서 각급 학교, 군부대, 사회단체 등 44개 단체가 참석한 가운데 고철 모으기 범국민 실천추진회를 가졌다.

해외참전전우회 양양군지부도 17일 오전 11시 양양읍 일출예식장에서 기동봉사대 및 환경감시단 창립 2주년 기념식을 갖고 나라사랑 금모으기운동에 동참하다. 지난 12일부터 시작된 양양지역 금모으기운동은 16일 현재 300여 명의 주민이 참여 30 kg의 금을 모았다.

1998년 2월에 전국 방방곡곡에서 전개되었던 나라 살리기 '금모

으기운동'은, 사회단체는 물론 국민 개개인이 자발적으로 참여했다. 나라 사랑의 마음이 하나가 되어 '금모으기운동'으로 나타났던 것이다.

양양군의 '금모으기운동' 기사와 같은 운동이 전국에서 전개되어 가슴 뭉클한 감동을 불러 일으켰다.

AP통신의 금값 폭등 뉴스와 《강원일보》의 '금모으기운동' 뉴스는 금에 대한 인류의 보편적 생각과 행동을 담고 있다. 하나는 '금'이 인류의 관심의 대상이 되는 사물이라는 것과 다른 하나는, '금'이 인간을 구원할 수 있다는 사례의 표본을 만들어낸다는 것이다. '금'에 대한 두 가지 뉴스는 '금' 모티브의 수필에 대해 한 번 성찰해 볼 만하다는 문제의식을 던져준다. '금'에 대한 두 가지 뉴스 중에서 금값 폭등은 언제 어디서나 접할 수 있지만, '금모으기운동'은 한국이 아니면 접할 수 없는 현상이다.

2. 금을 찾는 인간의 긴 여로

금은 인간에게 무엇인가. 인간은 왜 끊임없이 금을 찾고 있는가. 금은 인간에게 부(富)의 궁극적인 기준이 되고 있는가, 금은 인간을 행복하게 만드는가, 이러한 질문은 지난 3천여 년 동안 줄곧 던져졌다. 금은 인간의 끝없는 욕망의 원천이 되어 왔음을 보여주는 질문의 사례들이다.

금을 찾는 인간의 긴 여로는 지금도 계속되고 있다. 금에 대한 수요는 지금도 계속 늘어나고 있다. 지질학자들은 인간의 치열한 금광 탐색으로 대규모 금 산지는 다 발견되었다고 한다.

석기시대 사람들은 냇물의 자갈 사이에서 찾아낸 금덩어리를 돌망치로 두들겨 마음에 들게 모양을 만들 수 있다는 것을 알았다. 고대국가의 왕들은 금을 세공해서 제작된 금관을 쓰고 있으면, 그 권위가 사방으로 퍼져나간다는 것을 알았다.

청동기·철기시대 사람들은 금이 들어있는 광맥을 찾아 나선다. 현대인들은 아예 금광을 찾는 일로 일생을 바치기도 했다. 미국 캘리포니아의 골드러쉬는 그 사례의 하나이다.

미국 캘리포니아의 골드러쉬는 제임스 마샬이 불을 당겼다. 그는 세크라멘토에 가까운 콜러머의 아메리칸강의 물레방아 물길에서 화강암 틈에 묻혀 있던 금덩어리를 발견했다. 유콘강의 골드러쉬는 1896년에 시작되었고, 클론다이크강가의 보낸저라는 곳에선 자갈 속에서 금이 발견되었다. 이 '보낸저'라는 말은 오래지 않아 '노다지'와 같은 뜻으로 사용하게 되었다.

영국인 존 디슨과 리처드 오츠는 오스트레일리아의 빅토리아주에서 지금까지 발견한 순금덩어리 가운데 가장 큰 것을 1869년에 발견했다. 길이가 무려 53cm, 지름 25cm였으며, 무게는 70kg이나 되었다. 이거대한 순금덩어리는 순도가 98.99%였다. 그들은 이 금덩어리를 5만 달러를 받고 팔았다. 광맥에서 발견된 최대의 금덩어리는 285kg의 금괴였다. 1872년 오스트레일리아 뉴 사우스 웨일스주 힐엔드 광산에서 캐냈다. 이 금덩어리에서 85kg의 금이 추출되었다.

인간이 발견한 금은 영원한 생명을 지니게 되었다. 금은 부식성 물질에 손상되지 않으며, 시간의 흐름에 영향 받지 않는다. 되풀이 해 녹여도 그 질(質)은 변하지 않는다. 1g의 금은 2,000m의 가느다란 선으로 늘릴 수 있으며, 망치로 두들겨 0.1미크론의 금박을 만들 수 있다. 금은 그리하여 인간의 끝없는 욕망의 원천이 되었으며, 금을 찾는 인간의 긴 여로는 반복되었다.

금을 찾아서, 연금술사는 보통 금속을 금으로 만들려고 했다. 현대의 물리학자들은 핵분열을 이용하여 납이나 백금을 금으로 바꾸는 방법을 알아냈다. 그러나 좁쌀 한 알만한 금을 만드는 데는 몇 백만 달러가 들었다. 금을 만들 수는 있지만 금을 만드는 데 드는 비용 때문에 그 가치는 미미하다.

바닷물 속에서 금을 추출할 수 있는 실용적인 기술이 보급되지 않는 한 인간은 땅 속에서 금덩어리를 캐내야 한다. 1g의 금을 생산하려면 바닷물 100t를 걸러내야 한다. 그것도 지금으로서는 보장된 것이 아니다. 금을 캐내려는 인간의 여로는 또 얼마나 길어질는지도 모른다.

골드러쉬는 미국의 캘리포니아주에서만 발생한 것이 아니고, 오스트레일리아의 빅토리아주, 아프리카의 남아공 등등 세계 도처에서 발생했다. 캘리포니아주의 골드러쉬가 인구에 회자되었을 만큼 모델이 되었을 뿐이다.

한국에서도 골드러쉬는 발생했다. 그러나 그것은 불행하게도 일제 식민주의 억압체제 하에서 발생했다. 일제는 경제수탈의 방법으로 광산개발에 착수했으며, 금광을 소유한 광산주로서 한국인의 재보를 착취했다. 한국인들은 식민지 시대의 궁핍을 벗어나기 위해서 금을 찾아 나섰다. 궁핍을 벗어나기 위해 노다지를 찾아 나섰던 인간행동과 사건들이 한국현대문학에 등장한 것은 1935년부터였다. 즉 '금' 모티브의 문학이 이때부터 등장한 것이다. 그것도 소설이 주조를 이루었다. 두각을 나타낸 작가는 김유정과 채만식(蔡萬植) 두 사람이었다. 김유정은 「금따는 콩밭(1935)」・「노다지(1935)」・「금(1935)」의 3편의 단편을, 채만식은 「정거장 근처(1937)」・「금의 정열(1939)」 등 한 편의 중편과 한 편의 장편을 '금' 모티브의 소설로 한국문단에 선보였다.

3. 김유정과 채만식의 '금' 수필

 김유정과 채만식의 '금' 모티브의 수필은 '금' 모티브의 소설에 묻혀 관심의 대상이 된 적이 별로 없다. 끝없이 전개되는 '금' 관련 뉴스, 나라살리기 '금모으기운동' 관련 뉴스에 접하면서 '금'에 대한 한국인의 관심은 드높아졌다. '금' 모티브의 소설 틈에서 '금' 모티브의 수필, 그 존재가 확연히 드러나기 시작했다.

 '금' 모티브 수필론은 그렇게 첫발을 내딛는다. 그러나 '금' 모티브의 수필론 대상은 김유정의 「연기」·「봄밤」 두 편과 채만식의 「금과 문학」 한 편뿐이다.

 김유정의 「연기」·「봄밤」은 짧은 소설로 분류되기도 한다. 소설적인 형태를 갖추었지만 두 작품은 김유정 생애의 일부를 드러내고, 또 일상의 정서를 표현하고 있다. 그래서 수필적 요소도 갖는다. 짧은 소설로 분류된 「연기」·「봄밤」을 수필로 분류하는 것은 이 때문이다.

 「연기」의 첫 장면부터 수필적 분위기를 확인할 수 있다.

 눈뜨곤 없더니 이불을 쓰면 가끔씩 잘두 횡재한다.
 공동변소에서 일을 마치고 엉거주춤히 나오다 나는 벽께로 와서 눈이 휘둥그랬다. 아 이게 무에냐. 누리끼한 놈이 바로 눈이 부시게 번쩍번쩍 손가락을 펴들고 가만히 꼬옥 찔러보니 마치 갓 굳은 엿조각처럼 쭌득쭌득이다. 얘 이눔 참으로 수상하구나. 설마 뒤깐기둥을 엿으로 빚어놨을리는 없을 텐데. 주머니칼을 꺼내들고 한 번 시험조로 쭈욱 내리어 깎아보았다. 누런 덩어리 한 쪽이 어렵지 않게 뚝 떨어진다 그놈을 한테 뭉쳐가지고 그 앞 댓돌에다 쓱 문대어보니까 아아 이게 황금이 아닌가. 엉뚱한 누명으로 끌려가 욕을 보던 이 황금, 어리다는 이유로 연홍이에게 고랑땡을 먹던 이 황금, 누님에게 그 구박을 다 받아가며 그리도 얻어먹고 있는 이 황금 —

다시한번 댓돌 위에 쓱 그어보고 그대로 들고 거리로 튀어나온다. 물론 양쪽 주머니에는 묵직한 황금으로 하나 부듯하였다. 황금! 황금! 아, 황금이다.

— (「연기」 중에서)

식민지시대 대부분의 한국인들은 실직자가 되었다. 지식인들은 더더욱 그랬다. 실직자인 '나'는 취직할 직장을 찾아 나선다. 이리저리 돌아다니다가 공동변소에서 일을 마친다. 밖으로 나오다가 황금을 발견하는 것이다. 집으로 돌아와 누님에게 약을 올린다. 누님네 집에 얹혀살고 있는 나는 이제 황금을 얻었으므로 따로 나가서 살겠다고 호기있게 선언하는 것이다. 그러자 구박을 일삼던 누님이 나가지 말라고 애원한다. 황금을 얻었다고 신바람을 일으켰다. 그러나 그것이 꿈이었다. 그것이 연기였다. 집을 나가겠다고 누님에게 선언하는 장면은 회화적이다.

"그까짓 취직" 하고 콧등으로 웃어버리고는
"자 이게 금덩어리유. 똑똑히 보우."
나는 두 손을 다 코밑에다 들이댔다. 이래두 침이 아니 너머갈 터인가. 그는 가늘게 실눈을 떠가지고 그걸 이윽히 들여다보다가 종내에는 나의 얼굴마저 치어다보지 않을 수 없는 모양이다. 금덩어리와 나의 얼굴을 이렇게 번차례로 몇 번 훑어가더니
"이거 너 어서 났나?" 하고 두 눈에서 눈물이 확 쏟아지질 않느냐. 그리고 나의 짐작대로 날랜 두 손이 들어와 덥석 움켜잡고
"아이구 황금이야!"

— (「연기」 중에서)

누님은 황금을 발견하고 놀라움과 환희를 감추지 않는다. 그러나 누님의 행동은 나의 꿈속에서의 행동일 뿐이다.

황금을 발견하는 꿈을 통해서 '나'와 '누님'의 놀라운 변화를 확인하게 되고, 그것이 인간의 일반적인 행동이 될 것이라는 유추를 가능케 한다. 황금을 발견하는 꿈을 통해서 식민지시대의 빈곤·실직, 그리고 도시의 떠돌이가 되어가는 모습을 적나라하게 읽을 수 있다. 현실에서 보는 누님의 행동에서 그것을 엿볼 수 있다.

"취직인가 뭔가 할려면 남보다 더 성심껏 돌아다녀야지."
바로 가시를 집어삼킨 따끔한 호령이었다. 아무리 찾아보아야 고대같이 살자고 눈물로 빌붙던 그 누님은 그림자도 비취이지 않았다. 사람이 이렇게도 변할 수 있는가. 나는 뚱그렇게 눈을 뜨고서 너무도 허망한 일인 양하여 얼뚤한 시선으로 한참 누님을 쳐다보았다.
― (「연기」 중에서)

「연기」가 꿈속에서 발견한 황금에 혹하게 되는 인간행동을 희화했다면 「봄밤」은 현실에서 발견한 황금이, 황금이 아니라 똥이었다는 데서 인간심리를 희화하고 있다. 「봄밤」은 그 과정을 절묘하게 그리고 있다.

쓸쓸한 다옥정 골목으로 들어서며 영애는 날씬한 옥녀가 요즘으로 부쩍 더 자란 듯 싶었다. 이젠 머리를 틀어올려야 되겠군. 하고 생각하다가 옥녀와 거반 동시에 말이 딱 멈추었다. 누가 사가지고 가다가 떨어졌는가 발 앞에 네모 반듯한 갑 하나가 떨어져 있다.
옥녀는 걸쌈스러운 시늉으로 사방을 돌아보고 선뜻 집어들었다. 그리고 갑의 흙을 털며 그 귀에 가만히
"영애야! 시겐게지?"

"글세, 갑을 보니 아마 금시곌걸!"

그들은 전등 밑에 바짝 붙어서서 어깨를 맞대었다. 그리고 부랴부랴 갑을 열었다. 그 속에서 나오는 물건은 또 반질반질한 종이에 몇 겹 싸이었다. 그놈을 마저 허둥지둥 펼치었다. 그러나 그 속알이 나타나자 그들은 기겁을 하여 땅으로 도로 내던지며 퉤, 퉤, 하고 이 방이나 하듯이 침을 배알지 않을 수 없다. 그보다 더 놀란 건 골목 안에 사람이 없는 줄 알았더니 이 구석 저 구석에서 장난꾼들이 불쑥불쑥 빠져나온다. 더러는 재밌다고 배를 얼싸안고 낄낄거리며

"똥은 왜 금이 아닌가?" 하고 콧등을 찌긋하는 놈-

영애는 옥녀를 끌고 저리로 달아나며

"망할 자식들 같으니."

"으하하하하! 고것들 이쁘다!"

극장에서 영화를 보고 나오던 영애와 옥녀 두 사람은 골목길에서 금시계(?) 갑을 발견한다. 그것은 장난꾼들이 똥을 포장해서 골목길에 던져두고 그것을 집어든 사람이 어떻게 나올 것인가를 보고 골려주려는 것이었다. 여기에 영애와 옥녀가 걸려들게 되고, 황금시계일 것으로 기대했던 두 사람은 퉤, 퉤 하면서 던져버린다는 것이다.

"똥은 왜 금이 아닌가?" 하는 장난꾼의 말과 "망할 자식들 같으니!" 하는 장난꾼에게 당한 처녀들의 말이 뉘앙스롤 이룬다. 금에 대한 인간심리의 저변이 그려져 있다. 금은 가난한 두 처녀에게 있어서 생명 줄이 될 것이라는 사실을 아무도 부인하지 못한다. 그것이 봄밤의 일장춘몽처럼 소유할 수 없는 그림의 떡이라는 사실도 암시한다.

채만식의 「금과 문학」은 '금과 문학'이라는 글을 쓰게 된 동기, 금광꾼으로서의 체험이 그렇게 많지 않다는 것, 소설 「정거장

근처」와 「꿈의 정열」의 작품과 관련된 체험, 그리고 금광과 관련된 집안 내력과 금값 이야기를 내용으로 담고 있다. 1940년 무렵 한국인의 금에 대한 생각의 편린부터 만나보자. 「금과 문학」의 묘미는 「금과 문학」이라는 글을 쓰게 된 표면적 이유를 말하는 것처럼 보이나 내면적으로는 금에 대한 생각을 담아내고 있음을.

양 삼년 이래 금값은 연해 꼬리를 물고 경중경중 올라, 시방은 매 돈중 14원 50전인데 만일 거기다가 증산 장려금까지 가산을 한다면 178원이 넉넉재피는 세음이다.

정부의 적극적인 산금 증산 정책과 아울러 이 폭발적인 금가고(金價高)는 문자 그대로 조선 천지를 황금광 시대로 화하게 했고, 그것이 나아가서는 한 중대한 역사적 기능까지에 지양(止揚)이 되어가고 있다.

즉, 그는 디릿겨서의 미두 만침이나 마물성(魔物性)을 휘두루면서 그러나 조선 사람의 부력(富力)의 계산 단위를 족히 십 배는 올렸다는 데에 세기적인 의의를 가진 것이다.

시굴로 다니면서 보면 웬만한 사람으로 금광이나 몇 구역 출원해 두지 않은 사람이 없다. 경성에 한 번 들여 놓면 여관의 유숙인 가운데 열에 아홉까지가 금광업자들이다.

10만 원이나 100만 원이니 하는 흥정 소리에 귀를 기우리면 죄다 금광의 매매다.

의사는 메스를 집어 던지고, 변호사는 법복을 벗어던지고, 금광에로 금광에로 달려간다.

기생이 영문도 모르고서 105원을 들여 광을 출원하는가 하면 현직의 교원이 감석(鑑石)을 들고 분석소엘 찾아간다.

뿌로카며 건달이며 난봉이 광산 도면을 한 짐씩 안고 구석구석에서 수군거리는 것쯤은 유로 세일 수가 없다.

하는 덕에 소설쟁이도 금광을 하자고 덤벼 보았었고.

그리하여 아무턴지 금광광 시대는 날로 그 광도(狂度)가 더 강화
되어 간다.

물론 그렇다고 하더래도 그것을 하나의 시정적(市井的)인 상식임
은 틀림이 없다.

그러나 상식의 배후에는 도저히 깔볼 수 없는 상식 이상의 것이
엄격히 존재하여 있는 것이다.

- (「금과 문학」 중에서)

「금과 문학」에서 1940년대의 금과 관련된 세태상은 캘리포니
아의 골드러쉬를 방불케 한다. 금광에 광분하는 세태상이 명료하
게 드러나고 있다. 김유정의 「연기」와 「봄밤」이 황금에 대한
환상과 꿈과 기원을 담고 있다면 「금과 문학」은 그 구체적인
환상과 꿈과 기원의 실제를 담고 있다. 우리는 여기에서 1940년
대의 금에 대한 한국인의 관심이 얼마나 열정적이었나를 확인할
수 있다.

셋째와 넷째 두 가형(家兄)이 다 같이 사금광 개발의 작업에 대하
여 능란한 경력을 가지고 있었다.

그러나 아무리 기술을 지녔기로손 자본과 광구를 가지지 못한 이
상 백 년을 가도 남의 일터의 헛배나 불은, 월급쟁이요 덕대에 지나
지 못하는 신분이었다.

다년간, 그리하여 김제니 천안이니 하는 유수한 사금지대로 돌아
다니면서 겨울 현장 감독이며 평띠기 청부를 하는 걸로 어렵살이
생활을 부지해 왔었다.

하면서 늘, 주소(晝宵)로 놓지 못하는 한 가지 대망(大望)은, 인심
좋은 광주라도 만나 어떻게 해서던지 조그맣게 분광(分鑛)을 한 자
리 얻어, 모작을 붙이던지 누구 연상(連上)을 구하여, 단돈 천 원이

라도 내 밑천을 좀 장만하도록 되었으면 하는 것이었다.

어쩌면 수월한 듯하면서도 도저히 성취의 기회가 와 주지를 않았고, 작년 봄까지의 최근 또다시 3년 동안은, 꾸준히 그 희망을 품은 채 청주의 남택광(藍澤鑛)에서 '보오링그' 작업을 맡아 해 주고 있었다.

하던 끝에 작년 여름엔 마침내 적년(積年)의 숙망(宿望)을 이루어, 그 광구 가운데서 가장 금분(金分)이 좋은 자리로 2, 3천 평 가량 분광권(分鑛權)을 얻게 되었었다.

　　　　　　　　　　　　　　　　　　－ (「금과 문학」 중에서)

금광을 소유한다는 것은 그러니까 하늘의 별을 따는 만큼 어려운 일인데, 1940년대에 너도나도 금광을 소유하고자 했고, 또 소유하기까지 했던 것은 한국의 골드러쉬가 유행처럼 번지고 있었음을 보여준다. 「금과 문학」은 '금'의 세태상을 보여주면서 금에 대한 한국인의 생각과 행동의 독특한 모델을 제시하고 있다.

4. 금의 세계, 금 수필의 세계

채만식은 「금과 문학」의 수필을 쓰게 된 동기를 잡지 편집자가 "남이 아직 안 쓰는 금광 소설을 썼으니 좌우간 거기에 대하여 무엇이고 화제가 없지 않겠은즉 그 이야기를 쓰라,"는 요청이 있어서였다고 고백하고 있다. "무엇이고 화제가 없지 않다"는 것은 화제가 존재한다는 것을 뜻한다. 금의 세계는 분명히 화제가 있고, 그것을 쓴 수필의 세계가 '금' 모티브의 수필이다.

김유정과 채만식 이후에 한국문학에는 '금' 모티브의 수필이 별로 관심의 대상이 되지 않았다. IMF 관리체제가 된 이후 '금모으기운동'을 모티브로 하는 수필이 없지 않았으나 심금을 울리는 수필세계를 형성하지는 못했다.

금에 대한 뉴스, 금을 찾아 나선 행로는 21세기에도 지속될 것이다. 그리고 이 이색적인 세계를 수필의 세계로 형상화하는 데 대한 관심도 지속될 것이다.

'금' 모티브의 수필이 더 많이 쓰여 질 것을 기대한다.

전고(典故) 에세이의 새 지평
― 심영구의 수필세계

1. 전고 에세이의 시간과 공간

전고(典故) 에세이의 새 지평은 심영구(沈永求)의 수필집 『본(本) 찾자』·『본(本) 알자』로부터 열렸다. 그는 1993년 8월 31일 앞에 두 권의 수필집 이 외에도 『이매망량뎐』을 펴냈으며, 1995년 7월 31일에는 『공자도 뭘 몰랐다』는 전고 에세이집을 냈다. 「고전은 말한다 본(本)·3」의 부재를 달았다. 또한 『심영구 전고 에세이』라는 이름을 내걸었다. 한시 에세이(한국편) 『눈물로 베개 적신 사연』과 한시에세이(중국편) 『그리움에 잠 못 이룬 사연』도 전고에세이집의 흐름을 담고 있다. 뒤이어 펴냄 『물 아래 뜬 달』, 『숨겨둔 애인』도 전고 에세이의 세계를 거침없이 펼쳐놓았다. 그는 첫 수필집에서 전고 수필집(典故隨筆集)의 이름을 내걸어, 전고의 의미를 정립했다.

우리는 지금까지 인본(人本)을 잊고 살았습니다. 이제라도 인본을 되찾아 사람으로 가야 할 길이 무엇인가를 되삭여 봅시다.
전고(典故)는 결코 낡은 문화유산이 아닙니다. 우리의 정신문화를 이루는 근간입니다. 어둠을 밝혀주는 횃불입니다. 불변 불멸의 진리입니다.
전고(典故)는 인간이 인간다워지는 인본의 근간입니다. 뿌리 없는 줄기와 꽃이 아무리 아름다우면 무엇합니까, 생명이 없는 걸.
전고(典故)는 어제의 지혜와 슬기를 모아 혼탁한 오늘을 살아가는 현대인들에게 필요한 자양소며 신선한 산소입니다.

'전고'는 첫째 우리의 정신문화를 이루는 근간, 둘째, 인간다워 지는 인본의 근간, 셋째, 현대인들에게 필요한 자양소라고 규정하고 있다. 정신문화의 근간, 인본의 근간, 현대인의 자양소가 되는 전례(典例)와 고사(故事)를 가리키는 것이다. 그러한 전고는 역사의 시간이 시작 때로부터 현대까지, 그리고 한국과 중국의 공간에서 이루어진 것들을 모두 포함한다. 동양적 고사들이 그 대상이 된다. 예부터 전해 내려오는 유서깊은 사건에서 그의 전고 에세이는 시작되고 종결된다.

정신문화의 근간을 이루는 것에서 전고 에세이의 모티브를 찾는다는 점에서 전통 지향적이며, 인본의 근간을 이루는 것에 천착한다는 점에서 휴머니즘이다. 현대인들의 자양소를 찾는다는 점에서는 온고지신의 세계를 구축한다.

심영구의 전고 에세이의 세계는 그의 10여 권의 수필집에서 집중적으로 추구되고 있기 때문에 우리들의 시선을 끈다. 전고 에세이의 시간과 공간은 심영구 수필의 특징을 나타내는 것은 물론 그 영토를 더 넓힐 수 있는 전망을 밝게 한다.

흥미만의 지난 이야기가 아니라 앞을 위한 거울이 되고자 한 발짝 멈추어 뒤를 돌아보자 함이니, 열 걸음 백 걸음 전진의 슬기를 얻고자 전고(典故)를 곁들여 한 묶음 책으로 엮는 소이가 바로 여기에 있음이다.
우리는 지난 일을 너무 잊고 살았다. 아니다, 아예 옛일이라면 모른 체하고 멸시했다. 그래야만 현대인 행세를 했다. 그래야 잘난 축에 끼일 수 있었다. 해서 의식적이든 무의식적이든 옛일은 모두 쓸어버릴 오물쯤으로 여겼다.

그래선가, 통째로 사회가 병들었다고 떠들썩한다. 그 병통의 근원이 어디 있는지 진맥할 때이다.

이제 우리에게는 정신적 문화유산이라는 바퀴가 물질이라는 축(軸)과 함께 맞물려, 까맣게 망각했던 인본을 다시 일깨워 되돌려야 할 지혜와 슬기가 시급히 요구되고 있다.

심영구 전고 에세이 『본 찾자』의 머리말 「전고를 통해 앞길의 거울을 삼자」에서 그 전망을 헤아릴 수 있다.

2. 전고 에세이의 실제와 전개

전고 에세이집 『본 찾자』 중에서 무작위로 전고의 실제를 찾아보자.

풀과 나무도 봄이 되면 꽃이 핀다. 초목뿐인가. 삼라만상의 모든 생물이 그렇거늘 남녀가 성년에 이르러 이성에 대한 그리움이 싹트는 것은 당연한 섭리다. 오죽하면 옛 사람들도 시경(詩經) 첫머리에 혼기가 이른 젊은 남녀가 그리워하는 모습을 읊었으니 옮겨 적으면 대체로 아래와 같은 내용이다.

덕성어린 아가씨 고운 아가씨/늠름한 도령님의 좋은 짝이네//덕성어린 아가씨 고운 아가씨/자나깨나 못 잊어 찾아헤맸죠//잊지 못해 구해도 구할 수 없어/자나깨나 임 생각 잠 못 이루네//그립고 그립고녀 임을 못 잊어/이저리 뒤채다가 밤을 새웠소.

예로부터 먹고 짝맺음을 가장 큰 욕망(食色人之大慾)이라 해서, 인생의 통과의례(通過儀禮) 중 두 성이 합하는 것은 백복의 근원(二姓

之合 百福之源)이라 했고, 인생의 기쁨 중에 동방화촉(洞房華燭)을 첫 번째로 꼽았다. ①

　　조선조 관리들의 월급(祿米)를 보면 정1품인 영의정 좌의정(지금의 국무총리·대법원장·국회의장쯤이라고 할까)이 한 달에 쌀 2섬 8말, 콩 1섬 5말이요, 군수(郡守)는 쌀 1섬 1말, 콩 1섬 3말, 현감(縣監)은 쌀 1섬 1말, 콩 1섬이 전부다. 판공비는 물론 보너스도 없고 각종 수당도 없을뿐더러 연금 또한 없다. 정승 벼슬을 했어도 그 자리를 내놓으면 고향으로 돌아가 채전을 가꾸고 동네 아이들을 모아 글을 가르치는 것을 낙으로 여겼다.

　　오늘 이자(吏者), 조선조 관리들의 녹미와 현재 내가 받는 봉급을 비교하여 곰곰 곰삭여볼 일이다. 세태는 많이 달라지고 세월 또한 많이 변했다. 하지만 오늘의 이자(吏者), 나는 영의정쯤의 녹봉일까, 아니면 영의정·좌의정을 겸직한 녹봉일까, 그도 아니면 그 윗급쯤 될까 가늠해 볼 일이다. 언필칭 이도의 부정을 녹봉과 상관관계로 보지만 부당한 논리다. 같은 녹봉임에도 청렴한 이자가 대부분이다.

　　소금을 먹는 사람은 더욱 갈증으로 물을 찾는다. 넘치는 녹봉을 받아도 갈증을 잠재우기란 어렵다. 그러나 처음부터 소금을 입에 대보지 않은 사람은 아예 갈증을 모른다. ②

　　우리나라 왕의 자리에 오른 여인으로는 신라 27대 선덕여왕, 28대 진덕여왕, 51대 진성여왕이 있다.

　　선덕여왕은 당태종이 보낸 모란병풍에 나비가 없는 것을 보고, 꽃에 나비가 없는 것은 향기가 없음이며, 남편 없는 자기를 당태종이 비꼰 것으로 판단한 명석한 두뇌의 여왕으로 전한다.

　　뿐만 아니라 영묘사 옥문지의 개구리 울음소리를 듣고 여근곡(女根谷)에 매복하고 있는 백제 군사를 단숨에 무찌르게 했다. 이것은 남녀의 오묘한 생리를 응용한 일화로도 유명하다.

　　진덕여왕은 외교에 능한 김춘추를 당에 보내 백제 토벌의 원군을 청하고 김인문을 당에 입조시켜 당과의 친교를 맺으며 김유신 같은 명장으로 국력을 길러 삼국통일의 기반을 튼튼히 했다.

그러나 삼국통일 후 51대 진성여왕 같은 이는 각간 위홍 등과 밀통하여 궁내에 미소년을 두어 환락에 빠지는 동안 궁예와 견훤의 모반을 맞아 후삼국의 분열로 신라가 망하는 원인을 제공해 주었다. ③

이시영(李始榮)은 대한민국 초대 부통령이었으나 6.25사변 때는 부산 동래에서 방 한 칸을 세내어 끼니 걱정을 하면서 살았다.

그가 얼마나 꼬장꼬장한 선비인가를 짐작하게 한다.

구한말에는 문과에 급제하여 홍문관 교리, 수찬, 응교, 사학교수 등을 거쳐 평남 관찰사를 역임하기도 하였다.

이때부터 고결한 인품과 깨끗한 이도가 돋보이더니 수대를 내려오던 재산을 독립운동자금에 희사했고 독립군을 양성하는 신흥무관학교를 설립, 교장으로부터 대한민국 임시정부의 내무총장까지 지냈다. 군주시대, 임시정부시대, 대한민국시대를 거쳐 관료로 있었으나 항상 청렴결백했고 옳지 않다고 할 땐 거리낌없이 그 자리를 박차는 정의의 길을 걸었다. ④

① 은 「혼(昏)편」, 「길연인가 악연인가」 장의 '이성지합 백복지원' 서두에서 인용한 것이다. 처음부터 동양의 고전인 『시경(詩經)』의 전고를 통해 인생의 통과의례를 말한다. '이성지합(二姓之合)이 백복지원(百福之源)'임을 설득력있게 말한다.

② 는 「목(牧)편」, 「청빈의 길, 목민의 길」 장의 서두에서 인용한 것이다. 조선왕조시대 관리들의 월급이 얼마였으며, 월급에 관계없이 청백리가 나온다는 논리를 펴고 있다. 단도직입으로 이도(吏道)의 본보기를 드러내 보여준다.

③ 은 「권(權)편」, 「중국 대륙을 호령한 여걸」 장의 서두에

서 인용한 것이다. 신라 선덕여왕·진덕여왕·진성여왕 일대기를 통해 여성의 힘을 말하고 있다. 중국 여장부와 다름을 말한다. 천하를 호령하는 여장부가 되는 길과 현숙한 아내와 어진 어머니가 되는 길은 여성 스스로 결정할 일임을 말한다.

④는 「한국 이도의 사표편」, 「끼니 걱정하는 부통령」 장의 서두에서 인용한 것이다. 초대 부통령 이시영은 6.25전쟁 중 부산 피난시절 끼니를 걱정하면서 살았다는 일화를 제시, 청렴결백이 옳았다는 주장을 펴고 있다.

전고의 실제를 서두에 내세움으로써 전고의 무게를 느끼게 한다. 그러나 전고의 실제는 그것이 전달하는 뉘앙스에 따라 참신하기도 하고 진부하게 느껴지기도 한다. 심영구의 전고 에세이는 전자의 편이다. 전고의 실제가 현대에도 참신하게 느껴지는 것은 장점이 되고 있다.

3. 전고로부터 자유로움을 찾아

전고 에세이는 전고를 내세움으로써 전고로부터 자유롭지 못한 경우도 있다. 전고의 모티브를 전고 에세이의 규범으로 고집할 때 그렇다. 심영구의 전고 에세이는 초기에는 규범을 철저히(?) 지키는 것으로 정평이 났었다. 그러나 후기에 오면 전고로부터 자유로움을 찾고 있다. 우주의 삼라만상과 인간 역사는 에세이 모티브의 두 개 축이다. 그는 전자보다 후자에 더 두터운 세계를 구축한 셈이다. 처음에는 모티브의 규범을 설정하고 에세이 세계를 펼쳤지만 후기에는 그 규범으로부터 자유로워졌다. 인간 역사의 고사를 자유자재로 원용함으로써 전고 에세이의 무게를 더하게 된 것이다. 2001년 4월에 펴낸 수필집 『숨겨둔 애인』에서 전고로부터 자유로움을 찾아 나선 실제와 만날 수 있다.

　붓 가는 대로란 그저 시필(試筆)쯤으로 여겼다. 그러나 그 내면에
는 헤아릴 수 없는 깊은 뜻이 담겨 있음을 미쳐 몰랐다, 박학의 바
탕 위에 온갖 소재가 곰삭아 넘칠 때 붓을 외로 잡거나 바로 잡거
나 샘솟듯 하는 문장이 장강대하를 이루는 함축의 의미였음을 터득
했을 때는 벌써 엎질러진 물이었다.
　얼마 전까지만 해도 문필가란 희귀한 존재요, 만인의 선망적 대상
이었다. 그러나 한 달에도 수백 명씩 문학지의 등단문을 통해 신인
이 쏟아져 나오고 있다. 그 수가 하늘의 별보다 많다고 하는데 저마
다 샛별이 될 수 없다. 지금은 개문학(皆文學) 개문인화(皆文人化)시
대가 아닌가.

옛 우리의 가난한 조선(祖先)들은 모든 것을 다 기록해 놓았다.
굉장한 부(富)가 아니고서는 출판할 수가 없다는 것을 뻔히 알며,
읽어 줄 독자가 없다는 사실을 알면서도 편지 초안·제문·애
사·경사 같은 온갖 사건 감상 등 충실한 자기의 기록을 해놓았
다. 뿐만인가, 서거정(徐巨正) 같은 대학자도 당시 누가 볼까봐 꺼
리는 「태평한화(太平閑話)」를 남겼다. 홍만종(洪萬宗)의 『명엽
지해(蓂葉志諧)』, 강희맹(姜希孟)의 『촌담해이(村談解頤)』 같은
온갖 야사·잡문을 틈틈이 적어 책으로 묶어 놓았다. 결국 충실한
자기 기록이거나 온갖 잡문이 모두 현대 용어로 수필이라고 할 수
있다.
　수필집 『숨겨둔 애인』 속에 「무법(無法)이 작법(作法)이다」
라는 수필을 통해 전고에세이의 자유로움을 구사하고 있다. '작법
에 얽매이지 말고 당장 지금이라도 붓을 잡고 써볼 일이다'라고
설파한다. 서거정의 다른 수필집 『필원잡기(筆苑雜記)』에 조위

(曺偉)는 서문을 쓰면서 넓은 세계, 새로운 세계의 전고를 발견했다는 점을 강조했다.

　　당시 조야(朝野)의 사적(事跡)과 명신현사(名臣賢士)의 언행을 기술하여 후세에 전한 자는 별로 없는데 유독 이인노(李仁老)의 파한집(破閑集)과 최자의 보한집(補閑集)이 있어 지금 글하는 사람들의 담론하는 자료가 되고 선비들의 완상하는 글이 되기는 하나, 그 논설한 것이 모두 글귀를 묘하게 다루었을 뿐 국가의 경세지전(經世之典)에 대해서는 대개 취한 것이 없는 것들이다. 그 후에 익재(益齋) 이문충공(李文忠公)이 역옹패설(櫟翁稗說)을 저작하여, 비록 간간이 우스운 말이 있기는 하나 국가의 세계(世系)와 조종(祖宗)의 전고(典故)를 많이 기재하여 변증하였으나 실로 당세(當世)의 유사(遺史)라 할 것이다. 이제 선생이신 달성(達成) 서상국(徐相國)께서 편찬하신 『필원잡기』를 보매 그 규모가 대략 역옹패설에 부(符)를 합한 것과 같으니 참으로 지극하도다.

　서거정의 『필원잡기』는 이인노의 『파한집』, 최자의 『보한집』의 영역을 넓힌 이제현의 『역옹패설』 영역에 영역 하나를 더 보탰다고 말하고 있다. 즉 전고의 영역을 넓힘으로써 무궁하도록 전해질 수 있을 것이라고 단언했다. 조선 왕조 초기에 이미 전고의 영역을 넓혔을 뿐만 아니라 넓힐 수 있음을 설파한 것이다. 그렇다면 전고 에세이의 세계를 열고, 또 영역을 넓혀가고 있는 심영구 에세이는 어떻게 전개되어야 할 것인가. 그것은 전고로부터 자유로워야 한다.

생명의 바다, '동해' 탐색

— 한흑구의 수필 『동해산문』

1. 동해와 일본해, 역사의 명암

국제소로기구(IHO)는 2002년 8월 14일, 내년에 발간될 『해양과 바다의 이름과 한계』 개정판에 '일본해(Sea of Japan)'를 삭제하고 공란으로 된 최종안을 만들어 69개 회원국에 배포했다.

찬반 의견을 2002년 11월 30일까지 제출하도록 했다. 우리가 동해(東海 : East Sea)라고 부르고 있는 바다를 동해라고 부를 것인지, 아니면 일본해(日本海)라고 부를 것인지, 동해와 일본해를 병기할 것인지, 아니면 공란으로 둘 것인지를 결정해야 할 때가 다가오고 있다.

국제수로기구는 1929년 바다의 명칭을 국제적으로 표준화한 『해양과 바다의 이름과 한계』라는 책자를 발간했다. 이때부터 '동해'는, '일본해'로 표기되어 왔다. 국제수로기구는 1953년 제3판을 발간한 이래 이번 제4판을 발간하기 위해 많은 부분을 수정·보완해 왔으며, '일본해'를 국제표준 바다 명칭으로 사용할 수 없다는 공식입장을 표명한 것이라 할 수 있다. 제4판의 최종안에서 '일본해'를 삭제한 것은 1997년과 2002년 두 차례 국제수로기구 총회에서 한국 정부의 개정 요구와 회원국들의 한국 지지를 감

안한 결정이라고 본다.

국제수로기구의 '일본해' 표기 삭제 제안 이후 일본 정부와 학계는 '일본해'가 세계지도에서 사라질지도 모른다는 위기감에 휩싸여 있다. 아사히신문(朝日新聞)을 비롯한 일본 언론은 일본 외무성과 해상보안청도 이 제안을 부결시키는 데 총력을 다 하라고 촉구하고 있다.

일본이 외교력을 총동원해서 국제수로기구 회원국을 설득한다면 '일본해' 표기는 그대로 유지되고, 한국의 '동해' 표기 현안은 수포로 돌아가고 말지도 모른다.

2002년 여름, 강원도 동해안 지역에 피서관광 인파는 무려 1,800만 명이 다녀갔다.

경북·경남 해안지역까지 포함하면 해수욕장을 찾은 관광인파는 4,500만 명을 넘어섰을 것이다. '동해'의 바다는 그만큼 한국의 영해(領海)이면서 한국인의 생명의 해역(海域)이다.

한국인에게 있어서 '동해'는 생명의 바다이면서 생명 그 자체를 상징한다. 그러나 이 생명의 바다 '동해'는 우리나라 지도에 '동해'로 표기되어 있을 뿐, 세계 대부분의 지도에는 '일본해'로 표기되어 있다. 우리의 바다이면서 일본의 바다처럼 왜곡된 비극의 역사는 일제(日帝)의 한국 국권침탈과 식민지배에 연유한다.

일본은 1905년 강제로 을사보호조약을 체결, 한국의 외교권과 군사권을 빼앗았다. 1910년 역시 강제로 일·한합병조약을 체결, 국권을 침탈했다. 한국의 을미의병·정미의병 봉기·3.1만세운동·독립투쟁으로 이어지는 대일본 항전이 전개된다.

국제수로기구의 '일본해' 표기는 한국의 국권 침탈, 식민지배가 강제되던 시기에 발생했다. 한국과 한국인의 의사와 전연 관계없이 일방적으로, 강제적으로 '동해' 바다 이름을 빼앗고, '일본해'로 표기했던 것이다. '일본해'라는 바다 명칭은 일제식민주의의 잔재가 그대로 담긴 것이라 할 수 있다.

IHO의 '일본해' 바다이름 표기 삭제 안은 1929년부터 잘못된 것을 바로잡자는 데서 나왔다. '동해'와 '일본해'의 역사적 명암(明暗)을 이제는 직시하고 바르게 세워야 할 것이다.

2. 동해, '조선해' 표기

동해는 세계지도에 17세기 초부터 '조선해(朝鮮海 : MAR DE COREER)'로 표기해 왔다. '조선해(MAR CORIA)'·'조선해(MAR DE CORREER)' 등이 17세기에는 주류를 이루었고, 18세기에는 '동해 또는 조선해(MER ORIENTALE ou MER DE COREE) '·'조선해(MARE DI COREA)'·'조선만(CULF OF COREA)' 등으로 표기했다.

1794년 가쓰라가와(桂川甫周)가 만든 「아시아전도」, 1810년 다카하시(高橋景保)가 만든 「세계지도 (개정판)」에도 한자(漢字)로 '조선해(朝鮮海)'라고 표기했다. '동해'·'조선해'의 표기는 국제적으로 제도적으로 관례가 되었으며, 이 관행을 일본에서도 따르고 공인했던 것이다.

이 '동해'와 '조선해'가 일본의 강제 국권침탈로 '일본해'로 둔갑한다. IHO가 '일본해' 표기를 표준화한 것은 일본의 일방적인 주장을 받아들였던 데 있다. 그때 한국은 식민지배로 손발이 묶였고, IHO 국제회의에 대표를 파견할 수 없는 상황이었다. '일본해'를 '동해(조선해·한국해)'로 그 이름을 바로잡아야 하는 당위성이 바로 여기에 있다.

고대로부터 한국의 동쪽 바다는 '동해'라고 불렀다. 우리나라 삼국시대(三國時代)에도 '동해'라고 불렸으며, 통일신라시대에는 '동해'·'창해'라고 불렸다. 조선 왕조시대에 오면 '동해'·'창해'·'동대해(東大海)' 등으로 불렸다.

신라 제31대 신문왕(神文王)은 부왕 문무왕(文武王)을 위해 '동해' 바닷가에 감은사(感恩寺)를 세웠다. 문무왕은 왜구를 진압하려고 이 절을 짓다가 마치지 못하고 돌아갔다. '동해' 바닷가에 대왕암(大王岩) 수중릉(水中陵)에 문무왕은 묻혔고, 마침내 동해 용왕(東海龍王)이 되었다. 용이 되어서 왜구의 침입을 막았다. 신라의 동쪽 바다 이름은 '동해'로 표기되었던 것이다.

조선 왕조의 개국을 찬양하고 그 역사적 당위성을 널리 선양하기 위해서 역사 서사시 「용비어천가(龍飛御天歌)」가 창작되었다. 여기에 '동 해'의 바다 이름이 정확히 표기되었다. 「용비어천가」 제6장에,

"상덕(商德)이 쇠(衰)하거든 천하를 맞다시릴쌔 서수(西水)가 이겨재 같으니/여운(麗運)이 쇠하거든 나라를 맞디시릴쌔 동해(東海)가 이겨재같으니"

라고 했다. 고려 왕조의 운이 쇠퇴하여 태조(이성계)가 나라를 맡게 되었다. 이때 '동해'의 해안지역에는 사람(백성)들이 모여들어 저자같이 붐볐다는 것이다. 조선 왕조의 동쪽바다 이름은 '동해'로 표기되었던 것이다.

여기에서 동해는 동쪽 바다의 보통명사로 치부할 수도 있다. 그러나 여기에서 제시된 두 종류의 '동해' 용례는 동쪽 방향의 바다라는 보통명사가 아니고, 신라와 조선 왕조의 동쪽에 있는 '동해'라는 고유명사로 정착된 용례라 할 수 있다. 즉, 신라 때의 '동해'는 '신라해'를 의미하고, 조선 왕조 때의 '동해'는 '조선해'를 가리키는 것이다.

'동해'·'조선해'·'한국해' 표기는 역사적 정통성과 현실적 당위성을 가지고 있는데도 일본에 의한 강제적 왜곡과 침략적 독점에 의해 '일본해'로 표기되는 관례가 지속돼 왔다. 정확히 말해서 1929년부터 2002년까지도 계속되어 오고 있는 것이다.

한국의 〈동해연구회〉는 1994년에 설립되었으며, 매년 '동해' 이름 되찾기를 위한 국제학술세미나를 열고 있다.

2002년 7월 24~26일, 러시아 연해주 블라디보스톡에서 제8회 동해 표기와 바다 명칭에 관한 국제세미나가 열렸다. 러시아 과학원 극동분소 〈태평양 지리연구소〉와 공동으로 개최한 동해 명칭 표기문제 국제학술대회에서 '동해'와 '일본해'를 병기하든가, '동해'로 표기해야 한다고 강조되었다.

1998년 개최된 제7차 〈유엔지명표준화회의(UNCSGN)〉에서도 '동해'와 '일본해'를 병기하도록 결의한 바 있다. 물론 명칭의 완전 합의가 이루어질 때까지라는 단서가 붙었다.

2002년 8월 프랑스의 저명한 일간지인 《리베라시옹》은 월드컵을 소개하는 기사에 첨부한 지도에서 '동해'를 'MER DEL'EST '를 표기하고, 괄호 안에 'Mer Du Japan'을 병기했다.

파리 발행의 영문일간지 《인터내셔널헤럴드트리뷴》은 '동해'로 단독 표기했다. 미국 지도제작사 랜드 맥널리와 캐나다 지도제작업체 〈ITMB〉사도 최근 펴낸 세계지도에 '일본해'를 빼고 '동해'만 표기했다. 캐나다의 〈ITMB사〉는 '동해'와 '독도'를 'EAST SEA' 'DOKDO ISLAND'로 표기했다. '동해'와 '일본해'의 병기, 또는 '동해'로 표기함으로써 21세기에는 '동해'의 이름을 되찾게 될 것으로 전망된다.

'동해' 명칭이 제자리로 돌아오는 것이다.

3. 한흑구 문학과 '동해'의 만남

한흑구의 문학(수필)과 바다와의 만남은 두 가지 형태로 나타난다. 하나는 미국 시카고로 건너갈 때 만났던 인생 전기의 바다이며, 다른 하나는 경상북도 포항으로 이주해서 살던 인생 후기에 만났던 바다이다. 전자는 「나의 필명의 유래」에, 후자는 「동해산문」에 잘 나타나 있다.

> 나의 나이 스무 살 때, 아버님이 계시던 미국 시카고로 건너가게 되었다. 그때가 1929년 3월이었다.
> 일본 요코하마 항을 떠날 때 수천 마리의 흰 갈매기 떼가 내가 타고 태평양을 건너는 대양환(2만 톤급의 여객선)의 뒤를 따라서 날아왔다.
> 진남포의 앞 바다에 가서 한두 마리, 또는 수십 마리의 갈매기를 바라볼 뿐이었던 나에게 눈앞에 수천 마리의 흰 갈매기의 떼가 하늘을 덮고, 긴 나래를 훨훨 휘저으며 춤을 추는 광경은 참으로 황홀할 지경이었다.
> 하룻밤을 배에서 지내고 갑판을 올라왔더니 그 많던 갈매기들이 다 어디로 갔는지 한 마리도 보이지 않았다.
> 하늘을 둘러보아도 새 한 마리 보이지 않고, 하늘과 바다가 하나가 되었고, 대야에 물을 떠놓은 것 같은 둥근 공간 위를 일엽편주가 홀로이 떠도는 것과 같았다.

그는 진남포 앞바다, 요코하마의 바다, 태평양의 바다를 만났다. 그 체험의 바다가 그의 바다 인식의 실상이다. 그 바다의 갈매기 신세를 자신의 신세라고 생각했다.

그 검은 갈매기 한 마리는 하와이에 올 때까지, 바람이 불거나 비가 와도 그냥 한 주일이나 쉬지 않고 쫓아 왔다.

'비가 오거나, 바람이 불거나, 옛 것을 버리고 새 대륙을 찾아서 대양을 건너는 검은 갈매기 한 마리, 어딘가 나의 신세와 같다.'

이런 구절을 일기에 쓰다가, 문득 나의 필명으로 사용하기로 생각했다. 흑구(黑鷗)라고 하면, 흰 갈매기들만 보던 사람들은 혹시 역설적이라고 생각하지 않을까 하고도 염려했으나 그것은 아무 문제도 되지 않는다고 생각했다.

나는 조국도 잃어버리고 세상을 끝없이 방랑하여야 하는 갈매기와도 같은 신세였기 때문이었다.

바다, 대양을 건너는(날으는) 갈매기로 자화상을 표현하고 있다. 「나의 필명의 유래」에서 필명을 표현하는데 바다는 본질적인 문제가 아니다. 바다는 배경으로서의 모습을 띠고 있다. 첫 번째의 바다 모습은 그 실체를 드러내지 않고 있다.

반면에 두 번째, 즉 경상북도 포항으로 생활 터전을 옮긴 이후의 '동해' 바다가 인생 후기의 바다라 할 수 있다. 「나의 필명의 유래」에서 그는 검은 갈매기가 '동해'까지 날아와 살게 된 상황을 그리고 있다.

이러한 '흑 자' 때문인지 왜정시대에 나를 무정부주의자로 오해도 하고, 경찰의 '요시찰인(要視察人)'이 되어서 많은 박해도 받았다.

우리가 조국의 광복을 찾은 뒤에, 검은 갈매기들이 사라호 태풍에 밀리어서 동해에까지 날아와 살게 되었다.

사라호 태풍이 지나간 지 십여 년이 되는 지금도 대양에서만 살던 검은 갈매기들은 가끔 동해변에서 바라볼 수가 있다.

그들을 제비와 같은 철새는 아닌지 그대로 남아서, 푸르고 고요한 동해를 즐기면서 살아가고 있다.

한흑구는 1909년 평안남도 평양에서 출생했다. 본명은 세광(世光). 1928년 보성전문학교 상과에 입학, 1929년 도미 유학, 귀국 후에 항일운동에 가담, 옥고를 치렀다.

1934년 월간 잡지 《태평양》과 순수문예지 《백광》을 창간, 주재하기도 했다. 1958년 포항수산대학교 교수가 되었으며, 1971년 수필집 『동해산문』, 1974년 『인생산문』 상재. 포항수산대학교 교수 정년퇴임, 1979년에 타계했다.

간략하게 기술된 연보에서도 보듯이 '동해' 바다와 관련된 문장부터 대상이 되는 바다를 자상하게 그리게 된다. 대상에 심취, 시적(詩的) 산문(散文)을 이루고 있다. 이는 그의 수필의 본질이기도 하다.

4. 바다의 깊고 넓은 볼륨, 그 숨결

한흑구의 「동해산문」은 1970년 《현대문학》지에 발표되었다. 「동해산문」의 표제로 수필집 『동해산문』이 발간된 것은 1971년이었다.

처음의 「동해산문」은 '6월의 동해' 1편이었지만, 『동해산문』에서는 '① 바다 ② 6월의 동해 ③ 갈매기 ④ 성하의 바다 ⑤ 겨울의 바다'를 연작으로 구성했다.

「바다」에서는 "육지는 흙이고, 바다는 물"이라는 바다 본체에 대한 사색과 "광막한 바다여! 너의 크고, 넓고, 또한 황랑(滉浪)한 것이 나는 좋다"는 소망을 담고 있다.

「6월의 동해」는 6월의 바다가 청춘과 같거니와 불멸의 화신일 수 없다는 것을 깨달아야 한다고 단언한다.

「갈매기」는 한낱 슬픈 방랑자이며, 스스로를 갈매기의 신세라고 다짐한다.

「성하의 바다」는 "생명과 빛을 한 몸에 지니고서, 푸르고, 싱싱하고, 부드러운 어머님의 품과 같다"고 했다.

「겨울 바다」에서는 "바다는 육지를 삼키려는 것인가. 육지는 또한 바다를 메우려는 것인가!" 하고 반문한다.

「동해산문」은 바다의 역사를 직접화법이 아닌 간접화법으로 기술하고 있다. 극히 짧은 문장으로 빙하시대부터 현대까지의 역사를 탐색하고 있다. 그가 1929년 미국 시카고를 향해 태평양을 건너갈 때 '동해'는 '일본해'로 그 명칭이 일방적으로 바뀌었다.

그런 질곡의 역사도 그 짧은 문장 속에 내재되어 있을 것이다. 대상 자체에 깊이 침잠하여 대상을 나타내는 한흑구 식(式)의 수필 작법이라 할 수 있다. 그는 오대양(五大洋) 칠해(七海)의 크기, 작기를 알아보려고 하지 않는다고 고백한다. 바다의 연륜, 조개의 연륜은 하나의 서사시, 서정시라고 말한다. 나의 사색이 물결처럼 쉼 없이 흘러넘치는 그 바다를 바라보는 것이다.

다만, 커다란 의미에서 흙과 물이 합쳐서 하나의 동그란 지구가 되었다는 것이 어딘가 신비롭기만 하다. ①

바다의 깊고 넓은 볼륨 속에는 모든 생물들과 인간의 슬픈 역사가 고이 간직되어 있을 것이다.

빙하시대의 생물의 비극도 너만이 알고 기록하였을 것이고, 대륙을 찾아 헤매던 인간의 모험과 고난의 역사도 너만이 알고 있을 것이다.

나는 옹기종기 모여 앉은 조개껍질들을 혼자 앉아서 지켜본다. ②

수억 년의 오랜 바다의 역사와 생리를 지니고 있는 듯한 하얀 모래벌판 위에는 여기저기 붉은 해당화가 피어나기 시작한다. ③

조개, 나는 너의 연륜을 읽을 줄 몰라서 바다의 역사를 알 길이 없다.
그러나 너의 연륜들은 너대로 기록한 하나의 서사시이거나, 서정시가 아니겠는가.
나는 늘 모래밭에, 또는 바닷물결 위에 시를 써보았다.
지난날에도 많은 시인들이 바다 위에 수많은 시를 써놓았을 것이다.
혹시나 너는, 그런 시인들의 시를 너의 연륜에다 고운 무늬로 수놓은 것이나 아닌가. ④

너의 흰 날개, 너의 긴 날개는 춤을 추는 무희같이 멋지게 훨훨 날리지만, 너는 한낱 슬픈 방랑자인 것이다.
그러나 너의 날개는 거센 파도에 단련을 받아서 강해졌고, 너의 두 눈은 깊은 물속을 들여다보고 있어서 독수리의 눈보다 더 날카롭다.
(중략)
거센 파도가 출렁이는 검은 바다 위를 항상 헤매어야 하는 너는, 같은 흰 빛깔을 하고 있는 두루미와 학과 백로보다 얼마나 험하고 기막힌 신세인가. ⑤

언제나 남태평양에서 불어오는 따뜻한 순풍을 이고서 흐느적거리던 너의 잔물결들이 춤을 추며 너울거렸는데, 오늘은 몽고를 지나서 세차게 불어오는 시베리아 바람에 흰 머리털이 거슬러 올라가는 듯한 노파의 얼굴같이 변하고 있다.
쉬지 않고 불어대는 차가운 북풍에 너의 얼굴은 더욱더 검푸르러 가고, 너의 흰 머리털들은 끝없이 거슬리어서 갈대꽃같이 쉴 새도

없이 너울거리고 있다. ⑥

　아침의 첫 뉴스는 이렇다.
"동해안 피해 12억 원 늘고, 선박 6백여 척 조난, 집 230호 전(全)·
반파(半破), 해일 강풍 … 전국 피해 20명 익사, 150명 실종 …"
　이러한 뉴스를 듣고, 아연해질 수밖에 없었지만, 수십만의 인명을
앗아갔다는 동 파키스탄의 해일도 생각해 보지 않을 수 없다.
　바다는 육지를 삼키려는 것인가.
　육지는 또한 바다를 메우려는 것인가! ⑦

　「동해산문」의 사례 ①에서 우주적 생각을 확인할 수 있다. 물
의 바다와 흙의 육지가 합쳐서 동그란 지구가 되었다는 그의 접근
방식이 우주적이다. 우주적이라는 말은 사물의 본질에 접근하고
사색하다는 뜻이기도 하다.
　사례 ②에서는 그 바다의 넓은 볼륨은 생명의 모체라고 묘사한
다. 생물과 인간의 역사가 깃들어 있다. 빙하시대의 생물의 역사,
탐험시대의 인간의 역사도 바다는 알고 있다. 그 바다의 서사기를
기록한 조개껍질들을 바라보면서 조개껍질의 서사시가 바다의 서
사시로 환치되는 현상을 제시한다.
　사례 ③에서는 수억 년의 바다 역사와 생리를 지니고 있는 하얀
모래벌판 위에 붉은 해당화가 피어나기 시작하는 생명의식을 수
놓고 있다. 바다가 수놓는 것이지만 그 스스로도 수놓는다. 바다의
생명과 그의 생명이 일체가 되는 것을 연상하게 된다.
　사례 ④에서는 많은 시인(인간)들이 바다 위에 수많은 시를 썼
을 것이다. 조개는 그 시를 조개껍질의 고운 무늬로 수놓은 것이
아닌가. 조개껍질의 무늬가 인간행동의 무늬로 환치되는 효과를
거두고 있다. 바다가 키운 조개, 그 조개의 무늬를 짜놓은 인간,

그런 관계사를 아포리즘적으로 표현한다. 한흑구 수필의 묘미가 번득인다.

사례 ⑤에서는 방랑자 갈매기와 방랑자인 자신을 대비하고 있다. 아니, 자신을 방랑자인 갈매기로 비유하고, 두루미와 학과 백로보다 얼마나 험하고 기막힌 신세인가를 탄식하고 있다. 방랑자 갈매기의 신세와 방랑자 자신의 신세를 오버랩시키면서 시대상을 은밀히 드러낸다.

사례 ⑥에서 그 시대상이 구체적으로 드러난다. 남태평양에서 불어오는 따뜻한 바람만이 아니라, 몽고를 거쳐 세차게 불어오는 시베리아 바람도 맞아야 한다. 따뜻한 잔물결도, 차가운 파도도 바다가 받아들여야 하는 운명이다. 그 모든 것을 받아들여 몸을 움직이는 바다이다. 바다는 그 받아들이는 문제에 직면한 사물로 비쳐지기도 한다.

사례 ⑦에서 '동해'의 해일(海溢)은 선박을 삼키고, 사람을 삼켜버린다. 그런 뉴스를 들으면서 그는 "바다는 육지를 삼키려는 것인가. 육지는 바다를 메우려는 것인가!" 하고 생각하고 표현한다.

"물과 흙으로써 살아가야만 하는 지구 위에 살고 있는 모든 생물들이 불쌍하고 서글프다"고 탄식한다. 그는 비관적이지도 낙관적이지도 않다. 관조적이다.

"나는 배 한 척 떠 있지 않은, 거칠고 검푸른 겨울의 성난 바다를 한참 내다보고 서 있을 뿐이다." 우주적 관조의 세계를 펼쳐 보인다. '동해' 바다의 본질에 접근한다.

"성난 겨울 바다의 아우성치며 밀려나오는 파도는 막아낼 재간이 없다." 인간의 힘으로는 어쩔 수 없는 '동해' 바다의 본래 모습이 거기 그려져 있다.

한흑구의 『동해산문』은 '동해'를 통해서 바다의 본질을 읽으며, 관조한다. 바다의 깊고 넓은 볼륨을 찾아낼 뿐만 아니라 그 숨결을 체험한다. 생명의 바다인 '동해'를 탐색함으로써 살아 있음을 확인한다.

한국문학에서 '동해' 탐색과 '동해적인 사색'을 찾기 쉽지 않다. 한흑구의 『동해산문』은 '동해'를 한국 수필의 영토로 만들었다는 점에서도 돋보인다.

제4부
문학과 충격

민족문학과 인간사 탐구

역사의 주체는 사람이다. 문화의 주체도 사람이다. 우리 역사의 주체는 우리나라 사람의 집합체인 우리 민족이다.

우리 문화의 주체도 우리나라 사람의 삶으로 응결된 우리 민족이다.

역사는 사람들에 의해서 엮어진다.

우리 역사는 우리 민족에 의해서 엮어진다. 문화는 사람에 의해서 쌓인다. 우리 문화는 우리 민족에 의해서 쌓여지는 것이다. 역사의 주체인 민족을 빼놓으면 아무 의미가 없다. 우리 민족문학사의 주체인 사람, 민족을 빼놓으면 아무런 의미가 없다.

세계문학사, 특히 소설 등, 산문에서는 인간형의 창조가 중요한 이슈로 되어 왔다. 돈키호테형 인간, 햄릿형 인간, 베르테르형 인간형이 트루게네프 이후 관심을 불러일으킨 것은 이 때문이다.

흔히 세르반테스가 창조한 돈키호테는 황당무계함, 몰아적 정의감, 과대망상적 공상을 실천하려는 인물형으로 정평이 났었다. 그러면서 돈키호테는 스페인을 연상하는 단서가 되었다.

"돈키호테는 스페인이다"라는 과장된 논리가 서기도 했었다. 반면에 셰익스피어가 창조한 햄릿은 행동력, 실천력이 결여된 우유부단한 인간형으로 정평이 났었다.

햄릿은 덴마크의 왕자로 되어 있으나 대부분 영국의 왕자로 치부한다. 지적이며, 회의적이기도 한 햄릿은 그리하여 영국을 연상시키는 실제 인물이 되었다.

"햄릿은 영국이다."라는 연상 작용이 관례가 되기도 했었다.

젊은 베르테르를 독일인의 전형으로 생각하기까지 한다.

작품에서의 사람의 창조, 주인공의 창조는 곧 역사의 주체, 문화의 주체, 문학사의 주체가 사람이라는 것을 더욱 강조해 준다.

우리의 민족문학사에서 홍길동 형 인간상, 춘향 형 인간상은 돈 키호테나 햄릿, 베르테르와도 비견할 수 있다. 홍길동 형 인간상, 춘향 형 인간상을 창조했던 한국문학사는 결코 인간사 탐구를 외면하지 않았다는 사실을 실증하고 있다.

최근 한국문단에서는 신인간형의 창조와도 버금가는 역사 속의 인간을 탐구하는 작업이 두드러지고 있다. 《서울신문》에서 연재하고 있는 「소설 역사 인물열전」도 그 하나이고, 《세계일보》의 「정복자」에 등장하는 역사 인물의 탐구도 그 일례이다.

민중과 함께 살며, 함께 울고, 웃고, 민중 속에서 솟아나는 인간사의 복원은 신인간형의 창조만큼 중요하다. 이미 홍성유의 「장군의 아들」에서 김두한의 인간사가 크게 오늘의 한국인을 사로잡았던 것에서도 드러났다. 민족문학의 영역을 확대하는데 있어서 인간사의 탐구는 더욱 중대한 의미를 가질 것이다.

20세기 초두 신문학이 시작되면서 신채호에 의해 을지문덕 등의 우리민족의 인간사가 탐구되었던 것은 인간사의 탐구가 민족문학의 중요한 영역이라는 사실을 일깨워 준다.

인간사의 탐구가 격도의 역사를 살았던 개혁자, 의병, 독립운동가, 사회봉사자, 교육자, 예술인들에게 집중되는 것은 곧 그들이 민족사와 민족문학사의 주체가 되고, 핵심이 되는 인간사의 탐구가 한국문단의 큰 흐름이 되고 있다.

민족문학사의 밝은 전망이 이로부터 나온다.

한국문학의 영역 확대

세종 때 홍 정승과 시비 사이에 태어난 홍길동은 활빈당을 조직하여 탐관오리의 불의한 재물을 탈취, 빈민을 구제한다. 홍길동은 또 해외로 진출, 율도국을 정복, 이상향을 건설한다.

허균이 지은 「홍길동전」의 이야기를 간추려 본 것이다. 23세에 임진왜란을 당했던 허균은 강원도 북부해안에서 함경도 방면으로 피난했다.

그는 해안 관계 기록을 「학산조담」에서 소개하고 있는 것처럼 해양에 대한 큰 관심을 가지고 있었다.

해양국가인 왜국(일본)의 조선 침략과 임진왜란은 큰 충격이었다. 그는 「홍길동전」에서 그 충격을 해양국가 건설로 승화시킨다.

율도국으로 쳐들어가 정복하고 이상향을 건설하는데, 그 율도국은 가상의 섬나라이기도 하지만 일본일 수도 있다. 그리하여 한국문학의 영토는 율도국으로 확대되었다.

병자호란 직후, 유복자로 태어났던 김만중은 「사씨남정기」·「구운몽」 등의 작품을 남긴다. 「사씨남정기」는 숙종이 인현왕후를 폐위시키고 장희빈을 왕비로 맞아들인 것을 깨우치고자 지은 것으로 알려지고 있다. 또 「구운몽」은 홀로된 어머니를 위로하기 위하여 지은 것으로 알려지고 있다.

그 무대는 모두 중국이다. 무대가 중국인 것은 정치적 억압을 피하기 위한 것으로 이해되고 있다. 그러나 작품의 모티브와 현실은 한국을 중국에 옮겨 놓은 것이다.

우리의 삶이 중국 대륙에서 이루어짐으로써 한국문학의 영토를 중국 대륙으로 확대시키고 있다.

중국 영토의 공간을 한국화 함으로써 병자호란 이후의 문학적 정서와 인간적 심리를 승화한다.

「홍길동전」이 일본 영토를 한국문학의 영토로, 「사씨남정기」와 「구운몽」이 중국 영토(청나라 영토)를 한국문학의 영토로 확대시킴으로써 한국문학의 영토를 확대했다. 이 분야의 논의는 논의되면 될수록 좋을 것이다.

8세기 말 20세기 초두에 한국인들은 일본·하와이·미국 본토, 그리고 북간도·소련 등지로 이주했다. 일본의 침략이 그 주된 이주 원인이다. 그때 해외에서 자리잡은 한국인들은 한국어로 여러 형태의 기록을 남겼다. 특히 창작물은 한국문학의 공간을 넓히는 데 활력소가 되었다.

일본이나 미국 등에서 발표된 작품, 또는 만주지역에 살면서 국내에 연관을 가지고 발표된 작품, 또는 만주지역에 살면서 국내에 연관을 가지고 발표되었던 작품은 잘 알려져 있었다. 그러나 중국과 소련 지역에서 활동하던 교포작가들은 북방정책이 실현되기 이전까지는 국내에 거의 알려지지 않았다.

북방문학(?)이라고도 이름붙일 수 있는 중국과 소련의 한인교포 문학 작품들은 한글로 쓰여졌다.

일본에 대한 항전과 신천지의 정착과 건설, 그리고 유민사의 고난이 적나라하게 묘사되었다. 바로 이들 중국과 소련의 한인교포 문학이 「홍길동전」·「사씨남정기」이후의 한국문학의 영역을 넓히는 문학영토가 되고 있다.

「홍길동전」의 배경과 「사씨남정기」의 배경, 오늘의 중국·소련 한인교포 문학의 배경이 다른 점은 작가들이 실제로 그곳에 살면서 그곳에서 이루어지는 삶을 형상화하고 있다는 것이다.

일제의 침략기, 남북 분단기에 이루어지고 있는 한국문학의 영역 확대는 그러므로 한국문학사에 신선한 충격을 준다.

한국문학의 미래 충격

근세 1백 년의 한국 역사는 실패의 역사였다. 19세기 말에서 20세기 말에 이르는 동안 역사의 큰 획을 그은 동학혁명 의병봉기, 3.1운동 독립투쟁 분란대결 항전은 실패했었다.

겉으로 실패한 듯한 근세 1백 년의 한국역사는 그러나 그 안에 꺼지지 않는 상승의 기류를 내뿜고 있었다.

독립을 쟁취하려는 민족의지를 한데 모으고, 주체성을 회복하려는 민족 정열을 함께 북돋우고, 분단을 종식시키려는 통일의식을 응집시켜 왔다. 그 결과가 경제발전, 서울 올림픽, 북방정책 등으로 표출되었다. 지금도 민족적 정열은 내연하고 있다.

밖으로 드러난 역사가 그러므로 실패의 역사였다 할지라도 안으로 타오르고 있는 역사는 상승의 역사였다. 한국문학에 있어서 역사의식 현실 인식은 1990년대 벽두에 이러한 진단과 전망으로 가늠되었다.

1991년의 한국문학은 세 가지 신선한 미래충격을 만날 것으로 기대된다. 1970년대 초 미국의 사회학자 앨빈 토플러의 『미래의 충격』과 전연 무관하지 않는 미래 충격이다.

첫째는 헉슬리의 「멋진 신세계」, 오웰의 「1984년」과 유사한 미래소설 내지는 예언자적인 문학 형식의 등장이다. 산업사회, 정보사회의 천착에서부터 공산사회, 전체주의의 천착이 이 범주에 속할 것이다.

포스트 모더니즘의 이해는 전자에 속한다.

인간이 생존한 과거 5만 년을 각자가 70년의 생애를 살았다 치면 지금 우리는 7백회쯤 되는 후기에 살고 있다.

이 후기에 효과적인 인간의 컴뮤니케이가 이루어졌다. 전쟁·지진·전염병·기근 등의 사회적 충격은 과거에는 수세대, 수세기에의 시간 속에 영향을 미쳤다. 그러나 지금은 이러한 시간의 경계가 타파되어 간다. 그래서 미래충격을 초월하는 문학형식을 생각하게 된다. 미래충격은 문학 형식이 살아남기 위한 모색과도 무관하지 않다.

둘째의 미래충격은 우리 것의 자각 속에서 남북의 맥 잇기, 해외 교포 문학의 맥 잇기, 그리고 통일문학의 맥 잇기가 된다.

한국문화는 고조선시대·열국시대·삼국시대·고려시대·조선시대를 거치면서 강인한 생명력으로 그 맥을 이어 가고 있다. 역사의 흐름 속에서 유실되었거나 단층이 생겨 그 광택을 잃어버린 것으로 진단된 바도 없지 않다.

그러나 한국문화가 내포하고 있는 창조의 원리·평화의 원리·하나의 원리는 맥을 잇고 있다. 이것이 전통계승론이고, 문화의 맥 잇기론이다.

창조와 평화가 인류의 보편적 생존원리라 한다면 하나의 원리는 한국인, 한국의 특수한 생존원리라 할 수 있다. 정치적으로 분단시대의 종식, 통일시대의 개막으로 표출된다면 문학적으로는 분단문학에서 통일문학으로 표현된다.

바로 이것이 두 번째 맥 잇기의 미래충격이다.

한국문화에 무한대를 관류하고 있는 하나의 원리, 맥 잇기 전통을 무시해서도 안 되고 무시되어지지도 않는다.

셋째의 미래충격은 지방의 발견·향토의 발견이다. 지방문학·지역문학·향토문학으로 통칭되는 중앙문학·서울문학과의 종속

대칭적인 것을 말하는 것이 아니다.

산업사회, 정보사회에서 잃어버린 것을 원형적인 것들의 천착에서 만나는 것이다.

21세기 문학의 시각, 민족문학의 시각, 인간주의 문학의 시각을 미래충격으로 표현하리라는 전망과 기대를 가져 본다.

통일지향의 상상력

최인훈의 「광장」은 분단시대 문학적 상황을 극명하게 보여주는 대표적 작품의 하나이다.

북한에서 탈출, 남한으로 넘어온 이명준은 청춘을 보람 있게 살려는 철학도이다. 그러나 아버지가 일급 빨갱이라는 이유로 경찰서를 드나들게 되자 그는 민족의 비극을 피부로 느끼고 정신적인 고뇌로 방황을 하게 된다.

그는 다시 인간의 삶을 확인하기 위해 월북한다. 그러나 북한에서는 삶의 광장을 찾지 못한다. 북한에는 퇴색한 슬로건과 기계적인 공산주의 사회가 있다. 오직 발레리나 은혜와의 사랑이 그의 삶을 지탱시켜 준다. 그러나 한국전쟁에서 은혜가 죽음으로써 사랑도 끝난다. 전쟁포로가 된 그는 서울도 평양도 아닌 제3국 중립국을 선택한다. 그는 중립국으로 가는 배 위에서 투신자살한다.

남한도, 북한도, 중립국도 그에게는 삶의 광장이 아니었다. 서울도, 평양도, 중립국도 발을 딛고 서서 생존을 확인할 수 없었던 이명준의 광장이야 말로 분단문학의 한계였었다.

「광장」에의 한계를 종식시키고 서울도, 평양도, 그리고 중립국까지도 용해되고 포용되는 그런 통일, 하나의 세계는 이미 그 전거가 한국문학사상에 마련되어 있었다.

고려 충렬왕 13년(서기 1287), 이승휴가 지은 「제왕운기」에 이미 한국 민족문학의 통일지향성을 분명하게 표현했었다.

"처음에 어느 누가 나라를 열었나. 석제의 손자 단군일세."
라는 통일지향의 시원과 목표가 방향이 설정되어 있었다.

단군 역사가 그 문학적 근원이다.

"수시로 합산하고 부침하네. 자연히 분리하여 삼한이 되고."

분열하고, 합치고, 없어지고, 생기고, 반복되는 역사 상황이 진행된다.

그곳이 바로 「열국기(列國記)」이다. 그 열국들은 하나의 통일된 민족, 통일된 나라, 통일된 하나의 세계로 지향한다.

"각자가 칭국하고 침략하네. 70여 개국 그 이름을 다 밝히냐. 그 중에서 대국은 어느 것인가. 첫째로 부여와 비류, 다음으로 신라와 고구려, 남북 옥저, 예맥이 따르더라. 이들 임금의 조상은 모두 단군의 한 핏줄기."

흩어지고, 모이고, 사라지고, 솟는 그 모든 역사의 작용이 단군할아버지로 행해진다. 단군할아버지의 품으로 모아진다. 이곳이 통일의 세계, 즉 한국 민족주의의 표현이 되었다.

'하나'의 세계, '통일'의 세계가 가시화된다. 역사 서사시로 지칭되는 「제왕운기」의 통일, 또는 하나로 모아지는 표현의 획득이 한국 민족문학의 시원이 되는 동시에 통일지향의 역사적 상황인식이 된다. 곧 통일지향의 상상력으로 진행되고 발전한다.

서울이나 평양, 또는 중립국을 용해·포용하는 통일지향의 상상력은 한국적 통일의식의 전형을 이룬다. 오늘의 한국문학과 통일지향의 상상력은 「제왕운기」의 '하나'와 '통일'로써 그 전거를 삼을 수 있다.

국토와 민족문학

만약에 지구의 지각변동이 일어나서 관동지방 전체가 땅 밑으로 꺼지고 새로운 지형이 생겨났다고 치자. 그때 그 새로운 지형 위에 옛 관동지방의 모습을 재현할 수 있을까. 확실히 재현할 수 있다.

송강 정철의 「관동별곡」에 묘사된 모습대로 재현하면 된다. 「관동별곡」은 16세기 말의 관동지방 모습을 거의 완벽하게 그려 놓았기 때문이다. 「관동별곡」은 민족문학과 국토, 국토와 문학과의 관계를 명료하게 설명해 준다.

고려 말 안축에 의해서 관동지방은 이미 「경기체가」로 읊어졌다. 안축의 「경기체가」로 창작된 「관동별곡」은 정철의 「관동별곡」보다 물론 앞선다.

그러나 안축의 「관동별곡」은 관동지방의 자연·역사·인간·풍습이 모두 그려진 것이 아니라 자연과 역사와 인간과 풍속이 문학작품 속에 구체적으로 표현된 것은 정철의 「관동별곡」에서 비로소 이루어졌다.

정철의 「관동별곡」으로 관동지방의 모든 모습을 재현할 수 있다고 말하는 이유가 바로 여기에 있다.

서울 동대문으로 나와서 경기도의 양평 지평땅을 밟고, 강원도의 원주 섬강, 횡성·홍천·춘천 소양강·철원·회양·금강산에 오른다. 그리고 동해안으로 빠져나와 통천·고성·간성 ·양양·

강릉·삼척·울진·평해로 통과하면서 그 유명한 「관동별곡」을 읊는다.

실로 관동지방의 부분적인 모습이 아니라 전체 모습을 읊는다. 관동지방의 발견이라 해도 과언이 아니다. 정철의 기행문학은 관동지방을 발견함으로써 우리의 국토를 발견하고 있다. 우리 국토의 발견은 곧 한국의 발견이며, 한국주의, 한국 민족주의의 기초가 된다.

정철의 관동지방의 발견은 한국의 발견으로, 다시 한국 민족문학의 발견으로 확대되면서 미술쪽으로 옮아간다.

17세기에서 18세기에 걸친 겸제 정선의 「금강전도」에서 한국의 발견이 정립된다. 한국을 상징하는 금강산의 그림을 내놓음으로써 미술에서의 한국주의가 성숙된다. 16세기 정철의 「관동별곡」애서 17세기 정선의 「금강산도」에 이르는 기간에 한국주의가 성숙했던 것이다.

문학과 미술에서 구체적으로 읊어지고, 그려진 우리 국토는 곧 한국 민족문학, 한국 민족미술의 큰 흐름을 만들었다.

우리는 '송강 정철의 달'을 보내면서 문학과 국토의 관계를 새삼스럽게 성찰하게 된다.

국토는 불변의 공간, 불가침의 공간, 양보할 수 없는 공간이다. 민족문학의 영토로 형상화될 때 민족문학의 에고가 형성된다. 그것을 우리는 토마스 하디나 제임스 조이스에게서도 발견한다. 「테스」에서의 웨일즈지방이나 「더블린 사람들」에서의 더블린은 영국문학이나 아일랜드문학과 연계된다.

미국의 포크너나 일본의 가와바타야스나리도 마찬가지이다. 프랑스의 발자크나 러시아의 도스토예프스키도 마찬가지이다. 국토와 민족문학과의 관계가 애정으로 맺어질 때 문학은 꽃핀다.

「관동별곡」에서 시작되는 우리 국토의 본격적인 발견과 형상화의 모범이 우리 현대문학에서 또 한 번 솟아나야 한다. 국토의 발견, 형상화는 고운 것, 미운 것, 새 것, 낡은 것, 모든 것을 포함한다. 그 어떤 것도 버릴 것이 없다.

다섯 가지 큰 흐름

1990년대 들어 한국사회가 지향하는 다섯 가지 큰 흐름이 있다. 하나는 통일지향이다. 독일이 통일되고, 동구 여러 나라와의 수교가 이루어지고, 소련의 신사고가 전파되면서 우리의 분단문제도 극적으로 해결되리라는 기대로 충만되어 있다.

실제로 분단에서 통일로 가는 여러 사회적 변혁과 충격이 나타나고 있다. 통일에의 당위성을 확인하고 실천하는 지향이다.

그 둘은 세계지향이다. 분단 35년 동안 남북사회는 반쪽만으로 진리를 신봉했다. 이분법에 의해서 또한 세계를 분류하고, 공산주의 사회는 자유주의 사회를 외면하고, 자유주의 사회는 공산주의 사회를 외면했다. 이분법으로 적대시하고 외면했다.

이분법의 세계상을 종합의 세계상으로 변화시킨다. 정치적으로는 북방정책에서 사상적으로는 공존과 화해의 정신으로 세계인식을 확대하는 지향이다.

그 셋은 지방지향이다. 지방화시대의 구체적 실현과 지방자치제의 제도적 정착과 관련이 있다. 지역문화, 지역문학으로 지칭되고 있는 것과 연계된다. 민족문화, 민족문학의 기층으로서 그 뿌리가 되는 것이 심화·확대로 지향한다.

그 넷은 대중지향이다. 기계주의와 상업주의 등, 산업사회와 정보사회가 내포하는 비인간화의 모든 것을 지양하는 지향이다. 대중조작도, 노동의 문제도 물론 여기에 포함된다.

다섯째는 자연지향이다. 녹색의 자연, 생명의 젖줄이 파괴됨으로써 위기에 처하는 인간의 위기상황을 극복하려는 지향이다. 공해와 오염으로부터 생명을 보존하려는 본능 그 이상의 반응이 왕성해졌다. 신자연주의, 생명주의의 지향이라 할 수 있다.

통일지향에서 이데올로기, 체제와 반체제, 그리고 보수·혁신 등의 모든 것이 포용되고 민족공동체의 모델을 찾아낸다.

세계지향에서 민족의식의 시야를 넓히고 민족적 자아를 찾아낸다.

지방지향에서 민족문화의 다양성과 다원성을 종합한다. 향토주의의 세계화가 시도된다.

대중지향에서는 비인간화를 촉발하는 갈증과 모순을 드러내고 거기에서 인간주의를 형상화한다. 인간의 삶을 옹호하는 탐구가 전개된다.

자연지향에서는 공해와 오염, 죽어가는 모든 생명을 구원하려 한다.

1990년대는 바로 이 같은 다섯 가지로 크게 분류되는 한국인의 삶의 양상이 저변의 흐름이 될 것으로 전망된다. 이러한 삶의 언어와 사물들을 지배하는 것이 아니라 이러한 삶과 언어와 사물을 해방시켜 원초적인 상태로 되돌리려는 역동적인 상상력을 예감하게 된다.

이 글을 쓰는 동안 멕시코 시인 파스의 노벨상 수상 소식을 듣는다. 1990년대는 한국문학의 노벨상을 기대하면서 다섯 가지 흐름을 점검한다.

일찍 늙음의 극복

중부 유럽(동 유럽을 현지에서는 그렇게 부르고, 또 그렇게 불러주기를 바란다)의 자유화가 극적으로 이루어졌을 때 유능한 작가들은 변신했다. 정치가로 대부분 변신했다.

체코 대통령이 된 하벨이 그랬고, 헝가리 대통령이 된 곤츠가 그랬다.

1963년, 「샤라드니 슬라브노스트(원유회)」가 무대에 올려지면서 하벨은 희곡작가로 등단, 국제적 명성을 누렸다. 곤츠 또한 작가로서 명성을 날렸다. 그러나 그들은 중부 유럽의 자유화와 함께 정치 일선으로 나서게 되었다.

그들이 더 훌륭한 작품을 쓸 시간이 없을 것은 뻔하다. 격동기에는 유능한 작가가 변신하면서 문단이 상대적으로 약화된다. 이런 현상은 페레스트로이카 이후 소련에서도 나타난다. 작가들은 이제 작품쓰기에 몰두하기보다 정치하기에 여념이 없 되었다.

작가가 글쓰기에 집착할 수 없었던 현상은 한국문단에도 있었다. 근세 1백여 년 동안 격동하는 역사 속에서 한국의 작가들은 글쓰기에만 열중할 수 없었다.

일제의 침략시기에는 강제로 붓을 꺾을 것을 강요당하든가, 협력하든가, 아니면 도피하든가 그 어느 것 중에 하나를 선택할 수밖에 없었다. 식민지 하늘의 어둡고 추운 공기를 마시던 작가들은 또 요절하기도 했다. 그러니까 장수하면서 일생동안 집필에만 열중할 수 없었다.

작가의 조로현상이 심화되었다. 일찍 늙어버리는 현상에 익숙해져 있었던 것이 관행이었다.

국토의 분단과 민족의 분열, 이데올로기의 대립과 동족 간에 싸움이 이 땅을 휩쓸고 갔다. 이 때 한국의 작가들 또한 글쓰기에만 열중할 수 없었다.

여기서도 작가의 조로현상이 또 한 차례 일반화되었다. 분단의 현실과 산업사회의 전개가 또한 작가의 글쓰기를 계속할 수 없게 만들었다. 유능한 작가들의 일부가 정치의 장으로, 경제의 장으로 나아갔다.

우리는 중부 유럽과 소련에서 일어난 작가의 정치가 변신을 보면서 근세 1배여 년 간 우리에게 일어났던 작가의 조로현상을 성찰할 수 있는 여유를 가지게 되었다.

그것은 한국문단에서 생성되고 있는 원로문인들의 왕성한 작품활동과 또 원로문인이 숫적으로 늘어난 점이다. 김광균·서정주·박두진· 등의 시와 황순원·정한숙·임옥인 등의 소설이 발표되었다. 앞으로도 왕성한 작품발표가 크게 기대된다.

일생동안 글쓰기에 집착함으로써 격동기에 있어 왔던 조로현상을 극복하게 된 것이다. 일찍 늙음의 병폐를 극복하고 원로들의 작품의 발표가 숫적으로 늘어날 때 한국문학의 그릇은 커지고 한국문단의 구성은 도도한 흐름을 형성하게 된다. 신진작가들에게 지대한 영향을 미칠 것은 두말할 것도 없다.

일찍 늙음의 극복은 장르의 다변화를 또한 촉발할 수 있다. 작가는 표현하기에 가장 알맞은 장르를 찾아내게 마련이다. 어떤 것은 시로, 어떤 것은 소설로, 나아가서 희곡으로, 평론으로, 수필로 표현할 수 있을 것이다.

작가가 여러 장르로 실험하고, 표현하는 일이 보편화될 것이다. 일찍 늙음을 극복한 창조적 국면이 활발하게 전개될 것이다.

신문학 1백여 년의 역사가 쌓이면서 격동기의 일찍 늙음 현상을 극복하고 원로들의 작품과 만나게 된 지금이 한국문학의 발화기이다.

전쟁, 그리고 한국문학

호메로스의 「일리아드」, 「오디세이」, 나관중의 「삼국지」, 그리고 톨스토이의 「전쟁과 평화」, 미첼의 「바람과 함께 사라지다」는 역사상 대표적인 전쟁문학 작품이다.

또한 레마르크의 「서부전선 이상 없다」, 헤밍웨이의 「무기여 잘 있거라」, 노먼메일의 「나자와 사자」 등도 현대 20세기의 대표적인 전쟁문학이다.

전쟁을 소재로 했거나 전쟁과 관련하여 인간사를 묘사한 전쟁문학은 세계문학사에서도 중요한 자리를 차지한다.

전쟁은 인류를 파멸시키고 문명을 파괴하는 독소를 가졌다. 전쟁은 인류를 멸망시키는 인간악이며, 악의 부정적인 모든 것을 내포한다. 인간이 쌓아올린 문명과 그 정신영역을 파괴해 버린다. 그러니까 인간은 전쟁을 두려워하고 전쟁을 부정한다. 인간은 평화를 소망하고 갈구한다.

「루마니아 전기」를 쓴 한스 카롯사가 그 서두에 뱀(전쟁)의 아가리에서 빛(평화)을 빼앗아라고 절규했던 것이 아닌가.

걸프전쟁이 시작되면서 세계는 전쟁의 공포에 싸이게 되었다. 전쟁의 먹구름이 덮이면서 세계는 죽어버린 휴머니즘을 애도한다. 문명간의 대립, 인종 간의 대립, 종교 간의 대립, 이데올로기 간의 대립 등 온갖 갈등 요인이 내재되어 드디어 폭발하고 있다.

가공할만한 인간정신의 파괴도 함께 한다. 이제 걸프전쟁은 우리에게도 강 건너의 불이 아니고 직접 간접으로 심대한 영향을 미치는 전쟁이 되었다. 베트남전쟁처럼 전투부대가 파견되지 않았지만, 의료지원 부대가 파견되었다. 베트남전쟁의 초기와 같은 역사현실에 직면하게 되었다.

최근의 한국문단이 베트남전쟁과 관련한 소재로 역작을 생산하고 있는 것에서처럼 걸프전쟁도 전쟁문학의 가능성을 제공하는 무대가 된다. 아니 무대가 되어야 한다.

우리의 현대문학, 특히 광복 이후의 현대문학은 전쟁문학이 그 주류를 이루어 왔다 해도 과언이 아니다. 광복과 분단, 6.25동란을 거치면서 남북의 이데올로기 대립과 갈등, 남북의 동족상잔의 전쟁 상황이 민족분단의 골을 깊이 파놓았다.

황순원의 「나무들 비탈에 서다」, 최인훈의 「광장」, 조정래의 「태백산맥」에 이르기까지 전장의 상황이 펼쳐지고 있다. 분단문학에서 통일문학으로 지향하더라도 전쟁의 파괴적이고 부정적인 상황을 평화의 화해적이고 긍정적인 상황으로 심화된 현실인식을 앞세울 수밖에 없다. 지금도 현대문학은 전쟁문학의 상황으로 인식된다.

한국문학에서 전쟁문학이 주류를 이루고 있다고 하는 이유가 여기에 있다.

걸프전쟁이 진행되면서 우리 문화계 전 영역이 위축되는 분위기를 자아내고 있다. 문화행사도 취소되고 있는 분위기이다. 전쟁이 문화의식을 약화시키는 실례가 된다.

그러나 우리는 여기에서 다시금 한국 전쟁문학의 지평을 성찰하게 된다. 과연 우리의 현대문학이 한국전쟁과 훼손된 인간주의와 민족동질성의 분해와 분단된 나라와 겨레의 정서, 이런 것들의 탐구가 질량 면에서 훌륭히 이루어졌는가, 민족문학으로서 초상이 세워졌는가, 여러 질문이 던져진다. 한국전쟁에 대한 탐구 없이는 한국 현대문학은 설 자리가 없다. 선택의 여지없이 한국전쟁이 오늘의 한국적 인간상을 형성하고 있기 때문이다. 걸프전쟁은 우리에게 한국전쟁을 민족문학의 지평으로서 상찰케 하는 촉매가 되고 있다.

만해의 문학 사상

만해 한용운은 독립투사로 민족 시인으로, 그리고 불교 혁신의 큰 스님으로 근세 한국이 낳은 위대한 인물이다. 그는 '기미 만세운동'에 앞장선 구국인의 한 사람이었다.

옥중에서는 「조선 독립의 서」를 발표, 일본이 폭력으로 우리 민족을 노예화했다고 통박했다. 만해의 민족사상·독립정신·민족정서·민족불교의 기초는 설악산 오세암·백담사·낙산사·건봉사에서 쌓아올려졌다.

만해가 설악 영봉의 품에 안긴 것은 24세되던 1903년이었다. 백담사, 오세암에 입산했다가 26세 때 불문에 귀의한다. 득도 수계하여 수도생활을 하면서 「불교유신론」을 저술했다.

30세 때였다. 불교 교단을 통해서 민중불교를 일으키고 이를 항일독립운동으로 확산시키려 했다. 불교 교리를 민중화하고 경전과 제도와 재산을 민중화해야 한다는 연설을 서슴지 않았다. 그것이 불교를 통한 나라 사랑의 길이라고 설파했다.

설악산 오세암이 「불교 유신론」의 발원지라면, 백담사는 「님의 침묵」의 발상지였다. "님 만이 님이 아니다. 그리는 것은 다 님이다"고 선언한 그 「님의 침묵」은 김소월과 함께 우리 민족의 정서를 가장 훌륭히 읊은 민족 시집이었다.

그 「님의 침묵」을 46세 되던 1925년 백담사에서 탈고했다. 여기에서 민족정서, 민족시사상이 솟아났다. 오세암, 백담사에서 만해사상의 기초가 쌓였고, 또 만해사상의 메카가 되었다.

만해의 설악 영봉과의 관계는 이것만으로 끝나지 않는다. 그는 「건봉사지」를 편찬하여, 당시 31교구 본산이었던 건봉사와 그 말사의 역사를 정리했다. 「건봉사지」는 설악 영봉에 안겨 있는 여러 고을의 향토사 구실도 한다. 향토역사와도 깊은 인연을 가진다. 「불교 유신론」·「님의 침묵」·「건봉사지」는 설악 영봉에 안겼던 시대를 배제하고서는 결코 생각할 수 없다. 만해 한용운의 문학은 그러므로 설악 영봉의 정서와 사상이라고 말할 수 있다.

설악 영봉의 시 사상은 '님'으로 표현된다. '님'은 연인일 수도 있고, 아버지, 어머니일 수도 있다. 민족일 수도 있고, 조국일 수도 있고, 예수일 수도 있다. 그리는 것, 모든 것, 심상에 떠오르는 모든 것이 '님'이다. 제한된 공간이나 시간의 존재가 아닌 시간과 공간을 초월해서 그리는 그 모든 것이다. 그 '님'에의 대화와 철학이 설악 영봉의 시 사상이며, 만해의 시 사상이다. '님'의 발견과 표현을 통해서 한국인이 지녔던 정서의 틀을 구체화 한다.

지금까지 만해의 시가 타골의 영향을 받았다는 논의가 있어 왔다. 만해의 불교사상은 송만공·박한영·권상노의 영향을 받았고, 시문학은 양건식의 영향을 받았다는 주장이 나왔다. 한용운의 불교적, 문화적 영향관계를 논의하면 할수록 좋은 일이다. 드러나지 않았던 것이 드러나는 것도 권장할 일이다. 모든 사상이나 정서는 먼저 있었던 어떤 것에 영향을 받게 마련이기 때문이다.

단지 그 영향을 많이 받았느냐, 적게 받았느냐 하는 것이 초점이 된다. 한용운의 문학적 진실이 밝혀지고 또 과대평가되었다는 사실이 확인되더라도 '님'과의 대화 자체는 변함이 없을 것 같다. 3월 '만해의 달'에 '님'과의 대화를 반추하게 된다.

한국문학과 노벨상

1990년 〈노벨의학상〉 수상자가 발표되었다. 이어서 〈노벨문학상〉 · 〈평화상〉 · 〈경제학상〉 · 〈물리학상〉 · 〈화학상〉 수상자가 발표되었다.

우리들이 관심을 둔 부분은 단연 〈문학상〉과 〈평화상〉이었다. 〈문학상〉 수상자 파스는 멕시코인으로 스페인어권 문학을 대변하고 있다는 점에서, 그리고 〈평화상〉은 강대국의 대통령인 고로바쵸크가 세계의 이데올로기 장벽을 허물었다는 점에서였다.

여기서 곁따라 2천 년 전통을 자랑하는 한국문학이 과연 〈노벨문학상〉 수상자를 낼 수 없는가, 수상자를 내지 못하는 이유는 어디에 있는가 하는 문제를 제기하고 있다.

「전쟁과 평화」, 「부활」 등, 세계에 널리 알려진 작품을 내놓은 톨스토이는 〈노벨문학상〉을 타지 못했다. 그러나 톨스토이의 여러 작품은 〈노벨문학상〉을 수상한 어떤 작가의 작품보다도 많이 읽히고 있다. 톨스토이는 〈노벨문학상〉의 권위를 압도하고 있다. 〈노벨문학상〉 수상자로 결정된 사르트르는 보기 좋게 수상을 거부했다. 거부한 이유는, 〈노벨문학상〉의 권위가 사르트르 자신의 작품의 권위를 손상시킨다는 것이었다. 작품의 위대성이 어디까지나 우위에 있는 것이지 〈노벨상〉의 권위가 우위에 있는 것은 아니라는 것이었다.

톨스토이의 경우는 스웨덴 한림원이 위대한 작가요, 작품을 챙기지 않고 소외시킨 실례이며, 사르트르의 경우는 〈노벨상〉의 세속적 권위가 작품의 순수한 가치를 오도할 우려가 있다는 의식을 표명한 예이다.

우리에게는 톨스토이의 경우처럼 스웨덴 한림원의 무지를 탓할 자부심도, 또한 사르트르의 경우처럼 상의 권위와 작품의 권위를 놓고 그 우열을 논할 겨를도 없다. 오히려 언제 〈노벨문학상〉을 수상하게 되느냐 하는 데 그 시점이 놓여진다.

재미작가 김은국의 「순교자」가 1969년 〈노벨문학상〉 후보로 추천된 때부터 1981년 김동리의 「을화」가 역시 〈노벨문학상〉 후보로 추천되기까지, 그리고 그 후 〈노벨문학상〉 후보 추천에 여러 작가의 이름이 거명되었다는 소문에 이르기까지 가능성만 점쳐졌을 뿐 매년 한국문학을 비껴가기만 하고 있다.

한국문학은 실상 토착의 한국적인 것, 그리고 식민지 치하에서의 고통과 분단의 고통을 초극하는 인간정신의 고귀함을 승화시키고 있다. 즉, 한국적 인간주의를 세계화하는 데 있어서 재능과 기회를 동시에 갖추고 있다.

올해 〈노벨문학상〉 수상자 파스의 경우 그의 국제적 시세계가 그 바탕에 멕시코 본래의 인디언문화를 깔고 있다는 점이 강조되고 있다. 멕시코적인 굿을 바탕으로 하여 동양과 서구를 포용한다는 사실을 결코 간과하지 않고 있는 것이다. 이 점은 일본의 게이샤(기생)문학으로 〈노벨문학상〉을 수상한 가와바타야스나리의 경우도 같다. 일본적인 것에 점수를 준 것이 되겠다.

한국문학이 〈노벨문학상〉을 수상하자면 한국적인 것을 특출하게 담고 있는 작품이 대량으로 쏟아져 나와야 하지 않을까. 2천년 전통의 한국문학을 〈노벨문학상〉이 언제까지나 비껴가지는 않을 것이니까.

여성과 문학

30년 만에 지방자치제가 부활되었다. 기초의회 시·군·구 의원 선거가 1991년 3월 26일 실시되어 전국에서 4,303명의 의원이 뽑혔다. 그런데 여성의원은 고작 38명이 뽑혔다. 123명의 여성이 입후보하여 전체 의원의 1%도 넘지 못했다는 것은 여성의 정치 참여에 대한 사회 분위기가 성숙되지 못했음을 나타낸 것이다.

이처럼 우리가 단정적으로 지적하는 것은 지방자치제 부활을 전후해서 여성의 기초의회 선출의 필요성과 당위성이 강조되었고, 또 여성계에서도 기초의회 진출을 강력히 밀고 나왔었는 데도 부진한 결과를 가져왔기 때문이다.

문학 산책 마당에서 여성의 기초의회 진출문제를 장황하게 늘어놓게 된 것은 다른 데 있는 것이 아니다. 최근 우리 문단에서 페미니즘문학에 대한 관심이 고조되고 있기 때문이다.

「동양문학」·「문학정신」·「현대시사상」·「작가세계」 등, 월간지와 계간지에서 페미니즘문학을 집중적으로 다루었고, 페미니즘문학론의 단행본도 관심을 끌고 있다. 남성 중심의 오류를 수정하려는 의식과 의지가 왕성한 이때, 지방자치 기초의회에 여성 진출이 부진한 상황이 대조를 이룬다. 현실과 의식의 대조를 보면서 여성과 문학의 관계를 다시금 성찰하게 된다.

한국문학사의 벽두, 고대의 시가에서부터 남녀의 사랑을 읊은 「공무도하가」·「황조가」·「정읍사」가 불리어진다.

고조선 때의 여인 여옥이 남편 백수광부가 미쳐서 물에 빠져 죽자 공후인 악기를 타면서 노래를 지어 부른다.

"강물을 건너서 마시라했건만 임은 그예 건너셨네. 강물에 빠져 죽으셨으니 이제 임을 어리하리."

하고 노래 불렀다.

여성의 아픈 마음을 극명하게 드러낸 이 고대시가는 여성과 문학과의 긴밀한 관계를 보여준다.

"훨훨 나는 꾀꼬리는 암수 서로 노니건만 외로운 이내 몸은 뉘와 함께 돌아갈꼬."

고구려 유리왕에게 화희, 치희 두 계실이 있었는데 서로 질투하여 싸운다. 치희가 화희에게 모욕을 당하고 자기나라(중국)로 돌아가 버렸다. 이에 유리왕은 꾀꼬리들이 정답게 노니는 것을 보고 잃어버린 사랑을 안타까워했다. 여옥의 사랑의 아픔이 유리왕의 사랑의 아픔으로 비유된다.

"달하 높이곰 돋으샤 어기야 멀리곰 비취오시라 어기야 어강됴리 아으 다롱디히 저자에 가 계신가요 어기야 진 데를 디디올서라 어기야 어강됴리 어느이다 노코시라 어기야 배 가는데 저물을세라."

행상을 떠난 뒤 돌아오지 않는 남편이 있는 곳을 바라보며 남편을 염려하며 부른 백제 행상인 아내가 부른 노래이다. 정읍 행상인의 아내 또한 여옥과 같은 입장에 있다.

이 3편의 고대시가에서 우리가 가슴으로 느끼는 것은 사랑의 마음이다. 성의 지배 이전에 성의 교류이다. 성의 지배문제에서는 여성(치희)이 남성(유리왕)에게 이니시아티브를 쥐고 있다. 양성의 교감이 절실하다.

케이트 밀레트의 「성의 정치학」이 1990년대 우리나라에 소개된 이후 페미니즘문학은 본격적으로 논의되기 시작했고, 지금은 한국적 시선이 확고해지게 되었다. 이러한 때 지방자치 기초의회 여성의원 진출, 페미니즘문학 논의, 그리고 우리 고대시가의 대비로 여성과 문학의 단면을 성찰한다.

민족통일문학의 치열한 모색

– 김영기 평론집 『민족문학의 공간』에 부쳐

윤 병 로

문학평론가성균관대학교 명예교수

평론가 김영기(金永琪)의 제6평론집 『민족문학의 공간』이 상재하게 되었다. 김영기는 1966년 《현대문학》으로 평단에 등단 후 지금까지 40여 년 가까운 오랜 세월 왕성한 비평활동을 지속해 왔다.

그동안 『한국문학과 전통』·『한국무학의 원류』·『태백의 예맥』·『김유정, 그 문학과 생애』·『백두산 문학의 영토』 등의 역저를 내놓아 우리 평단의 독자적 비평세계를 견고히 구축해 왔다.

그의 비평세계는 한국문학의 전통탐색과 한국고전문학의 현대적 평가 및 재해석 등을 시도하여 한국문학의 전통 확립과 거인문화(巨人文化)를 창출하는 데 역점을 두었다는 평판을 받고 있다.

새롭게 출간되는 김영기의 제6 평론집은 근년에 정력적으로 탐색되었던 문제 비평들을 한자리에 집대성한 역저로서 우리 비평계의 큰 수확으로 기록될 것이다. 평론집 『민족문학의 공간』의 비평문들은 대체로 우리 문학에 대한 아포리즘(aphorism)적인 성향이 짙은 글로 인식된다.

김영기의 평론집 『민족문학의 공간』은 우리 민족의 역사에 대한 깊은 통찰과 함께 민족문학의 정체성과 지향점을 모색하고자 하는 부단한 노력의 성과가 아닐 수 없다. 저자가 평론집 전반에 걸쳐 견지하고 있는 이러한 비평적 관심과 성과는 우리 민족의 진로가 새로운 세기를 맞이하여 전환기에 처해 있음을 고려할 때, 그 위상과 역할이 자못 분명해진다고 하겠다.

　　남북분단으로 인해 지금껏 지속되는 긴장과 민족의 대립과 갈등을 넘어 화해를 모색하고자 하는 요구가 공존하고 있는 오늘의 상황은 민족의 장래를 쉽게 예단하기 힘들게 하고 있다. 그렇기 때문에 민족이 당면한 문제들을 가늠할 수 있도록 하는 견실한 시각을 절실히 필요로 하게 된다. 따라서 불확실한 시대 속에서 우리 민족이 처해 있는 현재에 대하여, 그리고 우리 민족이 지나온 어제에 대하여 명확하게 재인식하는 일은 민족의 진로를 모색하는 첫걸음이 될 것이며, 이는 곧 민족의 역사를 담아내는 민족문학을 새롭게 성찰하는 것을 통해 가능하다고 할 수 있다.

　　저자는 「통일 역사와 문학적 체험」에서 민족의 역사와 민족문학을 논하면서 무엇보다 "역사의식을 바로 세우는 것이 우리의 궁극적인 목표"라는 점을 분명히 하고 있는데, 이러한 사실은 우리 민족을 둘러싼 오늘의 현실을 살피고, 민족의 진로를 모색하고자 하는 시대적 과제와 관련하여 저자의 인식이 문제의 본질에 도달해 있음을 추정하게 한다.

　　한반도와 만주에서 삶의 터전을 마련한 이래 오늘에 이르기까지 우리 민족의 역사를 관통하고 해명하기 위해 궁극적으로 수립해야 할 '역사의식'에는 저자의 현실인식과 역사인식이 투철하게 담겨져 있음을 확인할 수 있다.

　　한반도와 만주에 살던 한민족이 어떻게 나라를 세우고 통합을 이룩했느냐 하는 역사의식을 바로 세우는 것이 우리의 궁극적인 목표이다. 민족통합, 통일 역사를 이룩하는 데 걸림돌이 되는 시대가 존재한다. 그 시대를 분단시대라 말할 수 있고, 분리주의가 큰 흐름을 이루었던 시대로 볼 수 있다. 통일역사를 말하기 전에 분단역사를 먼저 말하는 것은 지금이 바로 분단시대이고, 분단시대를 반드시 종식시키고 통일시대를 열어야 하는 소명을 안고 있기 때문이다.

우리 민족의 역사에 대하여 분리주의를 극복하고 통일을 지향하는 흐름으로 파악하면서, 새롭게 수립해야 할 '역사의식'의 본질을 통일 지향성으로 정립하는 저자의 역사인식을 확인하게 된다.

여기에는 우리 민족이 지나온 역사에 대한 자각뿐만 아니라 오늘날 우리가 안고 있는 민족분단의 모순을 어떻게 이해해야 할 것인가에 관한 현실인식이 함께 자리하고 있다. 특히 오늘의 민족분단 문제를 극복할 수 있는 역사적 당위성과 원동력이 이러한 '역사의식' 속에 내재되어 있다는 점에서 무엇보다도 저자의 역사에 대한 거시적 안목이 빛을 발하고 있다고 하겠다. 이러한 '역사의식'이 성실한 역사 이해에 의해 견고함을 갖추고 있음은 주지의 사실이다.

그리고 저자는 통일지향의 '역사의식'을 구체적으로 확인할 수 있는 문학을 우리 민족의 정당한 민족문학으로 상정하면서, 분리주의 극복과 통일지향을 뚜렷이 보여준 삼국통일과 고려의 후삼국통일의 역사를 문학적 상상력으로 형사화한 「삼국사기」·「삼국유사」·「제왕운기」를 민족통일문학의 원천으로 제시하고 있다.

이들 역사 서사시가 통일역사지향의 구체적인 문학체험이라는 의미를 지니면서, 오늘의 분단시대를 통일시대로 이끌 수 있는 기록물로 이해하고자 하는 상식에 신선한 충격을 가하는 동시에, 역사적 지평 속에서 현재를 인식해내는 비평적 안목을 담고 있는 것이다.

통일지향의 '역사의식'이 분단시대를 극복하고 통일시대를 모색함으로써 민족의 완전한 삶을 회복하고자 하는 의미를 지닌다고 할 때, 이러한 민족적 삶의 회복의지는 좀더 근원으로 향할 수 있으며, 이를 바탕으로 저자는 민족문학에 대해 구체적인 논의를 진전시키게 된다.

「한국 민족문학의 원초성을 찾아서」에서 저자는 이승휴의 「제왕운기」를 통해 민족문학의 시간과 공간의 원형을 탐구하면서 민족문학의 전형을 발견해내고 있다. 민족문학이 민족의 시간과 공간의 기반 위에서 가능하다고 할 때, 민족의 시간과 공간이란 바로 민족의 삶을 이해하는 방식이 될 것이다.

시간은 민족의 역사에 대한 의식을, 공간은 민족의 영토에 대한 의식을 함의하는 것으로서, 민족문학은 역사의식과 영토의식을 통해 민족의 삶이 지니는 원형을 지향하는 문학이 되는 것이다.

특히 민족문학의 이러한 지향은 외세에 의해 민족의 삶이 심각한 위협에 놓이게 될 때 명확해진다고 할 수 있다.

민족문학은 민족의 시간과 공간이 손상을 입거나 수탈당하거나 그런 위협에 직면할 때 필사적으로, 필연적으로 그것을 수호하려는 문학운동으로 전개되게 마련이다. 그리하여 민족문학에의 시간과 공간은 그 원형을 회복하거나 새로운 모습으로 형상화된다.

는 저자의 견해는 바로 우리의 민족문학이 지니는 정체성을 정확히 간파하고 있는 대목이 아닐 수 없다. 외세의 침략에 민족의 삶이 위협을 받을 때, 오히려 민족문학이 그 가치를 고양시킨 예는 우리의 문학사 곳곳에서 찾아볼 수 있는 것이며, 또한 민족문학사의 근간이라고 할 수 있다. 이처럼 우리의 민족문학은 외세의 침략에 응전하면서 위기를 극복하고자 하는 민족공동체 의지의 표상으로서 자리하는 것이다.

저자가 민족문학의 원형을 이승휴의 「제왕운기」에서 찾고자 하는 이유는 발해 멸망 이후 우리 민족의 역사에서 멀어져 버린 옛 고구려의 영토가 우리 민족의 시간과 공간의 원형이기 때문일 것이다.

고조선 건국 이후 민족의 삶의 터전이었던 중국대륙과 만주대륙을 뚜렷하게 인식하고 있는 「제왕운기」가, 잃어버린 민족의 시간과 공간의 원형을 고스란히 간직하고 있는 것이다. 더욱이 고려인의 정신이 북방의 대륙 영토를 향한 민족적 염원으로 충만해 있었을 뿐만 아니라 거란, 여진, 몽고의 침입에 대응하고 극복하고자 하는 민족정신을 심화시켰다는 점에서 저자가 이러한 고려인의 민족정신의 지평에 놓이는 「제왕운기」에 주목하고 있다는 사실은 자연스러운 결과일 것이다.

「제왕운기」에서 민족문학의 원형을 탐구하는 저자의 비평적 안목은 이승휴의 민족정체성에 대한 관심을 통해 저자의 문제의식을 표출하고 있는 대목에서도 발견하게 된다.

역사의식의 표출이 '나는 누군인가'라는 개인적 영역에서 '민족은 누국인가'의 영역으로 자연스럽게 확대되면서, 궁극적으로 민족의 자아정체성 회복에 닿아 있다는 점은 민족공동체에 대한 해명이 될 수 있다. 회복하고자 하는 민족문학의 원형은 민족구성원 개개인의 삶 속에 배어있는 것이며, 그것이 어떻게 민족공동체의 영역으로 확대될 수 있는가의 문제가 자연스럽게 설명되고 있다.

저자가 견지하는 통일지향의 '역사의식'과 민족문학의 원형 탐색은, 결국 우리 민족의 온전한 삶을 복원하고 그 속에서 민족의 진로를 모색하고자 하는 비평적 관심의 발로라고 할 수 있다. 따라서 저자의 한국의 역사와 민족문학에 대한 천착은 진정한 민족문학론의 지평을 마련하는 중요한 계기가 아닐 수 없다.

저자의 이러한 비평적 문제의식이 다양한 관심 영역을 통해서도 확인할 수 있다. 민족문학의 원형성을 이루는 영토에 대한 의식이 이상향의 형태로 형상화되고 있음을 찾아볼 수 있는데, 「이상국가 '율도국'의 모티브」에서 저자는 허균의 「홍길동전」에 등장하는 율도국의 의미를 새롭데 규명하고 있는 것이다. 저자는 불변의 공간이며, 불가침의 공간이자 민족의 삶이 영위됨으로서 절대 양보할 수 없는 공간에 대한 인식이, 「홍길동전」의 '율도국'에서 문학적으로 형상화된 이상향의 영토로 표출되고, 민족문학의 공간이 확정되고 있음을 밝혀내고 있다.

율도국에 형상화되고 있는 공간성은 「홍길동전」을 접하면서 무의식적으로 인식하게 되는 이상향이라고 할 수 있다. 민족의 건실한 삶이 위협당하는 현실에 대한 비판의식과 온전한 삶을 회복하고자 하는 염원을 담고 있는 '율도국'은 그만큼 민족문학의 새로운 영토로서의 가능성을 지니고 있다고 할 수 있다.

그런데 '율도국'에 형상화되고 있는 이상향의 의미를 밝히는 저자의 시각이 더욱 의미있는 것은, '율도국'이 형상화될 수 있는 근거로서 우리 민족의 설화와 허균의 현실체험이 놓여 있음을 밝혀내고 있다는 사실이다. 이것은 '율도국'에 구현되는 이상향이 단순한 상상에 기대는 것이 아니라 민족의 정신적 원형이라고 할 수 있는 설화와 당시대 현실의 모순을 날카롭게 인지하고 변혁하고자 했던 허균의 현실인식이 문학적 상상력에 의해 형상화됨으로써, 민족문학의 새 영토로서 '율도국'이 지니는 가능성의 진정한 힘을 규명해내고 있는 저자의 날카로운 비평적 시각이 전제되어 있는 것이다.

민족의 영토에 대한 저자의 관심은 오늘날 우리 민족에게 각별한 의미로 받아들여지는 '독도'로 이어진다. 독도는 우리 민족의 삶의 원형을 간직한 신성한 공간이자, 우리 민족의 역사를 증언하는 실존 공간으로서, 민족과 운명을 함께하는 영원불멸의 영역이라고 할 수 있다.

독도의 지리적 생성에서부터 지니게 되는 태초의 신비는 우리 민족의 생명력의 원천으로서 저가가 정립한 '백두산 문학론'과 일맥상통하는 것이다. 또한 민족의 역사는 독도를 뚜렷하게 민족의 삶의 터전으로 기록하고 있음을 상기시키고 있다.

이러한 독고의 상징적 의미는 곧 민족문학의 영토가 되는 것이며, 독도에 대한 절대적 애정이 시화(詩化)할 때, 독도시론(獨島詩論)으로 정립될 수 있다. 독도시론은 바로 저자의 민족문학의 원형에 대한 모색이 구체성을 띠는 것으로서 민족문학의 영역을 확장시키는 성과를 지닌다고 할 수 있다.

김영기가 30여 년간 심혈을 기울이고 있는 강원지역의 정체성 찾기는 이제 지역적인 수준을 넘어서는 성과를 이루어내었다고 할 수 있다. 강원지역의 역사 및 문화에 대한 치열한 관심은 지역의 정체성에 대한 모색이자 민족의 정체성에 대한 근원적 관심의 소산이라고 할 수 있다.

특히 강원지역에 관련된 역사인물과 문학적 업적에 대한 체계적인 비평작업은, 우리 민족의 역사 전반을 아우르는 것으로까지 심화·확대되고 있음을 확인하게 되는데, 문학평론가로서의 임무와 함께 언론인으로서의 소명에 저자가 얼마나 치열하게 부응했는가를 짐작하게 한다.

강원지역의 역사와 문화를 발굴·정리하는 과정에서, 역사적으로 강원도와 인연을 맺은 지사(志士) 및 문학가들에 대한 저자의 관심을 통해, 역사의 흐름 속에서 우리 민족의 정신사를 되새겨 볼 수 있게 하는 계기를 새삼 환기시켜 주고 있는 것이다.

삼국시대 역사의 장(場)이었던 강원도의 실상을 확인시켜주는 「실직국 노래, 헌화가와 해가사」는 민족문학의 뿌리를 형성한 고대가요에 대한 비평작업이라고도 할 수 있다. 그리고 고려와 조선의 왕조 교체기에 지조를 지키며, 치악산에 은거했던 운곡 원천석의 여행시를 다룬 「원천석의 여행시 문학」이나 세조의 단종 폐위와 왕위 찬탈에 저항하며 원주에 은거했던 원호의 시문학을 다룬 「원호의 저항문학」 등은, 역사의 격변기에 저항의 정신을 통해 충절의 시조문학을 이루어낸 지사들의 정신사뿐만 아니라 국문학으로서의 시조문학에 대한 관심을 찾아볼 수 있다.

이 밖에도 한말 독립운동가로서 강원도 홍천에서 애국운동을 펼쳤던 남궁억의 우국 가사를 다룬 「한서 남궁억과 우국 시가」나, 한국 근대소설의 뛰어난 성과로 평가받는 이효석의 문학을 다룬 「이효석 문학 생각」은, 이미 강원도의 지역문학을 넘어서는 것으로서, 우리 민족문학의 풍성한 성과가 아닐 수 없다.

강원지역의 정체성을 모색하고자 하는 저자의 관심은 결코 지역에 머무르지 않는다. 강원의 영토는 민족의 영토가 되며 강원지역의 역사는 우리 민족의 역사가 된다.

그의 지역의 정체성에 대한 관심은 민족의 정체성에 대한 관심으로 이어지고 있으며, 한반도 전체로 확대되고 있음을 이미 확인한 바 있다. 앞에서 언급한 바 있듯이 '나는 누구인가'라는 자기 정체성에 대한 물음은 저자에 의해 '우리 민족은 누구인가'라는 민족공동체의 물음으로 확장되고 있음을 알 수 있게 된다.

한편 김영기의 민족의 정체성에 대한 인식은 민족의 삶의 터전인 국토에 대한 깊은 애정으로도 찾아볼 수 있다. 민족의 명산인 금강산을 소재로 하는 기행수필에 대한 글, 「금강산 기행수필론」은 선조들의 여러 금강산 기행수필들 중 전범으로 상정할 수 있는 이곡의 금강산 기행문 「몽유기」를 통해 우리 민족에게 있어 금강산이 지니는 의미를 재조명하고 있다. 그리고, 금강산 기행수필에 담긴 금강산 지향의 미의식과 금강산을 간접적으로나마 체험해 볼 수 있는 구체적인 여정을 살피고 있다. 또한 동해가 우리 민족에게 어떠한 의미를 지니는지를 관조하고 있는 한흑구의 수필 「동해산문」에 관한 글 「생명의 바다, '동해' 탐색」 또한 민족의 생명력의 근원을 이루는 동해의 상징성을 탐색하고 있다.

김영기는 이들 수필론에서도 민족의 신성한 국토에 대한 영토의식과 금강산과 동해에 담긴 역사적 사실에 대한 행간 읽기를 통해 역사의식을 보여주게 된다. 이것은 저자의 국토에 대한 애정이 우리 민족의 역사에 대한 통찰에서 비롯되고 있음을 예증하는 것이라고 할 수 있을 것이다. 새롭게 빛을 보는 김영기 평론집 『민족문학의 공간』은 척박한 우리 비평계에 알찬 수확으로 크게 조명되고, 평가받게 될 것으로 믿는다.

❑ 저자 약력

* 《현대문학》 평론 추천으로 등단.
* 한국문인협회 이사・국제펜클럽 한국본부 이사・한국문학평론가협회
  이사・문협 강원지부장・강원일보 논설위원・논설 주간・한국신문
  방송인협회 이사 역임.
* 평론집으로는 ― 『한국문학과 전통』・『한국문학의 원류』・『태
  백의 시문』・『태백의 예맥』・『김유정 그 문학과 생애』・『백두
  산문학의 영토』 등 다수가 있음.
* 수상으로는 ― 〈현대문학상〉・〈한국문학평론가협회상〉・〈동포
  문학상〉・〈한민족문학상〉・〈조연현문학상〉・〈강원문화상〉・
  〈대한언론상〉 등 수상.
* 연락처 - 200-959 강원도 춘천시 후평1동 845번지 현대아파트 103동
  903호 ☎ 033-254-6923, 018-291-6923